Eisprinzessin

Lisa Graf-Riemann, in Passau geboren, ist Krimi- und Sachbuchautorin. Sie hat lange in der Nähe von Ingolstadt gelebt und war nebenberuflich als Dolmetscherin für die örtliche Polizei und die Bundespolizei am Flughafen München tätig.
Die Autorin lebt im Berchtesgadener Land, in Salzburg-Nähe.
Im Emons Verlag erschienen ihre Ingolstadt-Krimis »Eine schöne Leich« und »Donaugrab« sowie der Berchtesgaden-Krimi »Hirschgulasch« (zusammen mit Ottmar Neuburger).

LISA GRAF-RIEMANN

Eisprinzessin

OBERBAYERN KRIMI

emons:

Bibliografische Information der Deutschen Bibliothek
Die Deutsche Bibliothek verzeichnet diese Publikation in der Deutschen Nationalbibliografie; detaillierte bibliografische Daten sind im Internet über http://dnb.d-nb.de abrufbar.

MIX
Papier aus verantwortungsvollen Quellen
FSC® C083411

Umschlaggestaltung: Tobias Doetsch
César Satz & Grafik GmbH, Köln
Druck und Bindung: CPI – Clausen & Bosse, Leck
Printed in Germany 2013
ISBN 978-3-95451-072-6
Oberbayern Krimi
Originalausgabe

Der Panther
Im Jardin des Plantes, Paris

Sein Blick ist vom Vorübergehn der Stäbe
so müd geworden, daß er nichts mehr hält.
Ihm ist, als ob es tausend Stäbe gäbe
und hinter tausend Stäben keine Welt.

Der weiche Gang geschmeidig starker Schritte,
der sich im allerkleinsten Kreise dreht,
ist wie ein Tanz von Kraft um eine Mitte,
in der betäubt ein großer Wille steht.

Nur manchmal schiebt der Vorhang der Pupille
sich lautlos auf. – Dann geht ein Bild hinein,
geht durch der Glieder angespannte Stille –
und hört im Herzen auf zu sein.

Rainer Maria Rilke, 1902

EINS

Er hatte Angst, zu spät zu kommen. Er wusste, es würde heute passieren. Er hatte sie am Telefon belauscht. Obwohl sie nicht gewusst hatte, dass er in der Nähe war, hatte sie geflüstert. Und leise gelacht. Es tat weh, dieses Lachen zu hören. Sein Magen zog sich davon zusammen, und sein Bauch wurde ganz hart. Es war wie ein Krampf. Er zitterte, aber er lauschte weiter, und was er verstand, reichte, um ihn in Panik zu versetzen. Man musste etwas tun, man konnte es doch nicht einfach so geschehen lassen. Es hing von ihm ab. Er musste etwas tun. Kein anderer.

Er fuhr, so schnell er konnte, und war so aufgeregt, dass er nichts von der Kälte merkte, nichts von der Dunkelheit. Hätte man ihn gefragt, ob es draußen fünfzehn Grad plus oder fünf Grad minus hatte, er hätte es nicht sagen können. Auch nicht, ob es noch hell war, dämmerte oder schon dunkel war. Er beeilte sich und brachte die gesamte Fahrt über keinen einzigen klaren Gedanken zustande. Es war, als gehöre sein Kopf nicht mehr ihm, als reagiere sein Hirn nicht mehr auf seine Fragen. Er hatte keine Ahnung, was er tun würde, wenn er dort wäre. Warum er überhaupt hinfuhr, was er dort erleben würde, ob er sich versteckt halten oder zeigen würde, ob er etwas sagen oder schweigen würde. Er war schlecht vorbereitet auf die Aufgabe, die er übernommen hatte. Die Rolle passte nicht zu ihm, oder er passte nicht zu dieser Rolle, wie auch immer, sie war einfach eine Nummer zu groß für ihn. Wer war er schon, gerade er? Was würde er tun? Er hatte keine Ahnung. Aber die ganze Fahrt über, als sein Kopf ihm nicht mehr gehorchte und sein Bauch hart war wie ein Brett, wusste er eines: Er musste einfach dorthin.

Als er an die beschriebene Stelle kam, stellte er fest, dass er der Erste war. Kein Auto, kein Mensch zu sehen. Er nahm den unrhythmischen, aber gleichförmigen Verkehrslärm der Autobahn wahr und schlich sich zur Rückwand der großen Halle, tastete sich am Gebäude entlang, spürte den rauen Verputz, der sich da und dort vom Untergrund löste und wie Sand von seinen tastenden Fingerkuppen bröckelte. Er spürte die leichte Feuchtigkeit des Mörtels an seinen Händen und dann etwas Weiches, Felliges, das seine Beine streifte. Erschrocken sprang er zur Seite und sah eine nachtschwarze Katze mit zuckender weißer Schwanzspitze hinter der Halle in Richtung Brachland verschwinden. Gänsehaut kroch ihm vom Hinterkopf hinauf bis zur Schädeldecke. Die Sinneseindrücke überfielen ihn wie eine plötzliche Krankheit, er konnte sich nicht dagegen wehren. Obwohl niemand da war, spürte er diesen Zwang zu bleiben. Vielleicht hatte das Tier ihn warnen, ihm etwas mitteilen wollen, und er verstand es nicht. Er verstand es einfach nicht.

Also blieb er, wo er war, und zitterte vor Kälte und Angst. Er biss die Zähne zusammen und ertrug es. Und dann war sie plötzlich da. Er hatte weder Motorenlärm gehört noch gesehen, wie sie gekommen war, aber da war sie. Sie näherte sich der Stahltür an der Rückseite des Gebäudes und sah aus wie von einem schwachen Lichtstrahl angeleuchtet. Er konnte sich nicht erklären, woher das Licht kam, kalt wie das des Mondes in einer Vollmondnacht. Im Schatten der Wand stehend beobachtete er, wie sie die Tür mit einem Schlüssel öffnete und hineinschlüpfte. Einem Fächer gleich fiel das Licht auf den Boden vor der Halle. Er schlich näher und sah durch den Spalt in die Halle hinein.

Ein dunkelgrüner Koffer stand da und daneben eine Reisetasche, ebenso hässlich grün, mit braunem Ledergriff und Verstärkungen an den Ecken. Er konnte noch immer keinen vernünftigen Gedanken fassen, aber irgendeine Kraft, die außerhalb seiner selbst lag, stieß ihn in die Halle hinein, und eine fremde, kalte Stimme, die er als seine eigene erkannte, zischte: »Was tust du da?«

Sie erschrak, drehte sich blitzschnell zu ihm um, und er sah, dass sie Angst vor ihm hatte und ihr der Schweiß auf der Stirn stand. Und dabei war es so kalt hier. Ihr Gesicht schimmerte milchig, ihr helles Haar war ganz stumpf. Sie setzte sich auf ihren Koffer und schloss für einen Moment die Augen. Sie atmete heftig. Als sie den Kopf wieder hob und ihn ansah, hatte sie sich wieder in die Frau zurückverwandelt, die er kannte.

»Und du?«, fragte sie ihn und stand auf. »Was machst du hier?«

Er lief zur Tür, knallte sie zu und zog den Schlüssel ab.

»Was soll das?«, fuhr sie ihn an und hob die Hand, als wollte sie ihn schlagen.

Er fing ihre Hand ab, packte sie an beiden Armen, schob sie zurück ins Innere der Halle. Sie schrammte gegen das erste Regal, er hörte einen dumpfen Zusammenprall, dann sah er, wie sie stolperte. Er schob sie weiter, während sie versuchte sich aus seinem Griff zu lösen und ihn in die Hand zu beißen. Da versetzte er ihr einen Stoß, und sie taumelte, schrie wütend auf und knurrte wie eine Raubkatze.

Sie wand sich aus seinen Händen, stürzte rückwärts zu Boden, dann lag sie da und rührte sich nicht mehr. Ihr Kopf war zur Seite gefallen. Als er sich über sie beugte, starrte sie ihn aus weit aufgerissenen Augen an. Auch ihr Mund stand leicht offen, aber sie sagte nichts mehr. Als er ihre Wange berührte, reagierte sie nicht. Ihr Kopf fühlte sich an wie eine Bowlingkugel. Er strich mit der Hand über das schmutzige Eisen, auf das sie mit dem Hinterkopf geschlagen war, spürte feine Holzspäne, Lackreste und dann diese sämige Flüssigkeit. Ihr Blut. Sie lag da, und ihre Augen starrten und sahen nichts mehr. Sie war einfach tot.

ZWEI

Die Leuchtanzeige an der Fassade gegenüber gab abwechselnd Uhrzeit und Temperatur an. Sechzehn Uhr dreißig. Fünfzehn Grad. Stefan Meißner zog den Reißverschluss seiner Lederjacke zu. Zu Hause hatte es mindestens zehn Grad weniger, und trotzdem fror er. Sein Temperaturempfinden kümmerte sich nicht um die Anzeige auf dem Thermometer. Im Hotel hatte er lange und heiß geduscht, aber sein Hemd unter der Jacke war einfach zu dünn. Beim Packen war er eher auf Spätsommer eingestellt gewesen.

Der Wind wirbelte die blonden Mähnen von drei jungen Frauen, die ihm entgegenkamen, wie in einem Werbespot einer Haarpflegefirma durcheinander. Er starrte auf ihre hautengen Blusen, in ihre hübschen Gesichter und glaubte, dabei etwas über sich selbst zu erfahren. Sie hingegen nahmen ihn gar nicht wahr. Flüchtig dachte er an einen Apfelbaum voller reifer, rotwangiger Früchte. Er atmete tief ihren Duft nach Jugend und Parfümerieabteilung ein. Da er dem blonden Dreigestirn nicht auswich, löste es sich für die Dauer eines Augenblicks auf, nur so lange, bis er hindurchgeschlüpft war.

Er würde ein paar Aufnahmen mit seinem iPhone machen und sie nach Ingolstadt schicken. Wenn Fischer gut gearbeitet hatte und alles so ausging, wie er jetzt dachte und hoffte. Er stellte sich ihre Gesichter vor. Das Gesicht seines Chefs, das des Neuen, dieses Idioten, der gedacht hatte, den Fall im Handumdrehen gelöst zu haben, und ihn, Meißner, wie den Versager vom Dienst aussehen lassen wollte. Vor allem aber interessierte ihn Marlus Gesicht. Dass sie wie alle anderen im Präsidium auf den übereifrigen Supermann hereingefallen war, das hatte ihm einen richtigen Stich versetzt. Schöner wäre es natürlich, er könnte nach seiner Rückkehr einen Packen Polaroids mit Pathos auf den Tisch knallen und keine Pics, die man mit einem Fingerswitch geräuschlos auf dem Display weiterschiebt.

Er spazierte an der »Cristal-Bar« vorbei, auf deren Terrasse es trotz der frischen Temperaturen nicht einen freien Platz gab. Die Heizstrahler reichten nicht für alle Tische, aber den Leuten machte die Kälte anscheinend nichts aus. Als er an einem der Außentische vorbeiging, stand ein Pärchen auf, sie mit einem kurzen Jeansrock, ein winziges Stück ausgewaschenen blauen Stoffs, das eine Handbreit unter dem Po endete, und einer Wollstrumpfhose mit Lochmuster. Dazu Schuhe mit zehn Zentimeter hohen Keilabsätzen. Meißner überlegte, wie lange man trainieren musste, bis man sich darin gefahrlos fortbewegen konnte. Er wusste es nicht, hatte sich in seinem Leben noch nie mit dieser Frage beschäftigt und konnte sich immer nur vorstellen, wie es war, mit solchen hochhackigen Dingern umzuknicken. Höllisch wehtun musste das.

Er setzte sich. Der Tisch stand günstig. Meißner beobachtete das Treiben auf dem Platz, blickt hinüber zum Bahnhof, von dem tagsüber hundert Jahre alte Züge abfuhren. Als der Ober ihm sein Bier servierte, war alles gut. Fast gelang es ihm, sich hier ein wenig zu entspannen, tief im Süden, am Meer, und nicht an den Kollegen zu denken, von dem er annahm, dass er auch in diesem Moment wieder hinter Marlu her war.

Dieser »Alles ist gut«-Zustand dauerte keine zehn Minuten, dann spürte er schon wieder die Unruhe, die sich auch nicht mit einem Schluck Bier bekämpfen ließ.

Er konnte kaum glauben, was er da plötzlich sah, eine Szene wie aus einer Herbstkomödie, trotzdem sprang er automatisch auf, noch während er überlegte, ob es ein Ernstfall war und sich das Aufspringen überhaupt lohnte. Schnell, aber nicht besonders geschickt kam er auf die Füße, stieß mit seinem Oberschenkel gegen den Tisch, sodass das noch halb gefüllte Bierglas kippte, vom Tisch rollte, fiel. Meißner lief los. Keine zehn Meter von ihm entfernt hatte ein Mädchen einem älteren Mann das Herrentäschchen aus der Hand gerissen und wollte damit abhauen. Meißner hatte nie so ein Täschchen besessen, nicht einmal in den Siebzigern oder Achtzigern, als sie modern waren, aber vielleicht auch nur, weil er damals noch zu jung dafür gewesen war. Heute konnte man sich eigentlich nicht mehr damit sehen lassen. Außer vielleicht, man war ein alter Herr mit zu kleinen Manteltaschen.

Sehr gut, dachte Meißner, die kauf ich mir. Die Diebin drehte sich kurz um, sah ihm direkt in die Augen, taxierte seine Fitness, und Meißner glaubte, dass sie eigentlich schon verloren hatte. Er spürte seine Halsschlagader anschwellen, merkte, wie ihm der Schweiß ausbrach. Er würde sie erwischen, da war er sich sicher. Noch einmal drehte sie sich zu ihm um, lachte und beschleunigte. Der Abstand zwischen ihr und ihrem Verfolger wurde eher größer als kleiner, als sie in eine Seitengasse abbog. Es ging bergauf. Meißners Herz raste. Er hatte das Gefühl, als müsse er eine endlose Rolltreppe erklimmen, die abwärtsfuhr statt aufwärts, als müsse er gegen ihre Laufrichtung ansprinten. Die dunklen Locken der Taschendiebin wippten auf und ab. Ihr Kopf wurde immer kleiner. Schweißnass gab er nach fünf-, sechshundert Metern die Verfolgung auf. Er würde sie nicht mehr einholen. Unmöglich. Er sah noch, wie sie am Ende der Gasse nach links abbog, dann war sie verschwunden.

Er strich sich das Haar aus der Stirn, stopfte das weiße Hemd zurück in die Hose und zog sich die in die Schuhe gerutschten Socken wieder hoch. Wenigstens keine Blasen an den Fersen. Ihm blieb nur, in die Bar zurückzugehen. Der alte Herr sah ihm erwartungsvoll entgegen, aber Meißner zuckte die Achseln und konnte ihm nichts als seine leeren Hände zeigen. Der Mann war sichtlich enttäuscht. Der Kellner, der gerade die Glasscherben aufkehrte, fragte, ob er ihm ein neues Bier bringen sollte. Meißner schüttelte den Kopf, legte drei Euro auf den Tisch, nahm eine Serviette aus dem Spender und wischte sich den Schweiß von der Stirn.

Er ging den breiten Boulevard weiter hinab, vorbei an einer Grünfläche mit Dattelpalmen. Die Häuser wurden niedriger, die Menschen auf den Straßen, der Verkehr und das Licht weniger. Über einer Eckkneipe stand in Leuchtschrift »Bar Europa«. Mit zwanzig Gästen war das Lokal fast voll. Auf dem Flachbildschirm neben der Theke lief ein Fußballspiel, das von Werbung für Waschpulver und Tiefkühlpizza unterbrochen wurde. Plötzlich schrien die Männer *»Goool!«*, doch der Ball rollte knapp am Tor vorbei ins Aus.

Nur mit einem Fuß betrat Meißner das Lokal, dann blieb er

stehen und beobachtete die Szene. Einige der Gäste unterhielten sich, die anderen starrten auf den Bildschirm. Kein Mensch nahm Notiz, als er sein Handy in Position brachte und rasch hintereinander einige Fotos machte. Als ein Hocker an der Bar frei wurde, nahm er Platz.

»Sprechen Sie Deutsch?«, fragte er die Frau hinter dem Tresen.

Sie musterte ihn. *»No, sorry«,* sagte sie und schüttelte bedauernd den Kopf.

DREI

Der Herbst fing nicht gut an für Hauptkommissar Stefan Meißner. Sein erstes Unglück in diesem Herbst hatte die Form eines unwiderstehlich gut aussehenden, braun gebrannten und vor Gesundheit strotzenden Schwulen, der sein Kollege bei der Kripo Ingolstadt war und Elmar Fischer hieß, immer frisch gewaschen und gebügelt wirkte und ihm mit seiner übertrieben guten Laune nun schon seit Jahren auf die Nerven ging.

Als Fischer nämlich von seinem Urlaub auf Ibiza zurückkam, strahlend wie ein blank gewienertes Kreuzfahrtschiff auf der Jungfernfahrt, erklärte er, noch ohne dass ihn jemand danach gefragt hatte, er habe sich unsterblich verliebt.

»Was heißt hier unsterblich?«, fuhr Meißner den Kollegen unromantisch an.

»Na, so richtig halt, mit Haut und Haar, volle Kanne eben. Sieht man mir das etwa nicht an?«, antwortete Fischer.

»Doch.« Er sieht wirklich unverschämt gut aus, dachte Meißner, aber genau deshalb passt er, noch dazu mit seinem Superglück und seiner Superlaune, überhaupt nicht hierher. Er sah zu seiner Kollegin Marlu hinüber und stellte fest, dass Fischers Strahlen bereits auf sie abfärbte. Ach, die Liebe machte doch alle glücklich. Sogar als Zuschauer! Ganze Industrien lebten schließlich davon. »Gala«, »Goldenes Blatt«, Hollywood.

Fischer, so stellte sich heraus, hatte sich in einen Friseur verliebt. Allerdings nannte er ihn nicht Friseur, Bader, Haarschneider oder Coiffeur – dass ihm das nicht eingefallen war –, sondern Promifriseur.

»Deutscher?«, fragte Meißner wieder ganz prosaisch.

Fischer schüttelte den Kopf.

»Du wirst dich doch wohl nicht in einen Österreicher verliebt haben?«, fragte Meißner argwöhnisch.

»Quatsch. Spanier natürlich«, prahlte Fischer. »Ein Typ wie Pedro Almodóvar, wenn dir der Name etwas sagt. Der Filmemacher, der in Hollywood –«

»Also ein etwas älterer Mann«, unterbrach ihn Meißner.

»Na ja, was heißt schon älter? Und was spielt das Alter heutzutage überhaupt noch für eine Rolle?«

»Hallo?«, meldete sich Marlu aus ihrer kurzfristigen Erstarrung zurück. »Elmar hat sich verliebt! Und zwar unsterblich. Du bist doch nicht sein Vater, Stefan, also muss er dir den Mann auch nicht vorstellen und du nicht entscheiden, ob er zu alt für ihn ist. Jetzt freu dich doch einfach mal!«

Aber Stefan Meißner konnte sich kein bisschen freuen. Als hätte er es geahnt, gleich als Fischer mit dieser »Man's-Health«-Bräune im Gesicht und diesem unerschütterlichen Optimismus an seinem ersten Arbeitstag nach dem Urlaub ins Präsidium erschienen war. Als hätte er gewusst, dass es für ihn nichts Gutes bedeuten würde, wenn Fischer vor sich hin strahlte wie ein radioaktives Teilchen mit jahrhundertelanger Halbwertszeit. Als wäre ihm von Anfang an klar gewesen, dass das Glück dieses Götterboten auf ihn bestimmt nicht abstrahlen würde.

Dass es ihm im Gegenteil fast den Dolchstoß versetzen würde, das hatte er jedoch nicht geahnt, und es war von der Natur, dem Universum oder Gott ja auch gut eingerichtet, dass man manchmal Schlimmes ahnt, es aber dann doch nicht ganz so schlimm kommt. Wenn aber das ultimativ Schlimme naht, dann bleibt das Opfer meist so ahnungslos wie ein schlafender Säugling.

»Hast du denn auch ein Foto von deinem Promifriseur?«, fragte Marlu und übernahm gleich den Adelstitel von Elmar Fischers hispanischem Lover.

Natürlich hatte er – und nicht nur eines. Verträumt stöberte er durch die Fotoalben auf seinem Smartphone und suchte nach einem vorteilhaften und vor allem auch vorzeigbaren Foto seines Lovers. Die Nacktfotos am Pool schieden da schon mal aus.

»Jetzt schau doch auch mal«, drängte Marlu Meißner, also ging er zu den beiden hinüber und glotzte auf das Display, von dem ihm ein kahl rasierter Mittfünfziger entgegenlachte, der offensichtlich nicht im Entferntesten daran dachte, seinen Bauchansatz unter einem luftig geschnittenen, offenen Hemd zu verstecken. Ein grünes Krokodil prangte auf dem stahlblauen Poloshirt, aus dem Oberarme wuchsen, die für jeden Fitnesstrainer eine Herausforderung gewesen wären.

Meißner wusste, dass Marlu gleich irgendetwas Nettes über diesen Mann sagen würde. Frauen fiel in solchen Situationen immer etwas Artiges ein. War eine Kollegin beim Friseur gewesen: »Oh, du warst beim Friseur! Der Haarschnitt macht dich glatt zehn Jahre jünger.« Hatte sich Kollege Kellner in die erste Jeans seines Lebens gequetscht: »Hey, andere werden älter, aber was machst du? Hast du eigentlich eine Freundin?«

»Der sieht aber sehr sympathisch aus«, sagte Marlu.

Na also, dachte Meißner befriedigt. So hört sich das an, wenn man eigentlich enttäuscht ist, weil jemand lange nicht so toll aussieht, wie ein anderer es einem glauben machen will. Man lügt nicht wirklich, aber man sagt auch nicht unbedingt die Wahrheit. Sehr elegant. Doch Meißner wollte weder das eine noch das andere. Stattdessen wollte er sich gegen Fischers Bombenlaune zur Wehr setzen. Ein kleines boshaftes Teufelchen ritt ihn und flüsterte ihm ins Ohr: Hau drauf, würg ihm eine rein, jetzt tu's schon! Deshalb sagte er: »Also, ich finde, der Typ sieht irgendwie aus wie ein Affe.«

Marlu verfiel augenblicklich in Schockstarre. Das Leuchten in ihren Augen war verflogen, sie sah ihn giftig an.

»Lieber Stefan«, sagte Elmar Fischer ziemlich ernst, »ich danke dir für deine Offenheit. Aber weißt du was? Bei Männern scheiße ich auf Schönheit. Schön bin ich schließlich selbst.«

Bravo, dachte Meißner bitter. Ein wirklich toller Typ, mein schwuler Kollege. Mehr Mumm als so manch anderer, der hier täglich ein und aus geht, und mehr Gefühl sowieso. Und abgesehen davon auch noch eine unleugbare Augenweide, schillernd und notorisch positiv.

»Alles, was ein Mann schöner ist als ein Aff', ist Luxus«, zitierte Meißner spontan aus der Weltliteratur.

»Geil! Wer hat das denn gesagt? Oder ist das von dir?«

»Leider nein. Friedrich Torberg war's, ein Österreicher.«

»War er schwul?«

VIER

Mit Fischers Eröffnung war Meißners grandiose Pechsträhne losgegangen. Irgendwie wollte es in diesem Jahr für ihn einfach nicht rundlaufen. Für eine Midlife-Crisis war er eigentlich schon fast zu alt, wobei er ja mit allem ein bisschen spät dran war. Mit Fischers Glück hatte quasi sein Unglück angefangen, und dann kam auch schon der nächste Schlag. Das Schlimmste war der aber immer noch nicht, nur der Auftakt zu etwas noch Schlimmerem.

Manchmal geht es Schlag auf Schlag, da lässt sich das Leben nicht lange bitten, da haut es dann auch auf solche ein, die schon am Boden liegen, gnadenlos ist es dann, das Leben. Christen glauben in einer solchen Situation gern an eine Serie von Prüfungen, Esoteriker meinen, das Universum stelle ihnen Aufgaben, die es gelte, auf dieser Daseinsstufe zu meistern. Denn ohne Lösen der Aufgaben gibt es kein Weiterkommen, dann droht einem die Existenz als Salatkopf oder einsame Schildkröte.

Meißner jedenfalls begann ein bisschen christlich, ein bisschen esoterisch, aber vor allem ängstlich und mit einer guten Portion Selbstmitleid, sich als Hiob zu fühlen und furchtsam auf den nächsten Nackenschlag des Lebens zu warten. Er wusste es irgendwie, ahnte es voraus, obwohl er es weder im Urin noch in der kleinen Zehe spürte, eher ganz tief in den Eingeweiden, wo nach der chinesischen Medizin ja alles Unglück und ebenso alles Glück sitzt.

Der Tag hatte damit begonnen, dass er vor dem Rathaus beinahe über einen Wagen gefallen war. Über ein blaues Fahrzeug, das aussah wie ein Rasenmäher zum Aufsitzen oder einer von den kleinen Traktoren, mit denen im Winter Schnee geräumt wurde. Auf dem unkippbaren Kleintraktor saß ein Mann. Er trug einen beigefarbenen Blouson, hatte eine Halbglatze und rauchte, ohne die Hände dafür zu benutzen. Eigentlich war der Fahrer in seinem Wagen nicht zu übersehen, und doch war Meißner fast über ihn gestolpert. Wo war der jetzt so schnell hergekommen? Hatte er schon dagestanden, als Meißner aus der Altstadt auf den Rathausplatz hinausgetreten war? Seine Zigarette war halb geraucht, die Hände des Mannes steckten in den Taschen des Blousons. Meißner entschuldigte sich, aber der Mann schwieg, sah ihn nur an und sog an seinem dünnen Tabakstängel, der, wie Meißner jetzt sehen konnte, selbst gedreht war, mit zerknittertem Papier, durch das die Tabakbrösel schimmerten wie spitze Knie durch eine dünne Hose. Genau da hatte Carola angerufen und sich für den nächsten Tag, einen Samstag, mit ihm zum Joggen verabreden wollen. »Zum Joggen?«, hatte er sich gewundert. Er hatte gedacht, sie wolle sich vielleicht mit ihm unterhalten.

»Joggen, ja. Kann dir doch nicht schaden, oder?«, hatte sie geantwortet, und er hatte am Telefon unwillkürlich den Bauch eingezogen. Er und Joggen. Er hatte eher an das Stadtcafé gedacht, Cappuccino, dazu ein Stück Johannisbeer-Baiser oder Erdbeersahne, seinetwegen auch eine Bionade, Kombucha Cranberry oder Ingwer-Irgendwas, was Carola so gern bestellte. Gesunde Ernährung und Fitness, das alles war total wichtig für sie. Er war da ja eher der Genusstyp.

»Kann man sich denn beim Joggen überhaupt unterhalten?«, fragte er.

»Natürlich«, sagte sie, »man soll sowieso nur so schnell laufen, dass man, ohne zu schnaufen, noch mühelos reden kann. Bei dem Tempo funktioniert auch die Fettverbrennung am optimalsten.«

Also mussten sie nur noch beim gleichen Tempo Fett verbrennen und er nicht schon nach Luft japsen, während sie noch ganz relaxed dahintrabte, dann wäre alles gut.

***

Am Samstagmorgen kramte er im Schrank nach seinen Sportklamotten, fand, dass das Lauf-T-Shirt an den Hüften etwas spannte und seine Beine immer dünner wurden, was nicht gerade zur Verbesserung des Gesamtbildes beitrug. An den Schuhen, die er nach längerem Suchen endlich im Keller fand, klebten noch Erdbrocken und bräunliches Gras vom letzten Lauf, der vielleicht ein, zwei Jahre – zwei Jahre? – zurücklag. Mein Gott, warum hatte er nicht einfach Nein gesagt und ein Treffen im Café vorgeschlagen? Manchmal war er so langsam im Denken und im Erkennen, was er wollte, und vor allem, was er nicht wollte. Noch langsamer war er allerdings darin, seine späten Erkenntnisse auch noch in Sprache umzusetzen und seinem Gegenüber eine klare Ansage zu machen. Nur im beruflichen Umfeld gelang ihm das mittlerweile meistens, aber das hatte er sich auch wie eine Vernehmungstechnik antrainieren müssen. Privat galt diese erworbene Fähigkeit allerdings nichts. Da war er zu langsam, zu träge, zu wenig auf der Hut. Womöglich hätte er auch Ja gesagt, wenn Carola ihm Thaiboxen oder Pilates vorgeschlagen hätte. Da hatte er mit Joggen womöglich noch Glück gehabt, denn Carola war immer für Überraschungen gut.

Als er um halb zehn seinen Wagen bei der Tennisanlage des RTC abstellte, schien schon halb Ingolstadt entweder zu Fuß oder auf dem Rad draußen am Baggersee oder am Donau-Stausee unterwegs zu sein. Die vierzehn Grad, die das Thermometer in seinem Audi anzeigte, waren zwar nicht besonders verlockend, aber es war Samstag, die knappe Freizeit musste genutzt werden. Weil Meißner im Bett, beim Duschen oder beim Kaffeekochen zu sehr getrödelt hatte, war auch noch das Frühstück ausgefallen. Wahrscheinlich wegen des Kaffeeautomaten. Das Warnlämpchen seiner Saeco hatte ihm signalisiert, dass der Filter bis oben hin voll war. Aber statt ihn einfach zu entleeren, hatte Meißner das ganze Ding einer gründlichen Reinigung unterzogen, das abgestandene Wasser gewechselt und die Milchschaumdüse gründlich mit einer alten Zahnbürste gereinigt, bis er schließlich nicht einmal mehr Zeit hatte, seinen Kaffee auch noch zu trinken, wollte er nicht zu spät zu seiner Verabredung kommen.

Aber anscheinend war es nun Carola, die zu spät kam, denn er konnte sie nirgendwo entdecken. Er widerstand der Idee, auszusteigen und sich warm zu machen oder alternativ vor sich hin zu bibbern, und blieb im Auto sitzen, um weiter sein Klassikradio zu hören. Bayern 4. War ja niemand da, der sich über ihn hätte lustig machen können. Ein Schubert-Lied, gesungen von einem Menschen namens Fischer-Dieskau. Fast konnte er die verdrehten Augen von Kollegin Marlu oder Kollege Fischers ruckartig auf die Ohren gelegte manikürte Hände sehen, wenn er zum leeren

Beifahrersitz hinüberschaute. Meißner war ein nicht übermäßig anspruchsvoller Klassikfan, sondern von vielem relativ leicht zu begeistern. Ein Staunender.

Da klopfte es, und als er den Kopf Richtung Seitenfenster drehte, sah er tatsächlich in zwei himmelwärts gedrehte Augen. Sie gehörten Carola. Er hatte das Radio so laut gestellt, dass Fischer-Dieskau wie eine Posaune auf dem Kirchturm sein Kunstlied schmetterte. Wahrscheinlich war es auch außerhalb des Wagens noch laut genug zu hören. Er stellte das Radio aus und sah Carolas Kopfschütteln nur noch aus den Augenwinkeln.

»Los, raus, du Sportler«, sagte sie, während er sich aus dem Sitz schälte.

Carola hatte eine gesunde Gesichtsfarbe und schwitzte bereits. Weit und breit kein Auto, das ihr gehört hätte. Sie war also schon von zu Hause hierhergelaufen, wobei sie den kleinen Konstantin in einem geländegängigen Fahrzeug, das wahrscheinlich so etwas wie einen Kinderwagen darstellen sollte, vor sich her geschoben hatte. Drei Ballonreifen mit Alufelgen.

»Scheibenbremsen beidseitig und Hinterachsfederung. Das Ding heißt Joggster«, sagte Carola, als sie sein ungläubiges Staunen bemerkte.

Konstantin schlief wie ein kleiner Buddha, ein Fettröllchen zierte ganz ungeniert seinen Babyhals, während er hoffentlich von den schönen Dingen des Lebens träumte. Eine Elster krächzte ihr spottendes Schäck-schäck-schäck, und Meißner setzte sein Skelett in Bewegung und hoffte, dass nur er das unangenehme Knirschen seiner Gelenke hören konnte. Für die fünf Kilometer um den See müsste seine Kondition gerade so reichen.

Carola lief voraus und erzählte, dass Konstantin sich nun schon allein hochziehen und auch stehen könne, aber zur Fortbewegung immer noch alle vier Extremitäten benutze.

»Ich war auch ein Spätzünder beim Laufen«, sagte Meißner. »Das hängt mir wahrscheinlich bis heute noch nach.« Er konnte nicht erkennen, ob Carola das witzig fand, und hatte alle Mühe, mit ihr mitzuhalten. Eigentlich war ihm das Tempo zu schnell, aber das wollte er nicht zugeben. Mit Unterhalten war schon nach ein paar Metern nicht mehr viel, aber das hatte er sich ja schon gedacht.

Als sie am Tiergehege vorbeigelaufen waren, das Konstantin ebenso wie ihre Begrüßung verschlafen hatte, drehte Carola sich zu ihm um. »Ich muss dir was sagen.«

Meißner dachte sich noch nichts dabei. Er war auf nichts gefasst, er ahnte und roch nichts. Wieder einmal war er nicht auf der Hut.

Schwarze Tage haben die Angewohnheit, sich nicht anzukündigen. Man stolpert über sie wie über eine Bordsteinkante und schlägt der Länge nach hin wie ein Idiot. Alle anderen haben das Unglück natürlich längst kommen sehen und schauen einem nun genüsslich dabei zu, wie man sich mit blutigen Knien aus der Horizontalen wieder in eine menschenwürdige Position bringt.

Meißner lief neben Carola her wie ein ergebenes und außerdem hechelndes Hündchen, als sie ohne weitere Umschweife zum Punkt kam.

»Ich habe einen Vaterschaftstest machen lassen«, sagte sie.

Er wollte fragen: »Was, du? Kennst du deinen Vater etwa nicht?«, kapierte dann aber doch, was sie meinte. Und plötzlich wünschte er sich sonst wohin, zur Not sogar an den Start des Ingolstädter Halbmarathons oder in die Box-Fabrik, nur weg von hier. Es ging natürlich darum, wer Konstantins Vater war. Er, Stefan Meißner, langjähriger Ex-Lebensgefährte von Carola, oder Thomas, genannt Tom, ihr derzeitiger Partner. Konstantins Empfängnis hatte in der Zeit des fließenden Übergangs von einem Mann zum nächsten stattgefunden. Meißner war sozusagen der Heimathafen gewesen, während am Horizont, allerdings schon in Sicht- und Fühlweite, bereits der Mast der neuen, schöneren Segeljacht aufgetaucht war.

Weglaufen war zwecklos, eine Herzattacke vortäuschen lächerlich, weshalb ihm nur blieb, die schlichteste aller Fragen zu stellen.

»Und?« Doch er kannte die Antwort schon. Er konnte sie förmlich riechen, er konnte sie an Carolas Augen und an ihrer Körperhaltung ablesen. Sie war erschlafft, drückte Mitleid aus, das er im selben Augenblick, als er es wahrnahm, auch schon hasste.

»Thomas ist der Vater von Konstantin«, sagte sie, und Meißners

Herz machte einen raschen Doppelschlag wie ein stolperndes Pferd. »Er freut sich so darüber«, schickte sie noch hinterher, als würde sie ihn mit dem aufgesetzten Bajonett noch einmal kurz pieksen.

Ich hätte mich auch so gefreut, schrie es in ihm, aber Carola konnte es natürlich nicht hören, also redete sie einfach weiter.

»Du bist frei, Stefan«, war das Letzte, was er noch hörte, und es dröhnte in seinen Ohren wie der Paukenschlag zu Beginn von Beethovens Fünfter, der sogenannten Schicksalssymphonie. Er warf noch einen Blick in den Rennwagen. Konstantin hatte jetzt ein Auge geöffnet und sah ihn damit an, als habe er verstanden, worum es hier ging. Was er davon hielt, konnte Meißner nicht erkennen, aber er zwinkerte dem Kleinen freundlich zu.

Frei? Oh, süße Freiheit, schmetterte es in ihm. Er hatte ein Kind gewollt auf seine alten Tage, keine Freiheit – und jetzt erkannte er messerscharf, dass es mit dem Wunsch erst einmal vorbei war.

Er konnte nicht anders, als seinem imaginären Pferd die Sporen zu geben und zu laufen, davonzurennen und sich nicht mehr umzudrehen. Er hob die Hand und winkte Carola unbeholfen zu. Er war irgendwie nicht richtig im Kopf, einfach nicht normal, das war nun sonnenklar, aber das hatte er im Grunde schon immer gewusst und Carola wahrscheinlich auch. Warum sonst hatte sie ihn schließlich verlassen und sich von einem anderen ein Kind machen lassen? Andere Männer hätten das anders angepackt, hätten gewusst, wie man mit so einer Situation umging, was das sozial verträglichste Verhalten gewesen wäre. Aber er konnte jetzt einfach nicht anders. Und die Sache zu lösen war sowieso unmöglich. Er musste einfach nur weg. Der Schmerz, der sich in seiner Brust zusammenballte wie ein Tornado, löschte alles andere aus: den Baggersee, die Laufstrecke, halb Ingolstadt, seinen Meniskusschaden, seine zu kurzen Sehnen am Außenknie, die Plattfüße und das perfekte, wenn auch etwas kühle Samstagswetter gleich dazu.

FÜNF

Schon Ende September flog Strahlemann Fischer wieder nach Ibiza. Wie viele SMS, Chats, Mails, Skype-Anrufe, Handy- und Festnetztelefonate er in der Zwischenzeit mit seinem Promifriseur geführt beziehungsweise ausgetauscht hatte, das konnte man nur ahnen. Bestimmt Hunderte.

Die Liebe überlebte die ersten vier Wochen mit nicht nachlassender Intensität. Kriminalkommissar Elmar Fischer tat seinen Dienst wie eh und je und trug seine Hemden mit den psychedelischen Mustern in den gewohnten Neonfarben. Von einem dezenten Kleidungsstil hatte er noch nie etwas gehalten. Er pflegte sein Äußeres nun vielleicht noch ein bisschen aufwendiger als früher und wirkte nur manchmal und vorübergehend etwas abwesend und verträumt, aber das meinten seine Kolleginnen und Kollegen vielleicht auch nur zu sehen, weil sie es eben gern sehen wollten. Insgesamt schien Fischer seine fünf Sinne beieinanderzuhalten und wirkte auch nicht unvernünftiger als sonst.

Umso überraschender kam für Stefan Meißner, der ihn sehr genau beobachtete, seine Ankündigung im Oktober, den Dienst quittieren zu wollen.

»Bist du verrückt geworden?«, war alles, was er zunächst dazu sagte. »Wir sind doch hier nicht im Schlachthaus oder in der Fleischfabrik. Mensch, Elmar, du bist Beamter. Du hast dich jahrelang für diesen Beruf ausbilden lassen. Du hast nichts anderes gelernt als Kriminaler, Beamter, Staatsdienst.« Konnte ein Mensch durch Liebe so schnell derart verblöden?

»Soll ich dir was sagen, Stefan? Ich scheiße auf den Staatsdienst und den Beamten. Ist mir alles nicht mehr wichtig beziehungsweise war es mir noch nie so wichtig wie dir.«

»Ah, ja, alles klar. Davon hab ich bisher aber noch gar nichts mitbekommen. Du hast immer den Eindruck vermittelt, der Job mache dir Spaß und würde dir auch liegen. Auch wenn's nach außen nicht immer so aussah, habe ich doch das Gefühl gehabt, dass du hierhergehörst.«

Dass er auch für die Farbenpracht, Fischers Unkonventionalität, einfach sein gesamtes Anderssein, das konstant frischen Wind in den alten Backsteinbau brachte, dankbar war und in Zukunft nicht darauf verzichten wollte, sagte Meißner nicht. Das dachte er sich nur.

»Ach, weißt du, bei der Ingolstädter Kripo Bürokram erledigen, ab und zu Verbrecher jagen und ansonsten den Paradiesvogel geben, das hat schon was gehabt. Aber immer muss ich das nicht machen. Jetzt ist eben was anderes wichtiger, und beides zusammen geht nicht.«

»Wieso denn nicht?«, wandte Meißner ein. »Dein Promifriseur hat doch auch einen Beruf, sein eigenes Leben und seine Leute. Der würde doch auch nicht alles hinschmeißen wegen einer Beziehung, die jetzt wie lange geht?«

»Die Zeit spielt dabei überhaupt keine Rolle, Stefan. Ich weiß es einfach, dass das die große Liebe ist und ich mit diesem Mann leben will. Ist dir das denn selbst noch nie passiert?« Eine rhetorische Frage. Fischer starrte Meißner kurz an und redete dann weiter, ohne eine Antwort abzuwarten. »Und jetzt mal ganz ehrlich, Stefan. Wenn du Promifriseur wärst und in Ibiza in einer Sechs-Zimmer-Villa mit Pool, Spa und Hauspersonal leben würdest, würdest du dann tatsächlich in Betracht ziehen, deinen Beruf aufzugeben, deine Villa zu verkaufen und wegen eines Kripobeamten, seiner Stelle auf Lebenszeit und der Beamtenpension nach Ingolstadt überzusiedeln?«

»Vom Mittelmeer an die Donau und dann hier die Promifriseurszene aufmischen«, sagte Meißner, »wär das vielleicht nichts?«

»*Njet*«, antwortete Fischer und streckte seinen Daumen theatralisch nach unten.

»Das heißt *no* und nicht *njet*«, mischte sich jetzt Marlu ein, die an der offenen Tür stehen geblieben war. »Aber was willst du dort machen, ich meine, wovon willst du leben?«

»Er macht ein Detektivbüro für die Damen und Herren der Ibiza-Schickeria auf, die sich betrogen oder hintergangen fühlen oder sich einfach nur wichtigmachen wollen«, sagte Meißner.

»Oh, ja, ich kann mir Elmar echt gut als Privatdetektiv vorstellen. In einem Büro mit Deckenventilator, die Füße lässig auf den Schreibtisch gelegt und dabei gewandt in fremden Zungen parlierend.« Die Phantasie ging mit Marlu durch.

»Auf Ibiza haben bestimmt alle Wohnungen eine Klimaanlage«, vermutete Meißner. »Deckenventilatoren gibt's in der ›Havana Bar‹ in Ingolstadt, und das wahrscheinlich auch nur wegen Hemingway und der Nostalgie.«

Elmar Fischer versicherte ihnen glaubhaft, dass sie sich um seine Zukunft keine Sorgen machen müssten. Er sei jung, schön und klug, und zur Not würde er eben noch eine Friseurlehre draufsatteln.

Meißner schüttelte den Kopf, konnte ihn aber anschließend dazu überreden, in einem Gespräch mit ihrem Vorgesetzten Czerny die Möglichkeit einer vorläufigen längeren Beurlaubung zu besprechen. Obwohl Fischer die Vorstellung zunächst nicht schmeckte – er war nicht der Typ für Reißleine und doppelten Boden, sondern eher für einen Salto mortale –, versprach er Meißner, um der alten Zeiten willen um den Termin zu bitten und ihn auch wahrzunehmen.

Doch Fischer hatte sich ganz umsonst Sorgen gemacht. Czerny weigerte sich, einer so langen Beurlaubung zur Klärung von Fischers Liebesangelegenheiten zuzustimmen. Es würde für Elmar Fischer also keine Schonzeit geben, in der er sein neues Leben antesten, seine Liebe leben und herausfinden konnte, ob es sich bei ihr wirklich um die eine, die große, die unsterbliche handelte oder doch nur um ein Strohfeuer. Er musste ins kalte Wasser springen, aber genau das hatte er ja von Anfang an gewollt.

***

Auf Fischers Abschiedsfeier wurde ihnen der neue Kollege vorgestellt, Kommissar Axel Brunner aus Nürnberg, Franke wie sein Vorgänger, aber doch aus gänzlich anderem Holz geschnitzt. Und das hatte nicht nur, aber auch etwas mit seiner sexuellen Orientierung zu tun.

Brunner war Ende dreißig, ledig, an der Langhantel groß geworden und scharf auf alles, was zwei X-Chromosomen besaß und unter fünfundvierzig war. Dass er bei den Kollegen gut ankam, das hätte Meißner ihm ja noch gegönnt, aber als er sah, dass Marlu im Handumdrehen seinem Charme zu erliegen drohte, regten sich bei ihm die ersten massiven Ressentiments gegen den Neuen. Dass der Tom-Selleck-Verschnitt ihm in den nächsten Monaten seinen Beruf fast vergällen und ihn selbst zu quälenden Selbstzweifeln und an den Rand der Verzweiflung bringen sollte, das hätte Meißner sich zu diesem Zeitpunkt allerdings nicht träumen lassen.

Statt einfach seinen Job zu beginnen, sich im Alltag zu bewähren und den Kollegen und Vorgesetzten im täglichen Kleinkrieg mit Bürokratie, Justizbehörden und Exekutive zu zeigen, wie man tickte, wo die eigenen Stärken und Schwächen lagen, wie weit es mit der eigenen Geduld, der Fähigkeit zuzuhören, zuzupacken, zu entscheiden oder zu zaudern, stand, kurz: Statt es einfach langsam und ohne großes Trara angehen zu lassen und Gelegenheiten zu schaffen, in denen man sich nach und nach kennenlernte, feierte der Neue einen für Meißners Geschmack etwas zu pompösen und gleichzeitig einen Tick zu patriotischen und banalen Einstand. Am liebsten hätte Brunner wahrscheinlich seine Mama aus Nürnberg-Feucht einfliegen lassen, damit sie den Kollegen in Ingolstadt die authentische »frängische« Küche nahebrachte. Die Mutter blieb ihnen glücklicherweise erspart, nicht jedoch die durch einen Caterer in Edelstahlwannen mit silberner Haube angelieferten echten Nürnberger Rostbratwürste, das obligatorische Sauerkraut als Beilage und die Brezen, die, wie Brunner extra bemerkte, natürlich ebenso »frängisch« waren, nur so aussahen wie die oberbayerischen Vertreter ihrer Art, aber um ein Vielfaches besser schmeckten, was Meißner nach den ersten Bissen jedoch beim besten Willen nicht bestätigen konnte.

Was die Franken für ein Gewese um ihre Bratwürste machten, hatte er sowieso noch nie verstanden. Die Nürnberger Fußgängerzone war vom Bahnhof weg gepflastert mit Würstchenbuden, von denen jede zweite so tat, als habe mindestens ein Alfons Schuhbeck, Eckart Witzigmann oder Johann Lafer höchstpersönlich die Rezeptur für die fettigen Fleischröllchen zusammengestellt – oder irgendein »frängischer« Spitzenkoch, den außerhalb der Metropole an der Pegnitz niemand kannte.

Ein Catering von Schuhbeck wäre Meißner in jedem Fall lieber gewesen als die Würstchen von Brunner, denn mit der Hausmannskost hatte er es eigentlich nicht so. Natürlich konnte man die Würstchen, das Sauerkraut und die Brezen essen, aber musste man deshalb gleich so stolz darauf sein, dass man vor lauter Zufriedenheit dreihundert Jahre nichts Neues mehr erfand?

»Jetzt mach dich mal locker, Stefan«, sagte Marlu und biss in eine Bratwurst, die sie auf ein mitgeliefertes Holzgäbelchen gespießt hatte. »Was hast du denn schon wieder?«, fragte sie und richtete die Wurst auf ihn. »Du wirkst total angespannt. Hat dir Kollege Brunner vielleicht irgendwas getan?«

Meißners ohnehin schon nicht besonders großer Appetit auf Wurst war schlagartig verschwunden. Ihm war bewusst, dass er humorlos und wahrscheinlich ungerecht war, aber er konnte den Kollegen Brunner schon jetzt nicht ausstehen.

Wie es das Schicksal wollte, wurde Meißners Bauchgefühl kurz darauf bei der ersten Vernehmung, bei der Brunner zugegen war, bestätigt. An der A 9, Raststätte Köschinger Forst, war ein Reisebus kontrolliert worden, der von Leipzig über Nürnberg, Ingolstadt und München nach Wien unterwegs war. Die Kollegen hatten einen Mann festgenommen, den sie ohne gültige Reisepapiere im Bus aufgegriffen hatten, und ihn zur Vernehmung ins Präsidium gebracht. Alles, was er vorweisen konnte, war ein scheckkartengroßer Ausweis der Ausländerbehörde, aus dem hervorging, dass er in Salzburg Antrag auf politisches Asyl gestellt hatte. Er war gebürtiger Angolaner, sprach Deutsch mit österreichischem Akzent und verlangte bei der ersten Vernehmung durch die Polizei schon die Hinzuziehung eines Dolmetschers – worüber sich Kollege Brunner tierisch aufregte.

»Was will der, einen Dolmetscher? Der Bimbo spricht doch fast genauso gut Deutsch wie ich, wenn man jetzt mal davon ausgeht, dass Österreichisch auch als Deutsch zählt. Was reden die denn überhaupt da in …? Woher ist der noch mal, sagst du?« Er verschwand an seinen Schreibtisch.

Meißner verstand nicht, wieso Brunner sich aufregte. Der

Angolaner hatte schließlich ein Recht darauf, dass ein Dolmetscher zur Vernehmung hinzugezogen wurde. Kamen sie seinem Wunsch nicht nach, riskierten sie ein Verwertungsverbot der Angaben, die er bei der Vernehmung machen würde, das musste doch auch Brunner in seiner Ausbildung gelernt haben. Für die sprachliche Entgleisung des neuen Kollegen in Bezug auf den Schwarzafrikaner kamen als Ursache nur schlechte Nerven oder Rassismus in Frage. Oder beides.

Kurz darauf kam Brunner mit einem ausgedruckten Wikipedia-Artikel zurück und trug den Kollegen glucksend vor, dass in Angola Umbundu, Kimbundu und Kikongo gesprochen werde. »Ich wiederhole noch einmal: Umbundu, Kimbundu und Kikongo«, sagte er und fragte dann theatralisch, wo sie einen solchen Dolmetscher hernehmen sollten.

Zum Glück gab derselbe Artikel auch darüber Auskunft, dass die Amtssprache in Angola Portugiesisch war. Während sie auf die Übersetzerin warteten, die in Eichstätt wohnte, unterhielt sich Meißner mit Antonio Pereira Santos, so hieß der Festgenommene. Er lebte seit fünf Jahren in Salzburg und sprach ausgesprochen gut Deutsch. Die Vernehmung sollte trotzdem erst in Anwesenheit der Dolmetscherin erfolgen. Als diese eintraf, freute Meißner sich, dass er sie sofort wiedererkannte. Er hatte mit ihr vor einigen Monaten bereits im Zusammenhang mit drei Kolumbianern mit gefälschten Pässen zu tun gehabt. Er schaute auf den Namen in der Kartei, García, genau, Vorname: Sylvia.

»Hallo, Herr Meißner.« Sie strahlte ihn an.

»Schön, dass Sie Zeit haben«, sagte Meißner. »Kollege Brunner, Frau García. Gibt es eigentlich eine romanische Sprache, die Sie nicht beherrschen?« Er grinste sie an. »Baskisch zum Beispiel?«

»Baskisch ist keine romanische Sprache«, sagte sie. »Sie ist zwar die älteste europäische Sprache, aber mit keiner anderen Sprache auf der Welt verwandt.«

Brunner schaute immer konsternierter drein. Was ging denn hier ab? War das jetzt eine Vorlesung oder was?

Frau García klärte den Beschuldigten über seine Rechte auf und trug ihm vor, was ihm zur Last gelegt wurde: Überschreiten der Grenze und Ausreise aus Österreich ohne gültiges Reisedokument. Pereira Santos lauschte ebenso aufmerksam Meißners Vorgaben auf Deutsch wie der Übersetzung. Auf Nachfrage bestätigte er, dass er alles verstanden hatte. Die Aufmerksamkeit, die ihm so zuteilwurde, gab ihm seine Würde zurück. Jetzt war er wieder ein Mensch mit einer Herkunft und Sprache, nicht nur jemand, der gegen ein Gesetz verstoßen hatte und deshalb festgehalten wurde. Vielleicht wurde er dadurch auch unvorsichtig.

Auf die Frage, ob er nicht gewusst hätte, dass er ohne Pass Österreich nicht verlassen durfte, erzählte er, dass er seine Frau in Leipzig besucht hatte. Und zwar nicht zum ersten Mal – er war nur noch nie dabei erwischt worden. Er jammerte nicht und beschwerte sich auch nicht. Mehr Anzeichen von Stress als ein paar Schweißtropfen auf der Stirn waren nicht zu erkennen. Er wollte keinen Anwalt anrufen, womit sollte er den auch bezahlen? Was denn nun mit ihm geschehe, fragte er. Meißner erklärte ihm, dass er den österreichischen Kollegen übergeben werde, sobald sie Zeit hätten, ihn in Ingolstadt abzuholen. Bis dahin würde er in polizeilichem Gewahrsam bleiben.

Damit war die Sache schon erledigt, das Vernehmungsprotokoll unterschrieben. Bevor sie ging, wechselte die Dolmetscherin noch ein paar Worte mit dem Beschuldigten und notierte eine Telefonnummer.

»Er hat mich gebeten, seiner Frau Bescheid zu geben.«

Meißner nickte. »Dann bis zum nächsten Mal«, verabschiedete er sie.

»Was war das denn jetzt?«, empörte Brunner sich.

»Wieso, was meinst du?«, fragte Meißner.

»Der hat uns doch besser verstanden als die Dolmetscherin. Was das den Steuerzahler wieder gekostet hat!«

»Achtunddreißig Euro die Stunde, dazu Anfahrt und Parkgarage. Wir haben die Kostennote gerade zusammen ausgefüllt. Der Betrag dürfte kein Loch in den Haushalt des Innenministeriums reißen.«

Ironie war an Brunner komplett verschwendet. Er reagierte gar nicht.

»Und so eine wie die gefällt dir?«, fragte er.

Meißner sah ihn überrascht an.

»Baskisch ist die älteste Sprache in Europa«, äffte Brunner sie nach. »Ganz toll, Frau Oberlehrerin, und wen soll das bitte interessieren? Also, Frauen gibt's, die möchte man nicht einmal mit der Kneifzange anfassen.«

»Keine Sorge, Brunner. Die würde sich von dir auch gar nicht anfassen lassen, egal ob mit Kneifzange oder ohne. Und die Antwort auf deine Frage ist: mich. Mich interessiert das.«

Brunner nervte ihn mit seiner Blödheit. Meißner war einfach saumäßig schlecht drauf in diesem Herbst und Winter. Erst die Sache mit Fischer, der einfach so aus Liebe den Dienst quittierte, und jetzt musste er mit seinem bescheuerten Ersatz auskommen. Dann die Sache mit Carola und Konstantin. Es war eine blöde Zeit. Und während er noch darauf wartete, dass sie endlich zu Ende ging, ging sie erst richtig los. Das wusste er nur noch nicht.

SECHS

»Stefan? Hier ist ein Mann, der seine Frau vermisst melden will. Sollen die Kollegen die Anzeige aufnehmen, oder soll ich ihn zu dir raufschicken? Er glaubt, ihr könnte etwas zugestoßen sein.« Stangelmayer wusste, dass das die meisten Menschen glaubten, die einen Angehörigen bei der Polizei vermisst meldeten. Er wusste aber auch, dass das für die überwiegende Zahl der Fälle nicht zutraf. Trotzdem war Sensibilität im Umgang mit den Angehörigen nie fehl am Platz, das war Konsens, und auch das wusste Stangelmayer.

Es war zehn Uhr morgens. Meißner hatte gleich einen Termin in einer Strafsache am Amtsgericht in der Harderstraße. Da er auf eigene Faust die Aufnahme der Vermisstenanzeige nicht abschließen würde können, beschloss er, den Kollegen Brunner dazuzuholen. Wenn nötig, sollte dieser dann alle weiteren Schritte einleiten.

»Schick ihn rauf«, antwortete Meißner.

Der Mann, der kurz darauf zaghaft an seine Bürotür klopfte, war Anfang bis Mitte dreißig, blond, sehr dünn, fast schmächtig, und er sah aus, als habe er die letzte Nacht kein Auge zugetan. Er hieß Moritz Eberl und sprach sehr schnell und so leise, dass die Beamten nach fast jedem Satz nachfragen mussten, ob sie auch alles richtig verstanden hatten. Brunner machte sich ein paar Notizen per Hand, denn für eine Anzeige war es noch zu früh.

Eberls Frau Charlotte war am Abend zuvor nicht wie sonst zwischen achtzehn und neunzehn Uhr von der Arbeit nach Hause gekommen. Um zwanzig Uhr war er dann wie jeden Montag zu seiner Schafkopfrunde in der Gaststätte »Zur Fohlenheide« beim MTV aufgebrochen. Das Handy lag die ganze Zeit neben ihm, aber Charlotte rief nicht an. Und wenn er es bei ihr versuchte, war sie nicht zu erreichen. Um halb elf fuhr er wieder nach Hause, aber sie war in der Zwischenzeit nicht heimgekommen, und eine Nachricht von ihr fand er auch nicht. Gegen elf rief er bei ihrem Vater an, anschließend bei ihrem Bruder, aber auch die beiden wussten nicht, wo seine Frau war. Anschließend versuchte er es bei zwei von ihren Freundinnen. Eine von ihnen erreichte er nicht, die andere konnte ihm auch nicht weiterhelfen. Eberl verbrachte eine schlaflose Nacht und rief am Morgen in der Arbeitsstelle seiner Frau, einer Sprachenschule in der Ludwigstraße, an. Als man ihm dort sagte, seine Frau sei am Tag zuvor nicht zur Arbeit erschienen und habe auch nicht angerufen, meldete Eberl sich krank und ging zur Polizei.

»Da muss etwas passiert sein«, sagte er und presste die Hände aufeinander.

»Hatte Ihre Frau denn in der letzten Zeit irgendwelche Probleme?«, fragte Meißner ihn.

»Was denn für Probleme?« Der Mann schüttelte den Kopf.

»War sie krank? Hat sie Medikamente genommen?«

Eberl verneinte auch das.

»Wollte sie irgendwohin fahren, jemanden besuchen? Hatte sie für die nähere Zukunft etwas geplant, das sie vielleicht vorgezogen haben könnte? Oder hatte sie Ärger bei der Arbeit?«

Eberl schüttelte den Kopf. Er beharrte darauf, dass seiner Frau etwas zugestoßen sein musste, und verstand nicht, warum keine Vermisstenanzeige aufgenommen wurde. Aber es gab keine Anhaltspunkte für ein Verbrechen oder für eine Gefährdung der verschwundenen Person, etwa aufgrund gesundheitlicher Probleme. Bei den groß angelegten Suchaktionen, die die Leute über die Medien mitbekamen, ging es eigentlich immer um vermisste Kinder, Jugendliche oder um alte Menschen, die aus Heimen weggelaufen und hilflos waren. Aber jeder Erwachsene durfte seinen Aufenthaltsort selbst bestimmen und war seinen Angehörigen keine Rechenschaft darüber schuldig. Ein Weggehen oder Aussteigen aus dem bisherigen Leben war noch kein Anlass für polizeiliche Ermittlungen. Trotzdem glaubten Angehörige immer, dass die vermisste Person sich entweder etwas angetan haben musste oder dass ihr etwas Schlimmes zugestoßen war. Denn selbst diese Vorstellung schien leichter zu ertragen als ein geplantes, absichtsvolles Verschwinden. Dass der Vermisste einem so etwas antat, durfte einfach nicht sein.

»Wann haben Sie Ihre Frau denn zum letzten Mal gesehen?«, fragte Brunner.

»Am Montagmorgen«, sagte Eberl. »Wir haben wie immer zusammen gefrühstückt, dann ist sie ins Büro gefahren.«

»Sie ist vor Ihnen aus dem Haus gegangen?«

»Ja, sie wollte schon um halb acht bei der Arbeit sein und irgendetwas vorbereiten. Ein Seminar oder so.«

»Und wann haben Sie das Haus verlassen?«

»Eine halbe Stunde später.«

»Ist Ihre Frau mit dem Wagen zur Arbeit gefahren?«

»Nein, mit dem Fahrrad. Wenn's nicht regnet oder friert, fährt sie immer mit dem Rad.«

»Und das Fahrrad ist auch weg?«

Eberl nickte.

»Herr Eberl«, fragte Brunner, »hat Ihre Frau vielleicht einen Freund? Eine Affäre? Könnte es da was in die Richtung geben?«

»Charlotte?« Eberl lächelte, als könnte es nichts Absurderes geben, als dass seine Frau fremdging.

»Soll ja in den besten Familien vorkommen«, sagte Brunner.

»Wir müssen Sie das fragen«, sagte Meißner.

»Ich liebe meine Frau«, sagte Eberl, »und sie liebt mich.«

Wunderbar, dann ist ja alles klar und die Welt in bester Ordnung, dachte Meißner.

Meißner musste wegen seines Termins die Fortführung des Gesprächs Brunner überlassen. Eberl wirkte gekränkt und in sich zurückgezogen, als Meißner sich verabschiedete. Sein Kummer war für ihn das Wichtigste, er konnte nicht verstehen, dass er nicht automatisch zum Kummer der gesamten Welt wurde. Wahrscheinlich hatte er erwartet, dass gleich einige Hundertschaften der Bereitschaftspolizei ausrückten. Sollte Brunner ihm doch erklären, dass er damit nicht rechnen konnte. Auch Kollege Brunner war ein Mensch, wenn auch nicht der sympathischste. Vielleicht entpuppte er sich ja doch noch als sensibler Beamter, der wusste, wie man mit so einem wie Eberl, dem möglicherweise gestern die Frau weggelaufen war, umging.

Meißner packte seine Unterlagen zusammen. Er sollte als

Zeuge in einem Strafverfahren wegen Raubes und gefährlicher Körperverletzung aussagen, und das Amtsgericht war nur einen Katzensprung vom Präsidium entfernt. Auf dem kurzen Fußweg von der Esplanade zur Harderstraße kamen ihm erst drei Frauen mit Kinderwägen entgegen, dann sah er zwei mit Kleinkindern und eine hochschwangere auf der anderen Straßenseite. Was war denn heute bloß los? Oder war das immer so, und nur heute fiel es ihm besonders auf? Die wunde Stelle des Verlierers eines Vaterschaftstests. Er lief über die Harderstraße hinüber zum Kaisheimer Haus. Das dreigeschossige Eckhaus mit seinen beiden Erkertürmen, auf denen neckisch zwei Zwiebelhäubchen saßen, war ein ehemaliges Stadtpalais der Fugger. Wie die halbe Altstadt stand es unter Denkmalschutz.

Nach seinem Termin schaute Meißner auf einen Sprung im Stadtcafé am Franziskanerplatz vorbei. Er hielt nach seiner alten Freundin Kirsti Ausschau, die hier als Bedienung arbeitete, aber anscheinend hatte sie ihren freien Tag. Eigentlich schade, denn mit irgendjemand Neutralem musste er einmal über die Sache mit Carola reden. Wann immer ihm die Szene am Baggersee einfiel, und das geschah ziemlich häufig, packte ihn eine Art kopflose Hysterie. Er würde Kirsti in den nächsten Tagen anrufen oder einfach wieder im Café vorbeischauen. Nein, lieber anrufen und dann zu ihr rausfahren, wenn sie immer noch draußen in Oberstimm wohnte. Als Single in Oberstimm. Er stellte sich das grausam vor.

Brunner telefonierte, als Meißner ins Präsidium zurückkam. Meißner fragte den Kollegen, wie die Vermisstensache denn nun ausgegangen war.

»Ich hab ihm gesagt, dass wir noch einmal vierundzwanzig Stunden warten«, sagte Brunner. »Er soll währenddessen alle Freundinnen und die Familie seiner Frau anrufen. Sich ein bisschen anstrengen und auf eigene Faust nach Spuren suchen. Natürlich wollte er, dass wir nach ihr fahnden, aber ich habe ihm erklärt, dass wir das noch gar nicht dürfen.«

»Und? Wie hat er darauf reagiert? Wie heißt er noch mal?«

»Eberl. Moritz. Der Mann ist nicht ganz sauber, wenn du

mich fragst«, sagte Brunner. »Hat mir was vorgeheult, das war echt schlimm. Wie kann man sich bloß so wenig in der Gewalt haben? Es ist doch noch gar nichts passiert. Vielleicht hat die Frau einfach nur einen Fahrradunfall gehabt. Ich an seiner Stelle hätte schon längst die Strecke abgesucht, die sie normalerweise fährt. Und ich hätte in ihren Sachen nachgeschaut. Die ganze Bude hätte ich auf den Kopf gestellt.«

»Das kann ich mir vorstellen, dass du das getan hättest. Und er?«

»Nichts. Er sitzt nur daheim und bemitleidet sich selbst. Und steigert sich rein, dass ihr was Schlimmes passiert sein muss. Faselt die ganze Zeit was von einem Verbrechen.«

Meißner hörte Brunner schweigend zu.

»Kann der sich nicht mal zusammenreißen? Hat sich in seiner Firma krankgemeldet und vom Arzt Beruhigungsmittel verschreiben lassen. So ein Schattenparker.«

Meißner verstand nicht, warum Brunner sich so in seine Aversion gegen diesen Mann hineinsteigerte. Aber »Schattenparker« gefiel ihm.

»Du würdest also einfach zur Arbeit und abends zu deiner Schafkopfrunde, oder was immer du vorhattest, gehen, wenn deine Frau verschwunden wäre?«, fragte er.

»Auf jeden Fall würde ich nicht auf einem Polizeipräsidium hysterisch rumheulen. Das würde ich schon mit mir allein ausmachen.«

»Ach so«, sagte Meißner. »Ein Indianer kennt keinen Schmerz und so. Und was, glaubst du, ist da wirklich passiert?«

»Ich glaube, die Frau hatte diese Memme satt und hat ihn einfach verlassen.«

»Und warum hat sie ihm das nicht einfach gesagt, dass sie ihn satthat?«

»Weil sie Angst hatte, dass er sich was antut.«

»Und jetzt? Haken wir die Sache einfach ab, wenn sich nach weiteren vierundzwanzig Stunden noch immer kein anderes Bild ergibt?«

»Ich hab gedacht, ich rufe bei ihrer Arbeitsstelle an und rede mal mit ihrem Vater und ihrem Bruder.«

»Was ist mit der Mutter?«, fragte Meißner.

»Gibt es nicht«, sagte Brunner. »Ist wohl verstorben.«

»Und mit wem hast du gerade eben gesprochen?«

»Mit dem Vater. Ein gewisser Herr Helmer, vielleicht kennst du ihn sogar. Donau-Kühlung.«

»Der Kühlhaus-Besitzer?«

»Genau der.«

»Und was sagt er?«

»Er vermutet, dass sie mit einer Freundin unterwegs ist. Vielleicht auf einem Ausflug oder einer Kurzreise, die sein Schwiegersohn nur vergessen hat.«

»Aber bei der Arbeitsstelle hat sie sich ja auch nicht abgemeldet oder Urlaub genommen.«

»Ihr Vater meint, vielleicht ist nur die Person, der sie es gesagt hat, heute nicht da. Könnte ja sein. Die Sprachenschule hat wenig festes Personal. Die Lehrkräfte sind an verschiedenen Einsatzorten tätig.«

»Und wie sieht's mit Papieren, Kreditkarten und Handy aus? Hat sie alles dabei? Und hat sie in der Wohnung irgendeinen Hinweis hinterlassen?«

»Können wir nicht wissen, solange wir nicht selbst hingehen und nachsehen.«

Als Meißner und Marlu am späteren Nachmittag bei Eberl klingelten, dauerte es etwas, bis der Türöffner summte, obwohl sie sich vorher telefonisch angemeldet hatten. Charlotte Helmer und ihr Mann lebten in einer Wohnung im Ingolstädter Westen. Im Treppenhaus roch es nach gebratenem Fleisch mit Zwiebelringen.

»Vielleicht ist sie ja wieder da?«, sagte Marlu.

Meißner begriff nicht gleich.

»Jetzt feiern sie Wiedersehen, und das dumme Missverständnis wird aufgeklärt. Eberl hatte nur vergessen, dass seine Frau auf einer kurzen Geschäftsreise war, weil sie für eine kranke Kollegin einspringen musste. Vielleicht als Dolmetscherin oder auf einer Messe.«

Als Eberl die Tür öffnete, verflüchtigte sich die kurz aufgekeimte Hoffnung sofort wieder. Die Frage, ob es etwas Neues gab, konnten sie sich sparen.

»Haben Sie schon mit den Freundinnen Ihrer Frau gesprochen?«, fragte Meißner.

Eberl nickte. »Nichts«, sagte er.

»Und Familie?«

Er schüttelte wieder den Kopf.

»Dann sind Sie also vorerst die Person, die Ihre Frau zum letzten Mal gesehen hat. Sind Sie die Fahrradstrecke Ihrer Frau abgegangen?«

»Ja, aber da war nichts.« Eberl sah so ätherisch aus, als würde er gleich in der Atmosphäre verdampfen. So gesehen war er die fürs Verschwinden viel geeignetere Person. Er zupfte an seinen Fingernägeln herum.

Meißner sah sich um. »Ist es bei Ihnen immer so ordentlich?«, fragte er. »Oder haben Sie den ganzen Tag aufgeräumt?«

In der großzügigen, modern eingerichteten Wohnung mit dem riesigen Südbalkon lag nichts Überflüssiges herum. Der Esstisch war leer und sauber, die Jacken waren alle ordentlich aufgehängt, die Schuhe in Schränken unsichtbar verstaut.

Vielleicht hatte Eberl ja einen Aufräumtick. Als sie durch die Wohnung gingen, fiel Meißner auf, dass offenbar keiner der Eheleute einen Raum oder auch nur eine Ecke für sich allein beanspruchte.

»Fehlt denn irgendetwas?«, fragte Meißner. »Haben Sie schon geschaut, ob Ihre Frau etwas mitgenommen hat?«

»Es ist alles da, das sehen Sie doch«, sagte Eberl.

Meißner runzelte die Stirn. »Haben Sie auch genau geschaut? Beim Schmuck zum Beispiel?«

»Meine Frau trägt immer Schmuck. Und außer dem, den sie gestern anhatte, fehlt nichts.«

Marlu gab Meißner von der Badtür aus ein Zeichen.

»Was gefunden?«

»Nur das hier«, sagte sie und hielt ihm einen Streifen Tabletten hin. Sie hatte sie unverpackt im Arzneischrank hinter einer Schachtel Aspirin gefunden.

»Eine Ahnung, was das ist?«

»Nein. Kam mir nur komisch vor, weil sonst alles hier im Schrank ordentlich verpackt ist.«

Meißner notierte sich den Namen des Medikaments und nahm den Streifen mit ins Esszimmer. »Nehmen Sie oder Ihre Frau regelmäßig Tabletten?«

Eberl schüttelte den Kopf.

»Und von wem sind die hier?«

Eberl nahm den Streifen, drehte ihn um und zuckte mit den Achseln. »Weiß ich nicht.«

»Wer ist denn der Hausarzt Ihrer Frau?«

»Dr. Koller.«

»Vielleicht könnten Sie ihn bei Gelegenheit mal fragen, ob er ihr die Tabletten verschrieben hat.«

»Sie«, sagte Eberl. »Dr. Koller ist eine Ärztin.«

»Na gut. Dann reden Sie eben mit *ihr*. Haben Sie ein Foto Ihrer Frau griffbereit?«

Eberl holte einen Zettel aus der Tischschublade, an den ein Passfoto seiner Frau geheftet war. Es zeigte eine hübsche junge Frau, blond, das glatte Haar auf Kinnlänge geschnitten, vorn etwas länger als hinten und spitz zulaufend wie ein Helm. Das Gesicht blass mit großen taubenblauen, fast grauen Augen. Auf dem Zettel stand: dunkelblaue Jeans, graue Bluse, brauner Parka mit Gürtel, braune Stiefeletten und schwarzer Rucksack. Die Kleidung, die seine Frau am Vortag getragen hatte. Auch ein Bild ihres Fahrradmodells hatte er ausgedruckt.

»Suchen Sie nach einem Foto, auf dem Ihre Frau ganz abgebildet ist, kein Passfoto«, sagte Meißner. »Und drucken Sie es auf Papier aus.«

»Sie können es in der Nachbarschaft herumzeigen und Plakate aufhängen«, sagte Marlu.

»Sie meinen, an Bäumen und Schwarzen Brettern im Supermarkt?«, fragte Eberl. »So als wäre Charlotte eine entlaufene Katze?«

Meißner sah, dass sich alles in ihm gegen diesen Vorschlag sträubte. »Sie können damit auch noch warten.«

»Warten, warten. Was glauben Sie denn, was ich hier die ganze Zeit tue? Können Sie eigentlich auch irgendwann etwas unternehmen, oder werden Sie fürs Warten bezahlt?«

»Der Kollege im Präsidium hat Ihnen doch bestimmt erklärt, warum wir nicht viel tun können. Ihre Frau darf sich frei bewegen und aufhalten, wo immer sie will.«

»Der Kollege hat gesagt, dass Sie noch warten, bis es irgendein Anzeichen dafür gibt, dass es sich um einen Unfall oder ein Verbrechen handelt. Aber wie soll dieses Anzeichen aussehen? Muss man Charlotte erst tot oder verletzt auffinden, bevor gehandelt wird?«

»Haben Sie denn schon in den Krankenhäusern der Umgebung angerufen?«, fragte Marlu. »Schaffen Sie das allein oder möchten Sie, dass ich Ihnen dabei helfe?«

Er nickte.

»Dann geben Sie mir mal das Telefonbuch, damit ich loslegen kann.«

»Und ich schau währenddessen bei der Arbeitsstelle Ihrer Frau vorbei«, bot Meißner an. »Ist da um diese Uhrzeit noch jemand?«

»Bestimmt, die bieten ja auch Abendkurse an.«

»Und wie heißt die Schule noch mal?«

»›Lingua nova‹, in der Dollstraße.«

Meißner fand den Aufgang zur Sprachenschule zwischen zwei Ladeneingängen. Die Eingangstür im zweiten Stock war nur angelehnt, ein Stück Stoff war zwischen Tür und Rahmen eingehängt. Der Empfang war nicht besetzt, aber es war jemand da. Er lauschte an den einzelnen Türen entlang des Ganges. Als er hinter einer Gelächter und vereinzeltes Klatschen hörte, klopfte er und öffnete die Tür.

Eine Gruppe von zwölf Personen saß im Halbkreis um die Lehrkraft, die vor einem Whiteboard und einer Magnettafel, an der bunte Zettel hingen, auf dem Pult hockte. Der Lehrer war Ende dreißig, hatte schwarzes Haar, eine hohe Stirn, ausgeprägte Geheimratsecken und ein Kinn mit dunklem Bartschatten. Ein Südländer wie aus dem Reiseprospekt.

»Buona sera«, sagte Meißner.

»Hi, I'm Victor«, antwortete sein Gegenüber.

Victor war Malteser und unterrichtete Englisch.

»Sie kommen wegen Charlotte?« Er sagte »Tscharlott«.

Sie unterhielten sich draußen im Gang. Meißner fragte, wie gut er Charlotte kannte und ob ihm in letzter Zeit irgendeine Veränderung an ihr aufgefallen sei.

»Charlotte ist eine hübsche und kluge Frau«, sagte Victor. »Aber sehr schüchtern. Sie spricht nicht viel.«

»Kennen Sie ihren Mann auch?«

»Ich habe ihn mal gesehen, ja. Der spricht auch nicht viel.« Er lachte. »Vielleicht kommen die anderen Leute aber auch gar nicht zu Wort, weil ich so viel rede. Das kann auch sein. Aber so sind wir Malteser nun mal. Kennen Sie Malta? Waren Sie schon mal da?«

»Leider nein. Das heißt also, dass Sie Charlotte nicht näher kennen? Ich meine, Sie gehen nicht manchmal zusammen auf ein Bier oder machen außerhalb der Arbeit etwas zusammen.«

»Nein, so gut wie nie. Ich hab sie mal vor Monaten auf einen Kaffee eingeladen, das war's schon.«

»Und haben Sie dabei vielleicht etwas Persönliches von ihr erfahren? Oder wie's ihr mit der Arbeit ging? Ich meine, hatten Sie den Eindruck, dass sie mit ihrem Leben zufrieden ist?«

»Nein, das Gefühl hatte ich eigentlich nicht. Aber das ist auch wieder eine schwierige Sache bei uns Südländern. Wir treffen eine schöne Frau, und wenn wir erfahren, dass sie verheiratet ist, und so einen eher unscheinbaren Mann neben ihr sehen, dann denken wir gleich, dass sie einfach unglücklich sein muss. Das würde uns gefallen. So wie eben hübsche blonde Frauen. Blonde Männer sind dagegen nur eine Gefahr, wenn sie einen Meter neunzig groß sind und ein Kreuz wie ein Profischwimmer haben. Von denen lässt sich selbst ein Italiener verunsichern. Von daher ist unser Urteil sehr subjektiv. Sie verstehen, was ich meine?«

»Was ich verstanden habe, ist, dass Charlotte Helmer Ihnen gefällt, ihr Mann aber nicht.«

»Die beiden zusammen gefallen mir nicht. Ich habe zwischen ihnen keine Leidenschaft gesehen, verstehen Sie? Und dabei sind sie ja noch gar nicht lange verheiratet.«

»Und da haben Sie Charlotte ganz uneigennützig einen besseren Mann an ihre Seite gewünscht. So einen, wie Sie selbst einer sind?«

»Genau, Sie haben recht. So einfach bin ich gestrickt. Damals im Café kam sie mir ein bisschen traurig vor. Ein bisschen zu still. Ach, ich weiß doch auch nicht, wie ich es beschreiben soll. Charlotte ist sehr nett, eine sympathische Arbeitskollegin, immer korrekt, immer pünktlich und so. Aber warum wollen Sie das wissen? Das habe ich doch alles schon Ihrem Kollegen erzählt.«

»Meinem Kollegen? Und wer war das, wissen Sie den Namen noch?«

»Tut mir leid, keine Ahnung. Carla, unsere Praktikantin, war noch da. Mit ihr hat er sich auch unterhalten.«

»Ach so? Na gut. Danke jedenfalls für Ihre Auskünfte, Victor. Und falls Ihnen noch etwas einfällt, rufen Sie mich doch bitte an, ja?« Meißner gab ihm seine Karte.

»Okay«, versprach Victor. »Wollen Sie vielleicht noch die Witze hören, die meine Schüler in der Zwischenzeit vorbereitet haben?«

»Ich fürchte, da werde ich mit meinem Schulenglisch nicht mitlachen können.«

»Dann kommen Sie doch einmal nach Malta und machen Sie bei mir einen Sprachkurs. Ich bin jeden Sommer für zwei Monate da.« Er drückte Meißner einen Flyer in die Hand.

»Ich werd's mir überlegen«, versprach der Kommissar.

***

So also sah das Lokal, an dem er schon oft vorbeigelaufen war, von innen aus. Das »Granada« gab es schon seit Ewigkeiten. Es hatte mindestens ein Mal die Adresse gewechselt und war irgendwann von der Westlichen Ringstraße mitten hinein in die Fußgängerzone umgezogen. Meißner hätte wahrscheinlich auch die nächsten fünf Jahre das »Granada« nicht betreten, wenn Kollege Holler ihn und die Kollegen nicht zu einer kleinen Geburtstagsfeier in das Restaurant eingeladen hätte. Er feierte weder den vierzigsten noch den fünfzigsten Geburtstag, sondern den unrunden vierundvierzigsten. Meißner fand das originell. Sein eigener Vierundvierzigster war ganz ohne witzige Feier vorübergegangen. Er konnte höchstens noch den neunundvierzigsten groß feiern oder dann den einundfünfzigsten. Jenseits der Schallmauer.

Dass er einmal so ein alter Knacker sein würde, hatte er sich nicht vorstellen können, als er noch jung gewesen war. Aber warum sollte man auch an sich selbst als Fünfzigjährigen denken? Weil man dann dies und jenes im Leben erreicht haben wollte? Karriere, Haus, Familie, Kinder, Doppelgarage, Wintergarten, Wohnwagen? Da musste er passen. Wenn er an den drohenden runden Geburtstag dachte, hatte er nur einen Gedanken: feige Flucht.

Hollers Frau Heidemarie, genannt Heidi, hatte das Lokal ausgesucht. Sie war Spanien-Fan, genauer: Teneriffa-Fan. Sie lernte Spanisch an der Volkshochschule, schaute spanische Filme im Kabelfernsehen, kochte zu Hause Tapas und liebte das »Granada«. Heidi bestellte frittierte Fische, Fleischbällchen in Tomatensoße und Kartoffeln in Soße. Jeder bediente sich selbst von den vielen Platten, die serviert wurden, und probierte von jedem Gericht. So ließ es sich prima leben. Aber ein vierundvierzigster Geburtstag war natürlich auch leichter zu verkraften als ein neunundvierzigster.

Marlu saß am anderen Tischende zwischen Holler und Brunner, und Meißner hatte sehr wohl mitbekommen, dass Brunner sie wie ein Weltmeister anbaggerte. Da fragte Marlu Heidi, die gerade von der Toilette kam, welche der drei Kabinen sie eben benutzt hatte. Meißner horchte auf. Rankte sich da vielleicht ein Geheimnis um eins der stillen Örtchen?

»Wieso?«, fragte Heidi.

»Weil ich kürzlich eine Studie darüber gelesen habe«, antwortete Marlu.

»Über Toilettenkabinen, Klosprüche an den Wänden, Sexphantasien beim Pinkeln oder worüber?«, fragte Brunner feixend.

»Über die Kabinen«, sagte Marlu. »Also, Heidi, welche hast du benutzt?«

»Die rechte. Hab ich da was falsch gemacht?«

»Ja«, sagte Marlu. »Die rechte ist die, die am weitesten von der Tür entfernt ist. Von der alle annehmen, sie ist deshalb auch die am wenigsten besuchte, also die sauberste. Aber in Wirklichkeit ist das Gegenteil der Fall, weil eben alle so denken.«

»Ach so.« Brunner war enttäuscht über die unspektakuläre Auflösung. Keine Klosprüche, keine schlüpfrigen Andeutungen, nicht einmal ein kleiner Witz über Damenhygiene oder die Automaten in den Damentoiletten.

»Die Toilette, auf der du warst«, sagte Marlu zu Heidi, »war also die schmutzigste.«

»Und welche wär dann die beste gewesen?«, fragte Heidi. »Die linke?«

»Nein, die auch nicht«, sagte Marlu. »Die ist der Eingangstür am nächsten, also nehmen die alle Eiligen.«

»Die mittlere also«, glänzte Brunner. Hätte nur noch gefehlt, dass er den Finger vor seiner Ansage gehoben hätte.

»Die mittlere«, philosophierte Meißner, »die unscheinbare Kabine. Die, die den meisten Leuten durchrutscht. Wie die mittleren Kinder, die Sandwichkinder, die nicht mehr die Prügel der Erstlinge abbekommen, aber auch nicht so verwöhnt werden wie die Jüngsten. Die dazwischen werden überall leicht übersehen.«

»Aber wer untersucht so etwas und vor allem, wozu?«, fragte Brunner.

Schwer von Kapee – dieser Spruch seines Großvaters fiel Meißner zu Brunner wieder ein. Er hatte ihn schon seit Jahrzehnten nicht mehr gehört oder verwendet.

»Wahrscheinlich Psychologen«, sagte Holler, »die etwas über das Verhalten der Menschen herausfinden wollen.« Meißner musste sofort an die rothaarige Psychologin denken, mit der Holler öfter zusammengesessen hatte, um im Fall eines verschwundenen Jungen, Gabriel Tanner, ein mögliches Täterprofil zu erarbeiten. Meißner erinnerte sich, dass sie Holler ziemlich gut gefallen hatte und sie ihn in der Ermittlungsgruppe damit manchmal aufzogen hatten.

»Ich glaub ja, dass die Psychologen das Wichtigste übersehen haben«, sagte Brunner und schob sich eine frittierte Sardine in den Mund. Das Fischschwänzchen schaute während des Kauens noch eine Weile aus seinem Mundwinkel hervor, als wollte es der Welt zum Abschied noch einmal zuwinken. Brunner spülte mit einem Schluck Weißwein nach und genoss die Aufmerksamkeit, die ihm zuteilwurde.

»Und? Was ist denn jetzt deiner Meinung nach das Wichtigste?«, fragte Marlu. »Du machst es ja ganz schön spannend.«

Als der Fisch endlich verschwunden war, wischte sich Brunner mit dem Handrücken über den Mund. »Die Sache ist doch sonnenklar«, begann er. »Da hätten die auch ganz leicht selbst draufkommen können. Einfach mal auf den gesunden Menschenverstand hören, da braucht's dann auch keine langwierigen Untersuchungen oder Theorien.«

»Hätten sie mal lieber dich gefragt, oder?«, sagte Marlu, zwinkerte dabei aber Meißner zu.

»Genau. Die Sache ist doch die: Wenn ein Mensch scheißen geht, dann ist er dabei am liebsten allein. Stimmt's nicht?« Er sah kurz in die Runde. »Am liebsten hält er sich dabei natürlich in den eigenen vier Wänden auf, aber wenn das nicht möglich ist, weil er unterwegs ist und eine öffentliche Toilette benutzen muss, in der es drei Kabinen gibt, dann wird er immer eine Außenkabine nehmen. Warum? Weil es da mindestens eine Außenwand gibt, also eigentlich zwei, wenn man die Rückseite der Kabine dazuzählt. Und deshalb geht niemand in die mittlere Kabine, die mit beiden Seiten an die Nebenkabinen anschließt. Das ist der wahre Grund, warum es die Menschen nach außen und nie in die Mitte zieht. Ich scheiße auch lieber außen. Wegen der Privatsphäre.«

»Klingt gar nicht so blöd«, sagte Heidi.

»Wirklich schade, dass dich die Wissenschaftler nicht gefragt haben«, meinte Marlu. »Deine drastische Ausdrucksweise hätten sie so in ihrer Auswertung ja nicht wiedergeben müssen.«

Eins zu null für den gesunden Menschenverstand, dachte Meißner. Immerhin: Brunner setzte sich nicht nur gern in Szene, er verstand es auch, den ganzen Tisch zu unterhalten.

Als die allgemeine Heiterkeit abgeklungen und die leeren Speisenplatten abgeräumt waren, zog Meißner den Tablettenstreifen aus der Tasche, den sie in der Wohnung der Vermissten gefunden hatten.

»Weiß zufällig jemand, was das für Tabletten sind? Sie heißen, Moment mal …« Er suchte in der Sakkotasche vergeblich nach der Lesebrille, dann hielt er den Streifen mit gestrecktem Arm so weit weg, bis er den Namen des Präparats entziffern konnte. Hollers Tochter Isabella dauerte das alles zu lang. Sie griff nach den Tabletten und las den Namen ab: »Amitriptylin-dura.«

»Danke«, sagte Meißner. »Kennt das Zeug jemand von euch?«

Horst und Heidi schüttelten den Kopf, Marlu zuckte die Achseln, nur Brunner grinste. Meißner ahnte schon, dass sein Auftritt noch nicht beendet war.

Triumphierend zog Kollege Brunner ein gelb-lilafarbenes Tablettenpäckchen aus der Tasche, hielt es sich vor die Nase und las ganz ohne Einsatz einer Sehhilfe: »Amitriptylin-dura, fünfundzwanzig Milligramm. Wirkstoff: Amitriptylinhydrochlorid. Trizyklisches Antidepressivum.«

Woher hatte der Kerl die Verpackung? Entweder war er vor ihnen in der Wohnung der Vermissten gewesen und hatte das Päckchen mitgenommen, oder sie hatten das Päckchen übersehen, als sie in der Wohnung gewesen waren, und Brunner hatte es später entdeckt. Meißner fixierte Brunner über den Tisch mit dem bekleckerten Tischtuch und den Brotbröseln hinweg. Warum sagte der Kerl ihm nichts, wenn er irgendwo auf eigene Faust ermittelte? War das eine Herausforderung? Eine Aufforderung zum Duell? Dass Meißner auf Marlu als Sekundantin zählen konnte, schien momentan eher fraglich. Es wirkte gerade so, als fände sie den neuen Kollegen genauso toll wie die anderen am Tisch. Die Vorstellung versetzte Meißner einen feinen, aber brennenden Stich.

Am liebsten wäre er nach Brunners Auftritt mit der Amitridingsbums-Tablettenpackung aufgesprungen und gegangen. Andererseits wollte er nicht die beleidigte Leberwurst geben und Holler seinen Vierundvierzigsten verderben. Außerdem gönnte er Brunner den Triumph nicht, ihn vertrieben zu haben. Und auf Marlu musste er auch aufpassen. Er konnte jetzt nicht das Feld räumen, auch wenn er es am liebsten getan hätte.

Jetzt zog Brunner auch noch sein ultramodernes Smartphone aus der Hosentasche und switchte mit seinen fettigen Fingern, mit denen er sich eben noch die Fische in den Mund gestopft hatte, auf dem Display herum. Und als er gefunden hatte, wonach er suchte, hob er nun tatsächlich den Zeigefinger und begann vorzutragen.

»Amitriptylin wird zur Behandlung depressiver Erkrankungen verordnet. Der Wirkstoff hilft speziell bei psychischen Beschwerden, bei denen eine schlechte Stimmungslage oder Ängste im Vordergrund stehen.«

Brunner hatte eine enervierende Art, in jedem Satz die Adjektive herauszuheben, indem er sie besonders betonte: depressiver Erkrankungen, psychischen Beschwerden, schlechte Stimmungslage.

»Darin inbegriffen«, fuhr er fort, »sind auch Angststörungen, die sich negativ auf die Stimmung auswirken. Wegen der beruhigenden Wirkung hilft Amitriptylin gleichfalls gegen die krankheitsbedingten Schlafstörungen und sollte abends eingenommen werden.«

Ja, das ist die Definition eines Antidepressivums, dachte Meißner, und ja, Brunner kann auch ein Smartphone bedienen, Wikipedia aufrufen und einen Text laut vorlesen.

»Darüber reden wir morgen im Büro weiter«, schnitt Meißner ihm das Wort ab, bevor Brunner den nächsten Absatz vortragen konnte. Ein paar andere Dinge würde er ihm bei der Gelegenheit auch noch sagen, zum Beispiel, dass er nichts mehr hasste, als wenn Kollegen kurz vor ihm an den gleichen Einsatzorten herumschnüffelten, ohne ihm etwas davon zu sagen.

»Na klar!«, sagte Brunner und ließ sein Handy zurück in die Hosentasche gleiten.

Als sie um elf Uhr das Lokal verließen, suchte Marlu Meißners Nähe, kam aber nicht an Brunner vorbei. Er heftete sich an ihre Fersen und redete ununterbrochen auf sie ein. Meißner konnte sich lebhaft vorstellen, dass alle Geschichten damit endeten, dass er eben doch der tollste Hecht im Umkreis von achtzig Kilometern war und Konkurrenz erst ab der Stadtgrenze von München fürchtete.

Als Meißner Marlu ansah, rollte sie mit den Augen. Vielleicht war das ein Hilferuf – schaff mir diesen Kerl vom Hals! –, aber er war der Meinung, dass sie das schon selbst erledigen musste. Er hatte immer noch mit niemandem über die neuesten Entwicklungen in Sachen Vaterschaft von Konstantin gesprochen, aber mit Marlu konnte er noch nicht darüber reden.

Als Meißner sich von den Kollegen verabschiedete und zu seinem Auto ging, gab sie ihm ein Zeichen, dass sie später noch telefonieren würden. Er nickte und brachte ein schiefes Lächeln zustande, obwohl ihm nicht danach war.

Dann überlegte er es sich anders. Er ging nicht zu seinem Auto, sondern schlenderte durch die Luftgasse, bog in die Kreuzstraße ein und fand sich plötzlich in der Konviktstraße wieder. Das Liebfrauenmünster stand wie eine düstere Festung in seinem Rücken. Es war so leise und kalt in dieser Nacht, die Altstadt wirkte wie eine Stummfilmkulisse. Wäre jetzt die hagere Gestalt des glatzköpfigen, buckligen Nosferatu mit seinen Scherenhänden um die Ecke gebogen, hätte Meißner sich nicht einmal besonders gewundert. Wollte man hier einen Historienfilm drehen, dann müsste man eigentlich nur ein paar Straßenschilder und die Parkautomaten entfernen.

Die Symphonie des Grauens blieb jedoch aus. Nichts rührte sich, nicht einmal der Schatten eines Vampirs schlich um die Häuser. Nur ein farbiges Bleiglasfenster an der Rückseite des Münsters schimmerte geheimnisvoll, erleuchtet von einer Straßenlaterne oder flackerndem Kerzenschein.

Meißner schaute seinen Füßen dabei zu, wie sie wie von einem unsichtbaren Gummiband gezogen in die Kupferstraße abbogen. Er wusste, was sie vorhatten. Auf Schleichwegen ging es in Richtung Franziskanerplatz.

Im Stadtcafé saßen noch ein paar Gäste. An einem der hinteren Tische wurde irgendetwas gefeiert.

Meißner stand noch unschlüssig am Eingang, als er Kirsti aus der Küche kommen sah. Sie wirkte müde, die Frisur war ein bisschen derangiert, aus ihrem dicken blonden Zopf hatten sich einzelne Strähnen gelöst, die sie sich mit der freien Hand hinter das Ohr strich. Als sie ihn entdeckte, blinzelte sie ihm zu, fuhr sich über die weiße Schürze und schaute auf die Uhr über dem Eingang. Dann servierte sie die drei Gläser Cuba Libre auf dem Tablett, kassierte noch an einem der Tische ab und stand schließlich vor ihm.

»Guten Abend, Herr Kommissar, was verschafft mir die Ehre? Willst dich gar nicht setzen?« Sie umarmte ihn und drückte ihm einen Kuss auf die Wange.

»Wie lang habt ihr denn heut noch auf?«, fragte Meißner.

»Bis die letzten Gäste gegangen sind. Wie immer. Hast was auf dem Herzen?«

»Ich wollte nur kurz vorbeischauen und noch einen Schluck trinken.«

»Und warum stehst du dann noch?« Sie lachte.

Er zog umständlich seine Jacke aus und setzte sich.

»Was darf ich dir bringen?«

»Wenn die Kaffeemaschine noch an ist, einen Cappuccino mit wenig Schaum.«

»Einen Schnaps dazu, oder musst du noch fahren?«

»Keinen Schnaps, ich hab für heute schon genug getrunken.«

Kirsti brachte den Cappuccino und setzte sich zu ihm. »Also, was ist los? Raus mit der Sprache. Ärger bei der Arbeit oder eher privat?«

»Genau genommen beides, aber wegen der Arbeit bin ich nicht hier.«

»Ah ja. Dann muss es ja was Ernstes sein, wenn du so schnell damit rausrückst und nicht lange herumdruckst.«

Kirsti nippte an dem Glas Cola, das sie sich mitgebracht hatte. »Gibt's Neuigkeiten von deiner Ex?«

Bingo. Konnte sie jetzt schon in ihn hineinschauen? Er wollte sich auch gar nicht lange zieren. Es war schon spät, sie waren beide müde, gleich würde wieder ein Gast zahlen wollen, und anschließend müsste sie aufräumen, die letzten Gläser spülen, den Tresen abwischen, die Tageskarten einsammeln und was sonst noch alles nötig war am Ende eines Kaffeehaustages.

Ein befreundeter Psychotherapeut hatte Meißner mal erzählt, dass es Patienten gibt, die kommen, sich auf die Couch legen und vierzig Minuten lang hartnäckig schweigen. Erst kurz vor Ende ihrer Stunde fangen sie endlich an, von ihrem Problem zu sprechen. Natürlich reicht die verbliebene Zeit dann nicht mehr aus, und wenn der Therapeut das Ende der Stunde ankündigt, sind sie maßlos enttäuscht. Nicht von sich selbst, sondern von ihm, der so grausam ist, nun die Stunde zu beenden, obwohl sie doch noch so viel zu erzählen hätten. Manche kommen gar nicht wieder, sondern brechen die Therapie ab wegen Unfähigkeit des Therapeuten, dem es einfach nicht gelungen ist, sie zum Sprechen zu bringen. Meißner hatte vergessen, wie der Bekannte ihm dieses Verhalten erklärt hatte, aber die Situation konnte er sich sehr gut vorstellen.

Kirsti hatte ihn beobachtet, und wieder war es, als könnte sie seine Gedanken lesen. »Du bist also nicht der Vater von dem Kleinen«, sagte sie.

»Nein, lang hat meine Vaterschaft nicht gedauert. Oder andersherum: Ich hab nicht sehr lange ein Kind gehabt«, sagte Meißner.

»So ein Schmarrn! Du warst bei seiner Geburt dabei, diese Nähe kann eigentlich gar nicht mehr kaputtgehen, wenn du dir ein bisschen Mühe gibst. Auch wenn du nicht der Vater bist. Und?« Sie sah ihm in die Augen. »Weiß sie's schon?«

»Wer?«, fragte er.

»Na, die andere. Die, mit der du grad zusammen bist.«

Langsam wurde ihm Kirsti wirklich unheimlich. Woher wusste sie das alles? Er hatte ihr doch gar nichts erzählt. Aber lügen war jetzt irgendwie auch keine Alternative mehr.

»Nein, sie weiß es nicht«, sagte er und fühlte sich wie ein Verbrecher. »Aber wenigstens weißt du es jetzt.«

»Muss ganz schön wehtun«, sagte Kirsti. Sie schüttelte eine Zigarette aus der Packung, die sie unter ihrer Schürze hervorgezogen hatte, und zündete sie an der Kerze am Tisch an.

»Um die Uhrzeit ist das schon okay«, sagte sie und zog so gierig an der Zigarette, als wäre es ihre letzte. Dann legte sie ihre Hand auf seine. Sie saßen da wie ein altes Ehepaar, das schon vieles zusammen durchgestanden hat.

»Willst du mir nur das Sakko verkokeln oder doch gleich das ganze Gesicht?«, beendete Meißner die intime Situation und wedelte mit der Hand den Rauch von sich fort.

»Kommst noch mit zu mir?«, fragte Kirsti und drückte die

Zigarette in einem Behelfsaschenbecher aus, der kurz zuvor noch Meißners Cappuccinotasse gewesen war.

»Wohnst du immer noch in dem Kaff?«, fragte er.

Sie nickte.

»Wie du es dort nur aushältst.«

»Tu ich ja eh nicht«, antwortete sie. »Zumindest nicht allein.«

»Du kennst mich doch«, sagte er. »Ich bin vielleicht das letzte Exemplar des treuen Mannes.«

»Ach wo!«, sagte Kirsti. »Solche wie dich gibt's zu Tausenden, das ist ja grad das Schlimme.«

»Serielle Monogamie nennt man so was«, sagte Meißner.

»Ist mir egal, wie man das nennt. Ich nenn's einfach Pech.«

Er strich ihr eine einzelne Haarsträhne aus dem Gesicht und küsste sie auf den Mund. Ihre Lippen waren weich und fest zugleich, und ihre Zunge glitt schnell in seinen Mund. Er schob sie sanft von sich weg.

»Ich mag kein Odol«, sagte er, »aber kalten Rauch mag ich noch weniger.«

»Du kommst auch nicht mit zu mir, selbst wenn ich auf der Stelle mit dem Rauchen aufhöre, stimmt's? Du bist echt ein treuer Dackel. Also muss ich warten, bis es mit der anderen wieder vorbei ist. Und dann wird es dir total egal sein, ob ich rauche oder nicht, glaub's mir.«

Während Kirsti aufstand und an der Kasse die Rechnung für den Geburtstagstisch fertig machte, zog Meißner einen Fünfer aus der Tasche, legte ihn unter die Zigarettenpackung und schlich sich davon. Es war ja alles gesagt.

Als er draußen an der kalten Luft den Reißverschluss seiner Jacke zuzog und dabei in die Taschen griff und das Handy herausholte, sah er, dass es die ganze Zeit auf stumm gestellt gewesen war. Die nicht angenommenen Anrufe blinkten ihm entgegen. Eine Drei stand leuchtend in einem roten Kreis. Er musste nicht drauftippen, um zu wissen, wer da angerufen hatte. Treuer Dackel, so hatte ihn Kirsti genannt. Marlu würde ihn ganz bestimmt anders nennen, wenn sie wüsste, wo er gerade gewesen war. Aber wer weiß, vielleicht war die Treue für sie selbst ja doch nicht so ein eherner Wert, und diesem aufgeblasenen und intriganten Affen Brunner war es gelungen, Marlus Festung zum Wanken zu bringen. Schließlich war er derjenige gewesen, der den Schauplatz kampflos verlassen und seinem Rivalen dadurch möglicherweise einen Vorteil verschafft hatte. Ungeschicktheit war das unverwechselbare Merkmal all seiner bisherigen Frauenbeziehungen, und er zweifelte daran, dass sich das jemals ändern würde. Hoffentlich schlief Marlu jetzt schon. Und hoffentlich war sie dabei allein.

SIEBEN

Am nächsten Morgen wachte Meißner früh auf. Der Dezember sah aus wie die Verlängerung des Novembers, nass und kalt. Die Straße glänzte noch vom nächtlichen Regen, die Wassertropfen auf dem Dach seines dunkelblauen Audi sahen aus wie Seepocken auf einer Walhaut. Es war das typische Wetter für nasse Schuhe, aufgestellte Mantelkrägen, Niesanfälle und beginnende Erkältungen – oder zumindest für die Angst vor alledem. Meißner fiel eine Gedichtzeile ein: »Die Krähen schrein und ziehen schwirren Flugs zur Stadt.« Wie ging das weiter? »Bald … bald wird es schnei'n. Weh dem, der keine Heimat hat.«

Nun ja, ganz so schlimm war es nun auch wieder nicht. Seit vielen Jahren hatte er seine Heimat im Polizeipräsidium Ingolstadt gefunden, und dorthin fuhr er jetzt auch trockenen Fußes, die Heizung und das Autoradio eingeschaltet. »Mittwoch, fünfter Dezember, guten Morgen bei Radio IN.«

Er war ganz ruhig, vielleicht ein bisschen erschöpft, aber auch erleichtert nach dem gestrigen Gespräch mit Kirsti. Er hatte zwar gar nicht so viel geredet, aber bei solchen Sachen ging es ja ums Aussprechen, das allein nahm schon viel Druck. Wenn ein anderer einfach zuhörte und nicht beurteilte, verurteilte oder interpretierte, nur zuhörte und einfach kapierte, was los war. Es reichte nicht, es einem Besenstiel zu erzählen, einem Baum oder der Katze. Vielleicht einem Hund, aber den hatte er ja sowieso nicht. Es einem anderen Menschen zu erzählen, das war auf jeden Fall die Krönung.

Meißner war der Erste im Büro, warf die Kaffeemaschine an, befüllte den Wasserbehälter neu und schlug den Kaffeesatz aus dem Metallsieb. Gut, dass er sich mit der teuren italienischen Maschine gegen den Plan einiger Kollegen durchgesetzt hatte, eine dieser billigen Pad-Dinger anzuschaffen. Schon dieses Plopp, wenn der Aludeckel beim Einlegen eingedrückt wird. Und der ganze Müll, den man damit täglich produziert. Der Kaffee aus diesen Pad-Maschinen schmeckte immerhin besser, als er zugeben mochte, und die Werbespots waren ja manchmal sogar witzig. George Clooney war nur wenige Jahre älter als er selbst, aber das sah man ihm nicht an.

Als Marlu ins Büro kam, wirkte sie verschnupft, so, als sei sie eine Stunde durch Regen und Kälte marschiert. Sie sah kurz zu ihm herein, grüßte in seine Richtung und verzog sich dann in ihr Zimmer.

Kurz darauf servierte Meißner ihr einen Kaffee mit Spezialcrema und einem Schuss Milch plus zwei Cantuccini am Tellerrand und wollte gerade zu einer Entschuldigung wegen des stumm gestellten Telefons ansetzen, als Strahlemann Brunner in der Tür erschien und mit einer Bäckertüte wedelte. Er sah aus, als hätte er sich aus seiner Wohnung direkt ins Büro gebeamt. Anscheinend hatte er vom ekelhaften Wetter nichts mitbekommen.

»Schönen guten Morgen. Möchte jemand ein Schokocroissant?« Er sagte Schoko mit hartem G. »Schoggo.« Genau, dachte Meißner, »Schoggocroissant«, das passte auch prima zu Kaffeepads.

»Ein normales Buttercroissant ist auch dabei«, sagte Brunner, Butter mit hartem D.

»Haben wir da gestern in der Wohnung von Moritz Eberl etwas übersehen?«, fragte Meißner. »Warst du nach uns noch einmal dort?«

»Ja, nein, ihr habt nicht direkt was übersehen.«

»Und woher hast du diese Amitridingsbums-Tabletten?«

»Die sind im Eberl seiner Jacke gesteckt.«

»Du hast sie rausgenommen?«

»Ich hab gedacht, sie wären wichtig und er wollte sie vor uns verstecken. Ich hab sie ihm heute Morgen schon zurückgebracht.«

»Was? Und was hat er dazu gesagt, dass du seine Tabletten hast mitgehen lassen?« Meißner konnte nicht glauben, was er da hörte.

»Nichts. Ich hab sie ihm in den Briefkasten geworfen.«

»Und was hat das zu bedeuten? Warum machst du so was?«

»Ich hab schon die Hausärztin, diese Dr. Koller, angerufen«, sagte Brunner. »Sie sagt, die Frau Helmer hat die Tabletten nicht genommen, oder zumindest hat sie ihr die nicht verschrieben. Die Frau ist ihrer Meinung nach kerngesund. Keine Depression oder sonst eine psychische Erkrankung.«

»Und das sagt sie dir einfach so am Telefon?« Marlu schnäuzte sich.

»Das macht wahrscheinlich mein Charme«, grinste Brunner.

»Und was schließt du jetzt daraus?«

»Dass die Tabletten von ihm sind, natürlich. Waren ja auch in seiner Jackentasche. Wahrscheinlich ist er es, der ein bisschen …«, Brunner malte mit einem Finger Kreise in die Luft, »na, ein bisschen gaga ist.«

»Und das interessiert uns?«, wollte Meißner wissen.

»Mich schon«, antwortete Brunner.

»In der Sprachenschule warst du ja auch, ohne uns Bescheid zu sagen. Hast du da vielleicht auch die Manteltaschen der Praktikantin durchsucht?«

Brunner winkte ab. »Natürlich nicht. Sie hat gesagt, sie ist gut eingearbeitet und wird die Aufgaben von Charlotte Helmer mit übernehmen, solange sie fort ist. Und dass die Helmer ein bisschen zerstreut gewirkt hat am Freitag, als sie sie das letzte Mal gesehen hat. Dass sie ihr noch gezeigt hat, wie die Abrechnung für die Lehrkräfte gemacht wird, und dass die Frau Helmer sehr nett zu ihr gewesen ist und sie am Nachmittag noch auf einen Kaffee eingeladen hat.«

»Und wieso tauchst du überall dort auf, wo wir schon waren oder noch hingehen wollten? Gibt's dafür vielleicht einen speziellen Grund?«, fragte Meißner.

»Ich war halt neugierig«, sagte Brunner, als wäre es das Normalste der Welt. »Ich finde jedenfalls, die Sache stinkt zum Himmel. Beziehungsweise nicht die Sache, sondern dieser Eberl. Der gefällt mir nicht, aber das hab ich dir ja gestern schon gesagt. Und jetzt auch noch die Tabletten. Der hat doch irgendeine Macke.«

»Und?«, fragte Meißner.

»Kannst du dich an den Fall von vor einigen Jahren erinnern, wo ein Mann mit zwei kleinen Kindern, Zwillingen, seine Frau vermisst gemeldet hat?«, wollte Brunner wissen.

Marlu stippte ihre Kekse in den Kaffee.

»Der verlassene Vater hat sich rührend um die Zwillinge gekümmert. Hat sich als Alleinerzieher geradezu aufgeopfert. Und die böse Frau ist einfach so weg, abgehauen, und hat die Kinder und den Mann im Stich gelassen. Halb Deutschland hat mit dem mitgelitten. Die ›Bildzeitung‹, ›Bunte‹, ›Gala‹, alle haben die Bilder mit ihm und den Zwillingen abgedruckt.«

»Und dann?«, fragte Marlu, während sie sich die Hände an der Tasse wärmte.

»Und dann hat man nach einigen Tagen die Frau in einem Keller gefunden, tot. Ich weiß nicht mehr, ob er sie erwürgt, erstickt oder erstochen hat. Jedenfalls hatten sie Streit gehabt. Sie wollte sich von ihm trennen, da hat er sie umgebracht und dann vermisst gemeldet.«

»Und so was traust du auch dem Eberl zu?«, fragte Meißner.

Brunner zuckte mit den Achseln. »Weiß man's?«

»Sauber«, sagte Marlu. »Könnte ich jetzt vielleicht ein Schokocroissant haben und eine zweite Tasse Kaffee?«

Am späteren Vormittag dann ein Anruf von Czerny. Er klang nicht sehr freundlich. Das halbe Schokocroissant, das Meißner trotz des Spenders gegessen hatte, lag ihm noch immer fettig und schwer im Magen, als er sich auf den Weg zum Boss machte.

Czerny wusch ihm ohne Vorwarnung den Kopf. Was er seit Neuestem für Methoden bei unbescholtenen Bürgern anwende, gegen die keinerlei Verdacht auf eine Straftat vorliege? So kenne er ihn ja noch gar nicht. Und ob Meißner wissen wolle, wie er, Czerny, das eigentlich fände, dass seine Leute Dinge aus fremden Taschen nahmen, die später in deren Briefkasten wieder auftauchten?

Nein, Meißner wollte es lieber nicht wissen.

Der Mann, der bei ihm angerufen hatte, sei außer sich vor Sorge um seine Frau gewesen. Wie lang sie denn schon verschwunden sei?

»Achtundvierzig Stunden«, sagte Meißner. »Und wir haben keinerlei Anhaltspunkte.«

Meißner gab die Verwarnung direkt an den Kollegen Brunner weiter. Dazu die Mahnung, dass ab jetzt jeder Schritt abzusprechen sei. Meißner selbst würde heute mit Kollegin Rosner zu Familie Helmer fahren und mit Vater und Bruder der Vermissten reden. Für einen INPOL-Eintrag und eine Fahndungseinleitung war es immer noch zu früh. Brunner solle in der Zeit seinen Bürokram erledigen und sich im Übrigen vorerst raushalten.

Als Meißner zu Marlu in den Dienstwagen stieg, sah sie stur geradeaus und strafte ihn mit Missachtung.

»Ist dir das Schokocroissant auch nicht bekommen?«, fragte er. Er ahnte zwar, dass es nicht die Frage war, die sie gern gehört hätte, aber vielleicht konnte er sie damit wenigstens zum Lachen bringen.

Der Blick zum Fahrersitz hinüber genügte, um zu erkennen, dass ihm das nicht gelungen war.

»Sprichst du jetzt nicht mehr mit mir?«, versuchte er es noch einmal.

»Du weißt auch nicht, was du willst«, antwortete sie.

Als er seine Hand auf ihren Oberschenkel legte, schlug sie ihm kräftig auf die Finger. Sein »Aua!« quittierte sie mit einem zufriedenen Grinsen. Sie hatte ihn mit der Schließe ihrer Armbanduhr an den Fingerknöcheln erwischt. Meißner zog die Hand zurück und rieb sich die schmerzende Stelle.

»Ich hab mein Handy –«, setzte er zu einer Erklärung an.

»Ich will gar nicht wissen, wo du dein Handy gelassen hast, und auch nicht, wo du gewesen bist!«, schrie sie. »Lass mich einfach in Ruhe, okay?«

Sie fuhr die Harderstraße stadtauswärts. An einem Penny-Markt bat Meißner sie, kurz anzuhalten, damit er sich etwas zu trinken holen konnte. Wegen des Schokocroissants. Als er zurückkam, wirkte Marlu schon etwas weniger angriffslustig.

»Hast du das gesehen?«, fragte sie ihn.

»Was denn?«

Sie zeigte auf einen Aushang an der Eingangstür des Supermarktes. An einem Baum daneben hing derselbe Zettel. »Vermisst«. Darunter das Bild einer vielleicht siebzigjährigen Frau mit weißem Haar, die eine große Hornbrille und einen orangefarbenen Strickpulli mit Lochmuster trug.

»Steht da, wie lange sie schon weg ist?«, fragte Meißner.

»Eine Woche«, sagte Marlu. Entweder hatte sie deutlich bessere Augen als er, oder sie war zum Lesen des Zettels ausgestiegen.

»Vielleicht ist sie ja längst wieder zu Hause und die Angehörigen haben nur vergessen, die Zettel abzuhängen.«

»Wahrscheinlich ist sie krank, verwirrt. Warum sonst sollte sie einfach fortgehen?«

»Das kann man nie wissen.«

»Aber wo sollte sie denn allein hingehen?«

»Vielleicht war es auch ein Suizid, wer weiß?«

»Schrecklich, oder? Ich meine, die Vorstellung, dass so ein älterer Mensch … Aber es wird doch nach ihr gesucht?«

»Zumindest sind die Polizeidienststellen informiert.«

»Aktiv suchen ist aber was anderes.«

»Stimmt«, antwortete Meißner. »Aber wir wären ja mit nichts anderem mehr beschäftigt, wenn wir jeden Verschwundenen aktiv suchen würden, wie du sagst.«

»Jetzt übertreibst du aber«, protestierte Marlu.

»Hast du eine Ahnung, wie viele Menschen in Deutschland täglich verschwinden?«

»Einige, das ist mir schon klar.«

»Ungefähr hundertfünfzig, es können aber auch mehr sein. Die Statistik, die ich vor Kurzem gelesen habe, ist schon etwas älter. Stell dir das mal vor! Nach Kindern, Kranken und möglichen Opfern einer Gewalttat wird gesucht, aber all die anderen müssen von selbst wiederkommen.«

»Das tun sie ja meistens auch.«

»Klar. Die Hälfte von ihnen taucht innerhalb einer Woche wieder auf. Und noch einmal zwanzig Prozent innerhalb eines Monats. Innerhalb eines Jahres sind sogar fünfundneunzig Prozent von ihnen wieder da.«

»Und der Rest?«

»Der Rest bleibt verschwunden. Nach dieser Statistik gelten etwa sechstausend Menschen in Deutschland als vermisst.«

»Das ist ja ein ganzes Stadtviertel!«

Meißner nickte.

»Gibt es bei Vermissten eigentlich auch so etwas wie eine Verjährungsfrist?«

»Sie bleiben dreißig Jahre in einer separaten Liste in den Fahndungscomputern. Alle Leichenfunde werden mit dieser Liste abgeglichen. Wenn diese Zeit um ist, gibt es den verschwundenen Menschen nicht mehr, jedenfalls nicht für die Polizeibehörden.«

»Könntest du dir vorstellen, einfach so zu verschwinden, wegzugehen, ohne dich abzumelden?« Marlu sah ihn an.

»Hab ich mir noch nie überlegt.«

»Ich könnte mir das schon vorstellen. Manchmal machst du so kleine Probeläufe zum Verschwinden, stimmt's?«

»Jetzt übertreibst du aber, Marlu.« Was war denn das jetzt wieder für ein seltsames Gespräch? Dass sie auch jedes Thema auf die persönliche Ebene ziehen musste.

»Telefon ausschalten, nicht erreichbar sein, sich nicht melden, nicht sagen, wo man ist. Das sind doch fast schon so kleine Tests.«

»Du spinnst doch, Marlu.«

»Stell dir doch mal vor, du wärst weg, verschwunden, meine ich, und ich würde der Polizei oder einem Psychologen von diesen kleinen Auszeiten erzählen, die du dir immer wieder nimmst. Die könnten das vielleicht sogar als Hinweise auf ein geplantes Verschwinden deuten. Meinst du nicht?«

Meinte sie das jetzt tatsächlich ernst, oder machte sie sich nur über ihn lustig? Meißner beobachtete sie. Erst zuckte nur ihr rechter Mundwinkel ein wenig, dann grinste sie übers ganze Gesicht. Fast zärtlich boxte sie ihn auf den Arm und verzog dabei etwas das Steuer, als sie in die Ettinger Straße abbog.

»Hey, pass doch auf!«, rief er. Aber er war sehr froh, dass sie wieder lachen konnte.

***

Wenn man sie suchte, kam sie lange Zeit nicht. Zuerst trat der Mann abends auf den kleinen Platz mit den Platanen und rief nach ihr. Immer wieder griff er sich dabei mit der rechten Hand an den Kopf und strich sich die Haare nach hinten, bis sie glatt wie eine Mütze am Kopf anla-

gen. Auf und ab lief er und lockte sie mit seiner samtenen Bassstimme. Vergeblich. Dann setzte er sich auf die schmiedeeiserne Bank mit den geschwungenen Füßen, streckte die Beine aus und verschränkte die Arme auf dem Bauch, sah sich auf dem Platz um, suchte die Eingänge zu den Seitengassen ab, hob zwischenzeitlich den Kopf und betrachtete die Balkone im ersten Stock der hundert Jahre alten Gründerzeithäuser. Sein Blick wanderte über die Simse und Absätze an den Fassaden.

Es dauerte nicht lange, und einer der Männer in den umliegenden Läden – der Friseur aus seinem winzigen Geschäft, der Mann aus dem Lebensmittelladen oder manchmal auch der Barmann aus dem Café an der Ecke – gesellte sich zu ihm. Während sie ein Schwätzchen über die neuesten Ereignisse im Viertel hielten, sah der Mann sich immer wieder nach der Katze um. Irgendwann stand er auf und ging zu einer der Seitengassen, spähte hinein, lockte sie mit einem ganz eigenen Laut. Er sog die Luft ein, spitzte dabei die Lippen und rief wieder ihren Namen: »Gringa!« Das zweite »G« rutschte ihm tief in die Kehle, bevor sich sein Mund weit öffnete, fast als würde er anfangen zu gähnen, um dann das Schluss-A zu formen, das von den Seitenwänden der Gasse widerhallte.

Der Mann ging zurück ins Haus, der Friseur in seinen Laden, der Barmann an seine Theke oder der Mann vom Lebensmittelladen in sein Geschäft. Ihnen bedeutete die Katze nichts. Katzen gab es einige im Viertel. Dass der Mann sie jeden Abend rief, nach ihr suchte, um sie zu füttern und mit ins Haus zu nehmen, interessierte sie nicht, viel eher doch die Gelegenheit zu einem Schwätzchen. Die Katze war Nebensache. Das Rufen war ein Tick des Mannes wie ein Augenzucken oder ein Wort, das Menschen immer wieder, in jedem zweiten Satz, verwenden. Wie »Verstehst du?« oder »Weißt du, was ich meine?«. Die Katze würde schon kommen, wenn sie Hunger hatte. Seine Bemühung oder sein Wunsch, das Tier möge vor Anbruch der Dunkelheit wieder im Haus sein, fanden die Geschäftsleute ein bisschen wunderlich. Das war doch keine Angewohnheit für einen Mann. Wäre die Katze ein Hund gewesen, dann vielleicht, aber eine Katze? Eine Katze war doch kein Haustier für einen Mann. Sie wunderten sich über seine tägliche Geduld und Ausdauer. Sie wussten, wohin er ging und wo er für gewöhnlich stehen blieb. Und sie kannten die Katze. Die Katze, die nie kam, wenn der Mann nach ihr rief.

Nachdem der Mann im Haus verschwunden war, dauerte es noch einmal eine Stunde, bis er und seine Frau zu Abend gegessen hatten. Dann trat die Frau auf den grau gestrichenen Eisenbalkon. Sie schaute auf den Platz hinunter, dann zum Balkon des Hauses nebenan, zu dem ein vorspringender Sims hinüberführte, und schließlich nach links, wo der Balkon sich über die Häuserecke fortsetzte. Zu dieser Zeit war die Straßenbeleuchtung bereits angeschaltet, und die Bäume warfen lange Schatten auf das Pflaster. Erst wenn die Frau ebenfalls auf den Platz ging, die Eingänge zu den Gässchen um ihn herum mit zusammengekniffenen Augen untersuchte und immer wieder »Gringa, Gringa!« rief, mit ihrer heiseren Stimme, die das I immer länger zog, je ungeduldiger sie wurde, erst dann tauchte die Katze plötzlich auf und rieb ihren Kopf an den Beinen der Frau. Sie beugte sich zu dem graubraun getigerten Tier hinunter, streichelte ihm den Kopf, kraulte es hinter den Ohren und unter dem Kinn und nahm es mit ins Haus. Woher die Katze gekommen war, erfuhr sie nie. Auf einmal war sie da gewesen, war aus der Dunkelheit hinausgetreten ins Licht.

***

Marlu nahm die Ortsdurchfahrt durch Etting und fuhr an der rosa-weißen Dorfkirche mit ihrem gedrungenen Turm mitten im Ort vorbei. Das Haus des Kühlhausbesitzers Helmer war eine repräsentative Villa.

»Da hat aber jemand ein Vermögen verbaut«, sagte Marlu, als sie vor dem herrschaftlichen Anwesen hielt.

»Ist aber schon eine Weile her«, meinte Meißner. Die Villa stammte wahrscheinlich aus den achtziger Jahren des vorigen Jahrhunderts.

Marlu hatte das Auto in der Einfahrt geparkt, weil der Platz vor der Garage, in der gut und gern eine fünfköpfige Familie hätte wohnen können, bereits belegt war. Davor der standesgemäße Fuhrpark: ein silbernes Mercedes SL Cabrio mit schwarzem Verdeck, daneben ein weißer Audi Q7 mit Steilheck, beide mit Ingolstädter Kennzeichen. Auf dem gepflasterten, von Glaskugellampen gesäumten Weg zum Eingang kamen ihnen ein jüngeres Paar und eine Enddreißigerin im eleganten dunkelblauen Kostüm mit beigen Pumps und einem Halstuch mit Reitermotiven entgegen.

»Grüß Gott, Herr …?«

»Meißner.«

»Herr und Frau Meißner? Sie interessieren sich auch für das Haus? Prima, dann folgen Sie mir doch bitte.«

Sie gingen um das Haus herum zur Terrasse.

»Stilvolle Landhausvilla mit eingewachsenem Garten in verkehrsberuhigter Ortsrandlage, umgeben von Wiesen und Wäldern. Hier stört Sie niemand.« Sie warf den beiden Paaren vielsagende Blicke zu.

»Dreizehn Zimmer, sechshundertsiebzig Quadratmeter Wohnfläche.« Die Größe sah man dem etwas verschachtelt gebauten Quader gar nicht an. Understatement bis in den Grundriss.

»Einliegerwohnung mit circa zweihundert Quadratmetern, Gartenhaus, Innenpool mit Dusche, Umkleide, WC, Saunabereich mit Dusche, Alarmanlage, Garage mit drei Stellplätzen, Ölabscheider und Waschanlage, fünf offene Kamine, Kellerbar …«

Brauch ich alles nicht, dachte Meißner. An einem der Fenster im ersten Stock, die sich mit ihrer Oberkante an die Schräge des flach geneigten Daches anpassten, stand ein junger Mann und sah auf die fremden Leute in seinem Garten hinunter. Er wirkte arrogant, aufbrausend, als käme er gleich herunter, um sie alle von seinem Grundstück zu jagen.

»Wie alt ist denn das Haus?«, fragte Marlu.

»Baujahr 1976«, antwortete die Maklerin.

»Ah, fast mein Alter. Und wie groß ist es, sagten Sie?«

»Sechshundertsiebzig Quadratmeter Wohnfläche bei einem Grundstück von zweitausenddreihundert Quadratmetern. Sieben Schlafzimmer, drei Badezimmer, alles komplett unterkellert.«

»Und der Kaufpreis?«, fragte Meißner.

»Neunhundertfünfundneunzigtausend Euro, und das ist das Haus mit dem großen Grundstück auch wert.«

»Danke schön«, sagte Meißner und wandte sich Richtung Eingangstür. Die Dame drückte ihm ihre Visitenkarte in die Hand. »Immobilien Kumpfmüller. Alexandra Kumpfmüller, Dipl. Betriebswirtin (FH)«.

Als sie an der Tür klingelten, kam die diplomierte Betriebswirtin aufgeregt hinter ihnen hergelaufen.

»Ich zeige Ihnen das Haus auch innen wirklich gern, Herr Meißner, aber warten Sie doch bitte, bis ich mit meiner Führung so weit bin.«

Meißner zog seinen Ausweis aus der Tasche.

»Kripo Ingolstadt?«, fragte sie. »Warum haben Sie denn nichts gesagt? Hat Ihr Besuch etwas mit dem Haus zu tun?«

Die Tür ging auf.

»Wir hätten gern Herrn Helmer gesprochen«, sagte Marlu zu der schmalen Frau, die nur kurz auf Meißners Ausweis sah. Sie trug ihre Haare zu einem altmodischen Dutt aufgesteckt. Ihre unauffällige Kleidung und die flachen Schuhe sahen aus wie eine Uniform. Die Maklerin ging zurück in den Garten.

»Möchten Sie den Junior oder den Senior sprechen?«, fragte die Hausangestellte mit leichtem, vielleicht slawischem Akzent. »Der Senior hat sich gerade kurz hingelegt.«

»Was gibt's denn, Vilma?« Sie hörten Schritte auf der Treppe.

»Die Herrschaften sind von der Polizei.«

»Worum geht's denn?« Der Junior kam zur Tür und bat sie herein. »Andreas Helmer.«

»Sie wollen wegziehen?«, fragte Meißner.

»Richtig. Ich ziehe nach München und mein Vater in sein geliebtes Altmühltal. Was führt Sie hierher?«

»Es geht um Ihre Schwester«, sagte Meißner. »Sie machen sich sicher Sorgen um sie?«

»Also, ehrlich gesagt, mache ich mir im Moment noch keine großen Sorgen. Charlotte ist erwachsen. Sie kann doch mal ein paar Tage wegfahren, ohne dass wir hier gleich die Pferde scheu machen.«

»Sie glauben, sie hat sich nur eine kleine Auszeit genommen und vergessen, jemandem Bescheid zu sagen?«

»Keine Ahnung, aber das könnte ich mir noch am ehesten vorstellen.«

»Ihr Schwager nimmt das nicht so auf die leichte Schulter«, sagte Marlu.

»Na ja. Moritz ist vielleicht auch ein bisschen überängstlich.

Gibt es denn irgendeinen Anhaltspunkt dafür, dass wir uns Sorgen machen müssten?«

Meißner schüttelte den Kopf. »Nein, die gibt es derzeit nicht. Haben Sie ein gutes Verhältnis zu Ihrer Schwester?«

Helmer nickte. »Ich bin der große Bruder.«

»Gibt es irgendeinen Ort, an dem sie sich gerade aufhalten könnte? Ein Wochenendhaus, eine Ferienwohnung, die der Familie gehört? Ein Hotel, das sie besonders gern mag?«

»Darüber hab ich auch schon nachgedacht. Aber nein, mir ist da nichts eingefallen.«

»Hat Ihre Schwester eigentlich noch ein Zimmer hier im Haus?«, fragte Marlu.

Groß genug ist es ja, dachte Meißner.

»Ich kann es Ihnen zeigen«, bot das Hausmädchen an.

Sie führte sie in den ersten Stock und ließ sie dann in Charlotte Helmers ehemaligem Jugendzimmer allein. Meißner trat ans Fenster und sah hinunter in den Garten. Hier musste ihr Bruder gestanden haben, als er ihn von unten gesehen hatte.

Es war ein Mädchenzimmer wie aus einem britischen Cottage. Viel Weiß und Rosa. Trotz Holzdecke und Dachschräge wirkte der Raum hell und zart. In der Mitte stand ein großes Himmelbett, dessen Baldachin mit einem transparenten Seidenstoff mit kleinen Blümchen bespannt war. An der Wand hingen gerahmte Fotos, die ein kleines Mädchen mit dünnen Beinchen als Prinzessin auf dem Eis zeigten. Auf den ältesten Fotos war das Mädchen höchstens sieben oder acht Jahre alt. Es trug ein kurzes rosa Kleidchen und eine fleischfarbene Strumpfhose, die bis über die Schlittschuhe gezogen war. »Schanzer Pirouette, 1994« stand unter dem Foto. Auf dem nächsten war das Mädchen schon etwas älter und trug ein helles Kleid mit breitem königsblauem Saum. »Bavarian Open, Oberstdorf, 1995«. Bayerische Jugendmeisterschaft, Qualifikation deutsche Nachwuchsmeisterschaften. Das Kleid schwarz mit stahlblauen Einsätzen. Die Eisprinzessin war ein bisschen gewachsen, hatte aber immer noch ihre dünnen Storchenbeine. Sie trug die Haare nun offen. Alpenpokal Winterthur, sechster Platz. Siegerehrung. Charlotte auf dem Treppchen. Zu jedem Wettbewerb ein neues Kleid. Eine Sammlung von Pokalen in einer Glasvitrine. Mädchenbücher im Regal. Eine Sammlung Plüscheisbären.

»Darf man erfahren, wer Sie sind und was Sie hier tun?«

Sie hatten den alten Helmer nicht kommen hören. Der Unternehmer sah müde aus, das Hemd zerknittert, das kräftige graue Haar noch von seinem Mittagsschlaf zerdrückt. Als Meißner ihm seinen Dienstausweis reichte, klopfte Helmer seine Taschen nach einer Lesebrille ab, fand aber keine. Er nahm den Ausweis mit ans Fenster.

»Polizei?«

»Kripo Ingolstadt, Hauptkommissar Stefan Meißner. Meine Kollegin Marlu Rosner.«

»Sind Sie verwandt mit dem Hosen-Rosner?« Der Unternehmer musterte Marlu wie ein Großinquisitor.

Marlu nickte brav. »Mein Großonkel«, sagte sie. »Sind das alles Bilder Ihrer Tochter Charlotte?«

Helmer machte eine unwirsche Armbewegung. »Ja, alles unsere kleine Eisprinzessin«, sagte er.

»Sie war ja recht erfolgreich. Hat sie das später auch noch gemacht, ich meine, als sie älter war?«, wollte Marlu wissen.

»Das war irgendwann vorbei. In der Pubertät hat sie sich für andere Dinge interessiert, wie's halt so ist bei den jungen Leuten.«

»Aber die Bilder hat sie trotzdem nie abgenommen?«, fragte Meißner.

»Vielleicht hängen sie nur wegen der Erinnerung noch da.«

»Haben Sie eine Ahnung, wo Ihre Tochter jetzt sein könnte?«

»Nein, leider.« Helmer fuhr sich mit den Fingern durchs Haar. Er hatte dunkle Schatten unter den Augen. Vielleicht schlief er schon länger nicht mehr gut. Er strahlte etwas Grundtrauriges aus.

»Wie ist Ihr Verhältnis zu Ihrer Tochter?«, fragte Meißner.

»Meine Tochter trägt ihr Herz nicht gerade auf der Zunge. Bei ihr weiß man oft nicht, woran man ist. Wenn sie Probleme hat, kommt sie damit nicht zu mir. Ich bin ein alter Mann, verstehen Sie?«

Es klang bitter. Draußen heulte ein Automotor auf. Helmer ging ans Fenster, und Meißner folgte ihm. Von dem Platz vor der

Garage rollte der weiße Audi Q7 mit zwölf Zylindern. Ein SUV mit etwa fünfhundert PS, der mindestens hunderttausend Euro wert war. Das Motorengeräusch klang nach Formel-1-Rennen in Monza oder Monte Carlo. Am Steuer saß der Junior, die Person auf dem Beifahrersitz musste Vilma sein, die sich in eine perfekt zum Wagen passende Blondine mit offenem Haar und riesiger Sonnenbrille verwandelt hatte. Viel sehen konnte sie damit an diesem grauen Wintertag nicht. Helmer senior beobachtete die beiden, in seinem Blick lag Geringschätzung.

»Ist das nicht Ihr Hausmädchen?«, fragte Meißner.

»Anscheinend findet er keine andere«, sagte Helmer. »Andererseits gibt es auch schlechtere als sie.«

Gemeinsam sahen sie zu, wie das Auto davonfuhr, und lauschten dem satten Motorbrummen. Dann trat die Maklerin mit einer neuen Gruppe von Interessenten in die Garagenauffahrt. Helmer wandte sich ab.

Als die beiden Polizisten das Zimmer verließen, sahen sie, wie Helmer sich auf den Rand des Himmelbetts seiner Tochter setzte und mit der Hand über die seidene Bettdecke strich.

»Und was wissen wir jetzt?«, fragte Meißner im Auto.

»Eine ganze Menge«, antwortete Marlu. »Dass der Senior ein melancholischer alter Herr ist und der Junior ein Schnösel mit viel Geld, das er sich bestimmt nicht selbst erarbeitet hat, und einem Faible für aufgemotzte Autos und blonde Frauen mit großen Brillen. Dass er es mit Hilfe einer osteuropäischen Haushälterin endlich geschafft hat, einen eigenen Hausstand zu gründen. Und dass die Helmers die Villa für eine knappe Million verkaufen wollen.«

»Was uns aber nichts angeht«, sagte Meißner.

»Du meinst, wir können den Besuch unter ›sinnlose Aktionen‹ verbuchen?«

»Das meine ich.«

»Na ja, du vielleicht. Mir jedenfalls ist heute etwas ganz Besonderes passiert.« Marlu sah ihn ganz feierlich an. »Ich bin heute zum ersten Mal in meinem Leben mit ›Frau Meißner‹ angesprochen worden. Das ist schon was Außergewöhnliches.«

»Was?«, fragte Meißner. »Du willst mich heiraten?«

»Falsch«, sagte Marlu. »Die Frage geht anders. Sie fängt nicht mit ›Was‹ an und geht auch nicht mit ›Du willst mich‹ weiter. Sie lautet: ›Willst du mich …?‹.«

»Jetzt schau mal einer an. Was so eine Satzstellung doch alles ändern kann.« Meißner sah zum Seitenfenster hinaus. Aber so würde das bei ihm nie funktionieren. Ihn müsste schon eine Frau fragen, aber nur in der genau passenden Stimmung. In dem einen unter Millionen von Augenblicken, die sein Leben für ihn bereithielt. Noch war ihm dieser Augenblick nicht untergekommen, deshalb schob er es auf den Augenblick, nicht auf die Frauen und schon gar nicht auf sich selbst. Zu einer so großen Entscheidung hatte er sich bisher noch nie reif gefühlt.

»Stört es dich, wenn ich das Radio anmache?«, fragte Marlu. »Ich würde das große Schweigen gern mit ein bisschen Musik ausfüllen. Ist das okay für dich?«

***

Dieses Lied, dass das überhaupt noch gespielt wird! Hätte sie nach all den Jahren noch ein paar Tränen übrig gehabt, dann wären sie jetzt gelaufen. Aber das Heulen hatte sowieso noch nie geholfen, damals nicht, und heute würde es das auch nicht tun.

Wie die bezaubernde Jeannie klimpert sie ein paarmal mit den Wimpern. Sie ist zwölf, öffnet den Reißverschluss ihrer Sporttasche, nimmt ein Paar weiße Lederschlittschuhe heraus, fährt mit den Fingern über die Lauffläche. Der neue Hohlschliff ist scharf und eben, genau so, wie sie ihn haben wollte. Mit der neuen Innensohle kann sie jede Bewegung noch besser spüren und steuern, hat ihr die Trainerin gesagt.

Sie zerrt an den Schnürsenkeln, bis es schmerzt. Aber es muss wehtun, damit der Schuh und der Fuß eins werden, alles muss wie aus einem Guss sein. Der Schuh ein Teil ihres Körpers, und Schmerzen, was sind schon Schmerzen gegen das Glück eines gelungenen Sprungs? Bei ihren ersten Schritten auf dem Eis trug sie noch einen wattierten Schneeanzug. Damals taten die Stürze noch nicht weh. Das kam erst später.

»Und hopp!«, hört sie die Stimme der Trainerin aus der Halle,

dazu die kitschige Musik, die Tanja sich für ihre Kür ausgesucht hat. Charlotte macht ein paar Dehnübungen, dann beobachtet sie Tanjas Versuche durchs Fenster, sieht zu, bis deren Stunde vorbei ist und zwei Zambonis auf das Eis fahren, um es glatt zu polieren. Charlotte liebt es, wenn sie als Erste nach den Eismaschinen auf das Eis darf. Keine Rille, kein Buckel, keine Furche. Sie liebt es, wenn sie im großen Kreis beginnen kann, dann immer schneller wird, den Radius verengt und spürt, wie die Zentrifugalkraft sie nach außen ziehen will, aber das Eis sie hält. Dann stört kein Holpern ihr Gleiten. Tanja kann ihr nicht das Wasser reichen. Sicher, sie ist talentiert, aber viel zu faul. Immer gibt es irgendwas, das sie ablenkt. Die Pferde, das Theaterspielen und jetzt auch noch die Jungs, die sie nervös machen. Nein, Tanja hat nicht die Disziplin und den Fleiß, um eine echte Eisprinzessin zu werden. Talent allein ist so gut wie nichts wert.

Der Gummiboden unter ihren Kufen gibt bei jedem Schritt nach. Sie stellt sich dabei immer vor, sie ginge über ein Moor. Und dann ist er endlich da, taucht zwischen Weiden und Birken auf, nebelverhangen, ein glatter Spiegel, über dem der blasse Mond hängt und Sterne funkeln und auf dessen Fläche sie gleich ihre Spuren hinterlassen wird.

Mit einem Sprung ist sie auf dem Eis. Sie dreht sich um hundertachtzig Grad, holt weit mit den Beinen aus, um Fahrt aufzunehmen, setzt in die Kurve über, um noch mehr zu beschleunigen, dann der Sprung. Ein Doppellutz. Sie schließt die Augen und spürt, wie sie fliegt. Aber es braucht noch nicht einmal Sprünge, auch auf den Kufen kann sie fliegen, wie früher auf dem Eis des Künettegrabens, wenn er nach ein paar Tagen mit eisigem Ostwind zugefroren war und keine Schneeflocke das spiegelglatte Eis stumpf werden ließ.

»Nein, nein, ich passe schon auf, ich laufe nur dort, wo die anderen laufen.«

Aber mit den anderen, die auf dem Eis dahinstolpern, nein, mit denen will sie nicht laufen, nur weg, ganz schnell hinaus aufs Spiegeleis. Dort, wo es dünn ist, dort, wo die Stolperer und Stürzer nicht fahren können, weil die dünne Eisschicht brechen und sie verschlucken würde. Dort, wo man immer in Bewegung sein muss, um nicht einzubrechen. Wo das Eis zu ihr spricht. Es jammert oder klirrt, manchmal ächzt es auch bedrohlich. Dort fliegt Charlotte übers Eis, und der Wind hilft ihr, der eisige Wind, der über das gefrorene Wasser fegt. Sie breitet die

Arme aus und lässt sich treiben, beschleunigt und hört, wie hinter ihr die Risse durch das Eis wachsen. Ein Sprung und weiter, ein eisiger Stern dort, wo sie gelandet ist. Ja, das ist Fliegen, Eisfliegen, genauso schön wie das Klatschen und die Bravorufe Hunderter Zuschauer, die ihr auf spiegelndem Eis in der Halle nach einem perfekten Sprung entgegenbranden.

***

»Und, sind wir jetzt gescheiter?«, fragte Brunner, als sie ins Präsidium zurückkamen.

»Die Angehörigen machen sich noch nicht allzu viele Sorgen«, sagte Marlu.

»Nur ihr Mann tickt total aus, sag ich doch«, sagte Brunner.

»Spricht das unbedingt gegen ihn?«, wollte Meißner wissen.

»Ich finde schon«, sagte Brunner. »Ich meine, die Frau ist schließlich erwachsen.«

»Die Kliniken in der Umgebung habe ich gestern durchtelefoniert«, sagte Marlu. »Trotzdem haben wir vorsorglich eine Personenbeschreibung und eine Beschreibung des Fahrrads an die Kollegen von der Streife durchgegeben.«

»In ihrem Jugendzimmer im Elternhaus in Wettstetten ist mir nichts Besonderes aufgefallen. Keine Spur. Auch in der Sprachenschule nicht. Der Schreibtisch von Charlotte Helmer steht im Eingangsbereich, also in keinem abgeschlossenen Raum. Wir haben dort nichts Persönliches gefunden. Zu ihrem Computer hat auch die Praktikantin Zugang, da werden wir wohl genauso wenig irgendwas Privates finden.«

»Und zu Hause, war da auch nichts?«, fragte Brunner.

»Wenn, dann müsstest du es doch gesehen haben. Du warst ja nach uns noch mal da«, sagte Meißner angesäuert.

»Ich hab nichts gefunden. Ihr Netbook hat sie wahrscheinlich im Rucksack dabei. Wie immer, sagt ihr Mann. Was ist eigentlich mit einer Handy-Ortung?«, fragte Brunner.

»Dafür brauchen wir eine richterliche Anordnung, aber die kriegen wir nicht.«

»Für eine stille SMS nicht unbedingt«, meinte Brunner.

»Wir sind aber nicht der Zoll und auch nicht der Verfassungsschutz. Diese lautlose Schnüffelei, ohne dass der Betroffene merkt, dass er geortet wird, gefällt mir nicht. Ich glaube auch nicht, dass das überhaupt rechtens ist. Charlotte Helmer ist ja keine flüchtige Straftäterin.«

»Mantrailing?«, warf Holler in die Runde, der sich bisher wie üblich bedeckt gehalten hatte.

»Was?« Brunner sah ihn belustigt an. »Fährtensuche? Mit Hunden? Meinst du das?«

»Genau das«, sagte Holler.

»Gibt es denn überhaupt einen Kollegen in unserer Nähe, der dafür ausgebildet ist?«, fragte Meißner.

»Soweit ich weiß, gibt es Experten dafür auch in Oberbayern«, sagte Holler.

»Ach, komm schon«, lachte Brunner, »und dann sollen wir so einem krummbeinigen Labrador hinterherlaufen? Wie ein Grüppchen Pfadfinder?«

»Wir doch nicht.« Holler ließ sich nicht provozieren. »Der Hundetrainer. Wir bräuchten nur ein getragenes Kleidungsstück der Vermissten oder eine Zahnbürste oder so etwas.«

Brunner winkte ab, doch Holler ließ sich nicht beirren. »Ich hab das mal bei einer Vorführung in Fürstenfeldbruck gesehen. Das war echt beeindruckend, was die Hunde geleistet haben. Soll ich mich da mal erkundigen? Die Spuren müssen natürlich möglichst frisch sein.«

»Jaja«, frotzelte Brunner wieder, »und wenn dir ein kleiner Platzregen dazwischenkommt, sind deine schönen Spuren sofort futsch.«

»Mit Hunden kenn ich mich nicht aus«, sagte Meißner. »Aber ich glaube sowieso, dass sich alles ganz von selbst aufklären wird. Vielleicht meldet sie sich ja, oder sie steht einfach morgen vor der Tür.«

»Aber die Frau ist doch verheiratet, Stefan!«, wandte Holler ein. »Bei meiner Frau könnte ich mir das nicht vorstellen, dass sie einfach mal irgendwohin fährt, ohne mir Bescheid zu geben. Das kann sie sich doch denken, dass ich mir da Sorgen mache.«

»Ich glaube auch nicht, dass deine Heidi das machen würde«,

sagte Marlu. »Außer vielleicht, ihr hättet euch gestritten. Aber dann würdest du ja auch nicht gleich zur Polizei laufen, oder? Dann würdest du erst einmal abwarten, ob sie sich meldet oder ob du sie irgendwann erreichen kannst.« Holler nickte zustimmend. »Aber ich kenne schon so Leute, die zwar in einer Beziehung leben, denen ich aber trotzdem zutrauen würde, dass sie sich einfach aus dem Staub machen, wenn es ihnen wegen irgendetwas zu viel wird. Wenn man ihnen zu nahe kommt, zum Beispiel. Bindungsangst nennt man das, und die gibt es nicht nur bei Männern.«

Meißner stutzte. Meinte sie ihn? Hatte sie das vorhin im Auto doch nicht nur so dahingesagt? Das war doch Unsinn! Er war Beamter und ein kreuzbraver Mann außerdem. Bindungsangst, bloß weil er nie geheiratet hatte? Wenn es nach ihm gegangen wäre, würde er heute noch mit Carola zusammenleben. Sie hatte etwas dagegen gehabt, nicht er. Also das war doch alles Blödsinn.

»Oder sie ruft von irgendwoher an und sagt, dass sie nie mehr zurückkommen wird. Dass sie die Schnauze voll hat.« Brunner war von der Bindungsangst-These also auch nicht zu überzeugen.

»Und warum hat sie ihm das nicht einfach gesagt, bevor sie gegangen ist?«, fragte Holler. »Wäre auch nicht schön gewesen, aber schließlich nichts, was nicht jeden Tag x-mal passiert. Oder etwa nicht?«

»Nur verträgt es eben nicht jeder, wenn er verlassen wird«, sagte Brunner. »Manche werden da ganz schön böse.«

»In jeder Ehe oder Beziehung, die schon einige Jahre alt ist, hat man doch irgendwann mal diesen Moment, wo man davon träumt, einfach wegzugehen und was ganz anderes zu machen«, sagte Holler, »irgendwo anders noch einmal ganz von vorn anfangen, vielleicht mit einem neuen Partner.«

»Ach ja?«, fragte Marlu neugierig.

»Sprichst du von dir und deiner Heidi?«, feixte Brunner.

»Da musst du schon die Heidi fragen, wenn du wissen willst, was in ihrem Kopf vorgeht«, sagte Holler. »Wär ja auch schlimm, wenn man in einer Ehe immer alles aussprechen und selbst die geheimsten Gedanken und Phantasien des anderen kennen würde. Würdest du das von deiner Partnerin alles wissen wollen, Axel?«

»Na ja, gewisse Phantasien schon«, sagte Brunner, »wenn du verstehst, was ich meine. Darüber würde ich sogar so viel wie möglich wissen wollen.«

»Dann hoffen wir jetzt einfach, dass sie sich meldet. Was anderes bleibt uns sowieso nicht übrig.« Damit legte Meißner die weiteren Ermittlungen im Fall der vermissten Charlotte Helmers auf Eis. Zumindest vorläufig.

Nach Dienstschluss schlug Marlu vor, noch etwas zusammen zu essen. »Bei mir gibt es noch einen Rest selbst gemachter Lasagne im Kühlschrank«, sagte sie. »Wenn wir uns einen Salat dazu machen und irgendwo noch ein Baguette holen, müsste es für zwei reichen.«

Meißner war unschlüssig.

»Ein Rest Tiramisu von der Mama ist auch noch da. Hat sie mir gestern vorbeigebracht.«

Damit hatte sie den richtigen Knopf gedrückt. Gegen selbst gemachtes Tiramisu war Meißner praktisch wehrlos. Außerdem war es ratsam, die Einladung nicht auszuschlagen, wenn er Marlu nicht kränken wollte. Mit einer Absage hätte er den Bogen eindeutig überspannt.

»Was ist? Hast du jetzt ausreichend lang überlegt, ob du meine halbe Lasagne und mein gesamtes Tiramisu aufessen willst oder nicht?«

»Ich will«, antwortete Meißner. »Stell du schon mal die Lasagne in den *forno*, ich besorge das Baguette.«

»Okay«, sagte Marlu und seufzte erleichtert. »Für mich kann das Baguette auch vom Penny sein, gell? Du musst keine fünfzig Kilometer auf der Suche nach dem weltbesten Spezialbrot durch die Gegend fahren. Die Bäckereien haben eh schon zu.«

Meißner wusste genau, was sie meinte. Er war so ein Mann, der am Sonntagmorgen losfuhr, um Semmeln zu holen, und dann kurz vor dem Mittagessen wiederkam, weil er zunächst keine offene Bäckerei gefunden hatte, ihm dann die Semmeln zu wenig und die Brezen zu kross gewesen waren, oder weil es im dritten Laden nur noch Schokocroissants und keine mit Marmelade gegeben hatte. Diesmal wollte er dem Klischee »umständlich, wenig pragmatisch und nicht besonders entschlussfreudig«, wenn es ums Einkaufen ging, auf keinen Fall entsprechen. Er wollte sich, komme was wolle, an die Ansage »Penny« halten und fuhr einfach zum nächsten Supermarkt.

Dort war sowohl das Baguette als auch das Ciabatta aus. Nur ein runzliger Weißbrotfladen war bisher von allen Käufern verschmäht worden. Er hatte dunkelrote Flecken, die von getrockneten Tomaten stammen konnten. »Erst mal zu Penny?« Lieber nicht. Der italienische Feinkosthändler in der Auenstraße hatte zum Glück noch auf. Ciabatta war aus, aber immerhin lag da noch ein halbes italienisches Weißbrot herum, das nahm er. Dazu zwei Flaschen Bardolino und einen Becher grüne Oliven aus Ligurien und, nur zum Probieren, einen kleinen *mozzarella di bufala* aus Kampanien.

Als er bei Marlu in der Sebastianstraße eintraf, war die Tür nur angelehnt. In der Küche duftete es nach gar nichts. Der *forno* war vorgeheizt, aber leer. Meißner stellte seine Einkäufe ab und schenkte sich ein Probierglas ein. Dann machte er sich auf die Suche nach Marlu. Sie stand unter der Dusche.

»Hast du die Lasagne schon allein aufgegessen?«

»Nein, ich hab gedacht, dass es bestimmt noch dauert, bis du mit dem Brot kommst. Und weil du wahrscheinlich eh noch ein paar andere Sachen gekauft hast, können wir die ja sozusagen als Vorspeise essen, während die Lasagne im Ofen ist. Bis dahin bin ich dann auch fertig«, sagte sie und drehte ihm ihren verlängerten Rücken zu, von dem die Wassertropfen wie Skispringer von der Schanze sprangen. Ein prächtiger Hintern, nicht zu klein und nicht zu groß. Einfach perfekt. Erst als die Glastür so von innen mit Dampf beschlug, dass er nichts mehr sah, schob er die Lasagne in den Ofen und richtete die Vorspeisen auf einem großen Teller an. Er nippte an seinem Weinglas. Der Bardolino schmeckte nach Sonne, Wind und Gardasee.

»Und wo ist das Baguette?« Marlu stand im Bademantel mit Handtuchturban auf dem Kopf in der Küche.

»Luigi hatte keins mehr. Bei Penny war es übrigens auch aus.«

»Du warst bei Penny? Das glaub ich nicht.«

»Penny ist doch der Supermarkt, bei dem alles rot ist.«

»Ach, ist ja auch egal. Ist sowieso nicht dein Laden.« Sie nahm einen kleinen Schluck vom Rotwein. »Lecker, schmeckt nach Italien und Mittelmeer«, sagte sie.

Jetzt nur keine Belehrungen, sagte Meißner sich, halt einfach den Mund. Gardasee, Mittelmeer, ist doch egal.

»Dann hol ich jetzt die Lasagne aus dem Ofen«, sagte er.

Sie aßen die Vorspeisen als Beilagen zur Hauptspeise und wischten die Teller mit Luigis italienischem Weißbrot sauber. Das Tiramisu vergaßen sie ganz, weil Meißner die beiden Kerzen, die er in Marlus Küche gefunden hatte, anzündete und das Deckenlicht löschte. Als er hinter Marlu stand, fiel sein Blick auf den Ausschnitt des Bademantels, der einen Streifen rosig glatter Haut freigab. Ihre linke Brust sprang ihm wie ein reifer Pfirsich entgegen.

Meißner näherte sich dieser zarten, aber festen Frucht von hinten, schob den Bademantel zur Seite und legte das perfekte Rund ganz frei. Er befeuchtete seinen Finger mit der Zunge und fuhr damit über den Nippel, der sofort hart wurde. Die feinen Härchen um den dunklen Hof der Brustwarze richteten sich auf, und er sah eine Gänsehaut, die wie eine sanfte Welle über Marlus Busen schwappte. Dann legte er auch die zweite Brust frei und umfasste mit jeder Hand eine, als würde er sie vom Baum pflücken, indem er sie sanft drehte.

Marlu biss sich auf die Lippen. Meißners Zeigefinger wanderte in den Spalt zwischen ihren Brüsten und von dort weiter zum Bauch hinunter, umkreiste zuerst ihren Nabel, bohrte sich hinein, zog weiter abwärts, öffnete den Gürtel des Bademantels ganz und wanderte den fingerbreiten ausrasierten Streifen dunkelblonder Schamhaare entlang. Er befeuchtete seinen Finger noch einmal mit der Zunge und steckte ihn da hinein, wo es feucht und heiß war. Als er den Finger wieder herausziehen wollte, presste sie ihre Hand auf seine und ließ den Kopf nach hinten fallen. Der Turban löste sich, ihr langes, noch feuchtes Haar klatschte auf ihren Rücken. Er küsste sie auf den Mund, und als kurz darauf sein Handy im Flur in seiner Jackentasche klingelte, ließ Marlu ihn nicht mehr gehen.

Als sie später ihren Turban aufsammelte und den Bademantel wie ein erbeutetes Fell hinter sich her ins Bad schleifte, war es fast Mitternacht. Meißner checkte sein Telefon und sah, dass es Brunner gewesen war, der angerufen hatte. Er hatte keine Nachricht hinterlassen.

Als er zu Bett ging, fiel ihm ein, dass er das, weswegen er eigentlich gekommen war, gar nicht bekommen hatte: das legendäre Tiramisu von Marlus Mama. Aber so war es im Leben ja öfter.

Marlu kam aus dem Bad und küsste ihn aufs Ohr. Er murrte, war schon fast eingeschlafen. Quasi aus dem Hinterhalt flüsterte sie: »Warst du eigentlich mal wieder bei Carola und ihrem Baby? Wie geht's den beiden?«

»Gut«, grunzte er.

»Gibt's was Neues?«, fragte sie.

Die Zeit war zu knapp, um noch eine Strategie zu entwickeln, und nach gutem Sex war er praktisch sowieso wehrlos.

»Ja«, sagte er deshalb, ganz ohne jede Ausflucht. »Ich hab doch keinen Sohn.«

Sie schlang die Arme um ihn und hielt ihn fest. So schliefen sie zusammen ein.

ACHT

Als der Wecker klingelte, fiel Meißner zuerst das Tiramisu wieder ein, dann Brunners Anruf. Er rasierte sich, während Marlu in der Küche hantierte. Sie hatte ihm das Tellerchen mit dem Tiramisu auf den Tisch gestellt und schenkte ihm einen Espresso aus der Kanne ein.

»Gut, dass wir das gestern vergessen haben«, sagte sie. »Ich hab eh nichts anderes mehr im Haus. Nicht mal Milch.«

»Wer braucht schon Milch in den Kaffee?« Meißner schnitt das Tiramisu vorsichtig in der Mitte durch. Marlu küsste ihn auf den Nacken.

»Brunner hat gestern noch angerufen.«

»Und? Was wollte er?«

»Keine Ahnung. Hat keine Nachricht hinterlassen.«

»Vielleicht ist die Helmer ja wieder da«, sagte Marlu und schaufelte sich ihre Hälfte Tiramisu in den Mund.

Als sie ins Präsidium kamen, war von Brunner nichts zu sehen.

»Wir könnten uns heute mal ihre Facebook-Freunde ansehen«, sagte Meißner. »Überhaupt ihre Spuren im Netz. Von manchen Leuten erfährt man da mehr, als man eigentlich wissen will.«

»Schon«, antwortete Marlu, »aber alles darf man auch nicht glauben. Manche stricken sich Existenzen zusammen, dass du meinst, sie seien die x-te Reinkarnation des Dalai Lama oder eine Kreuzung aus Gisèle Bündchen und Madame Curie.« Sie fuhr ihren Computer hoch.

»Interessante Vorstellung«, meinte Meißner. »Aber was, wenn sich dabei die Intelligenz der Bündchen und die Knollennase von Marie Curie durchsetzen?«

»Das wäre ungefähr so wie eine Kreuzung aus deinem Bizeps mit Brunners Stammtisch-Rhetorik.« Meißner schluckte, aber Marlu redete einfach weiter. »Gestern in der Kantine ging's um Schulschwänzer, und Axel hat doch tatsächlich behauptet, die bayerische harte Linie sei das einzig Wahre gegen diese Plage.

Mit folgender Begründung, falls du es noch nicht gewusst hast: Jedes ungeahndete Schulschwänzen führt unweigerlich auf die schiefe Bahn. Erst Hip-Hop und Hosen mit tiefem Schritt, dann Haschisch und Hoodies und schließlich Autos knacken und Drogendealen.«

»Genau das sage ich auch immer. Ich seh übrigens gerade, dass Charlotte Helmer gar keinen Facebook-Account hat, zumindest nicht unter ihrem Klarnamen.«

»Dann lass dir was einfallen.«

Holler streckte den Kopf zur Tür herein. »Habt ihr schon von der Gaudi gestern Abend gehört?«

»Was für eine Gaudi?«, fragte Marlu.

»Die mit dem Mann der Vermissten, diesem Eberl.« Holler sah in zwei verblüffte Gesichter. »Der Axel wollte dir doch Bescheid sagen, Stefan. Hast du dein Handy mal wieder im Auto liegen lassen?«

Meißner machte eine vage Handbewegung. »Was ist denn passiert?«

»Zwei Kollegen von der Streife sind gestern am späten Abend von einem Hausbesitzer angerufen worden. Hausfriedensbruch. Ein Mann hatte sich Zutritt in sein Haus verschafft und hat dort herumgeschrien und getobt. Er wollte das Haus nicht mehr verlassen, obwohl er ihn mehrfach dazu aufgefordert hat.«

»Eberl?«, fragte Meißner.

Holler nickte.

»Und in welches Haus ist er eingedrungen?«

»Drei Mal darfst du raten.«

»In Wettstetten? Beim Schwiegervater?«

»Treffer.«

»Wie ist er reingekommen?«, wollte Marlu wissen.

»Wahrscheinlich mit dem Schlüssel seiner Frau.«

»Und was wollte Eberl dort?«

»Sich aufführen und rumschreien, einfach Dampf ablassen – vermutet sein Schwiegervater.«

»Und dann? Wie ist die Sache ausgegangen? Hat Eberl sich wieder beruhigt?« Meißner hatte Schwierigkeiten, sich den apathischen Mann so aggressiv vorzustellen.

»Im Gegenteil. Er hat sich immer weiter reingesteigert. Weil die gerufenen Streifenkollegen wussten, dass er etwas mit der vermissten Frau zu tun hat, haben sie uns gleich verständigt. Der Brunner Axel ist gleich hergekommen und hat ihn in Gewahrsam genommen.«

»Eberl hat die Nacht bei uns in der Zelle verbracht?«, fragte Marlu.

»Fremdgefährdung, Eigengefährdung, wie auch immer. Hier war er immerhin erst mal sicher.«

***

Verdammt, er musste doch irgendwo sein. Wohin hatte sie ihn geräumt? Wieso hing er nicht im Schlüsselkasten? Musste sie ihn verstecken? Vor wem? Vor ihm? Immer diese Geheimnisse, die sie um ihre Familie machte, um das dunkle große Haus, in dem er sich schon immer unwohl gefühlt hatte, in dem er nie willkommen gewesen war. Nie war er gut genug für diese Familie, für dieses Haus gewesen. Für die Villa. Er, ein Handwerkersohn aus Lenting, ein Niemand. Aus einer Familie, der auch nach zwei Generationen noch das Stigma ›Aussiedler‹ anhaftete. In manchen Gegenden Bayerns war man ein Einheimischer, oder man war es nicht. Selbst in hundert Jahren konnte man nicht zu einem werden. Als Jugendlicher hatte er immer versucht dazuzugehören, zu sein wie sie, zu saufen wie sie. Das Saufen hatte ihn fast umgebracht. Aber dann war sie aufgetaucht. Charlotte hatte ihn sogar zur Berufsschule gefahren, als sie ihm den Führerschein abgenommen hatten. Sie hatte ihn in der Klinik besucht und ihm vertraut. Sie hatte tatsächlich daran geglaubt, dass er noch zu retten war. Aber jetzt, jetzt hatte sie den verdammten Schlüssel vor ihm versteckt.

Als er Charlotte kennenlernte, hatte er gedacht, er könnte es schaffen. Mit ihr zusammen könnte es möglich sein. Aber als er die Ablehnung ihrer Familie spürte und Charlottes Wunsch, ihn vor der Familie zu verbergen und ohne ihn zum Rudern oder auf den Tennisplatz zu gehen, da hatte er wieder angefangen zu zweifeln. Manchmal, wenn er besser drauf war, redete er sich ein, die Familie und Charlotte bräuchten nur mehr Zeit, um zu realisieren, was sie in Wirklichkeit an ihm hatten. Er liebte und verehrte Charlotte und hätte wirklich alles für sie getan. Die Helmers konnten ja nicht für alle Zeiten so abweisend zu ihm sein. Sie brauchten einfach noch mehr Zeit, das Gute in seinem Wesen zu erkennen, das Verlässliche. Aber es war nie anders geworden. Sie behandelten ihn immer gleich herablassend, wie Abschaum, nein, noch schlimmer: wie ein Nichts, eine Null.

Wo war jetzt dieser verdammte Schlüssel? Er konnte nicht mehr länger warten, er musste irgendetwas tun. Er musste in diesem Haus nach einer Spur suchen. Ihre eigene Wohnung hatte er schon ein paarmal komplett durchsucht, die Schränke ausgeleert, die Schubläden ausgekippt. Anfangs hatte er sie noch säuberlich wiedereingeräumt, später den Inhalt nur noch reingeworfen, wenn er mit dem Durchsuchen fertig war. Irgendwo musste das verdammte Ding doch sein. Er würde ihr schon noch auf die Schliche kommen. Es sei denn, sie bewahrte ihn woanders auf. Vielleicht in ihrem Schreibtisch bei der Arbeit. Dass sie ihn bei sich hatte, glaubte er nicht. Sie würde ihn nicht brauchen, sie würde nicht dorthin gehen, nicht zurück. Das würde sie bestimmt nicht tun. Er hatte das Bett bereits durchwühlt, die Matratze rausgenommen, Matratzenschoner, Unterbett, Leintuch. Hatte die Betten und Kissen abgezogen, Bettwäsche und Handtücher ausgebreitet. Ihre Unterwäsche durchsucht. Wie schön sie immer alles zusammenlegte und in die Schubladen räumte. Wie liebevoll sie zu den Dingen war. Wie gern wäre er eines ihrer Seidenhöschen gewesen, hätte ihre Finger gespürt, wie sie ihn berührten, wie ihre Fingerkuppen über seine Haut strichen.

Er schob die Wäscheschubladen wieder zu. Er war ein unbeholfener grober Klotz gewesen, als er Charlotte kennenlernte. Wusste nichts als das, was ihm seine Kumpel über Weiber erzählt hatten: dass sie hart rangenommen werden wollten. Er war sich nicht sicher, ob das stimmte, aber er hatte nichts anderes drauf, nichts anderes gehört und gesehen. Er war unsicher, ob das für Charlotte auch zutraf, sie war so anders als die Mädchen im Dorf, die es hinter dem Autoscooter oder am Baggersee machten. Er konnte es gar nicht glauben, als es so weit war. Aber es war so, als ob ihr genau diese Art Sex gefiele, bei dem die Mädchen als Matratze benutzt oder so behandelt wurden wie die, die man dafür bezahlte. Anfangs gefiel ihm das, und er war wie berauscht. Er tat etwas, was ihr gefiel. Er konnte ihr etwas geben, wonach sie suchte, und sie schien zufrieden damit. Je härter er es machte, desto besser gefiel es ihr. Manchmal wies sie ihn zurück, dann machte er es anders, versuchte auf seine täppische Art, zärtlich zu sein, sie zu küssen, zu lecken, sie zu berühren. Dann stieß sie ihn zurück. Das mochte sie nicht. Wahrscheinlich wegen seiner Unbeholfenheit. Er hätte es mit ihr lernen müssen. Aber später, als er sich andere Filme ansah, darüber las und auch mal mit seiner frisch verheirateten Cousine Elli darüber sprach, gab er sich mehr Mühe und stellte sich auch nicht mehr so ungeschickt an. Trotzdem kam es ihm so vor, als ob Charlotte diese zärtliche Version von ihm nicht wollte. Es war nicht das, was sie brauchte. Sie brauchte das Alte, das Schmutzige. Aber in ihm wuchsen Wünsche. Sie sollte ihn berühren, wenn sie sich liebten, ihn, nicht seinen Schwanz. Er hätte es herausschreien mögen. Während er hart in sie eindrang, stellte er sich vor, sie streiche ihm mit den Fingern über den Rücken oder fahre mit der Zunge seine Wirbelsäule entlang und ihre Haarspitzen strichen dabei über seine bloße Haut. Er trainierte im Studio, saß an der Beinpresse, machte sich hart und stellte sich dabei genau die Zärtlichkeiten vor, von denen wahrscheinlich auch die Mädchen in der Klosterschule träumten. Er machte sich zum Narren und hasste sich selbst dafür.

Die Diele hatte er durchsucht, die Küche auch. Er musste noch einmal von vorn anfangen. Immer wieder hatte er das Gefühl, dass er Charlotte nicht erreichte. Er mühte sich ab, aber sie ließ ihn einfach nicht an sich heran. Er riss eine der unteren Küchenschubladen aus dem Schrank und leerte Servietten und Küchentücher auf den Esstisch. Als er den ganzen Packen voller Wut auf den Boden fegte, klackerte der Schlüssel gegen den Heizkörper. Endlich! Er hob ihn auf, steckte ihn ein, schenkte sich einen Grappa ein, trank das Glas in einem Zug leer und verließ die Wohnung. Dann jagte er den roten A3 mit quietschenden Reifen und heulendem Motor über den Ring.

***

»Wo steckt Brunner eigentlich?«, fragte Meißner.

»Der hat sich die ganze Nacht mit diesem Verrückten um die Ohren geschlagen und ist dann in der Früh zum Schlafen nach Hause gegangen«, antwortete Holler.

»Und Eberl?«, fragte Marlu.

»Den hat er nach Hause geschickt, nachdem er sich wieder beruhigt hatte und ausgenüchtert war.«

»Ach, der war auch noch betrunken? Das hättest du aber auch gleich sagen können«, sagte Meißner.

»Müsste alles in Brunners Vernehmungsprotokoll stehen.«

»Und wo ist das Ding?«

»Wahrscheinlich auf seinem Schreibtisch. Soll ich es dir holen?«

»Lass nur, ich geh schon selbst.« Meißner schälte sich aus seinem Sessel.

»Ihr seid heute beide so … so friedlich«, bemerkte Holler. »Das ganze Zimmer strahlt so eine Aura aus von … na, wie soll ich es sagen …?«

»Blödsinn. Warst du mal wieder mit Heidi im Yogakurs und hast dein Herz-Chakra bearbeitet? Vielleicht siehst du deshalb überall Strahlen.« Meißner war schon fast zur Tür hinaus.

»Das würde dir übrigens auch nicht schaden. Das Yoga, meine ich!«, rief Holler ihm hinterher.

»Von Yoga bekomme ich Kreuzschmerzen«, sagte Meißner. »Und wenn ich mich entspannen soll, krieg ich Beklemmungen.«

Er fand das ausgedruckte und von Eberl unterschriebene Vernehmungsprotokoll auf Brunners vorbildlich aufgeräumtem Schreibtisch.

»05.12.2012. Bei der Polizeiinspektion Ingolstadt eingehender Anruf von Erwin Helmer, Unternehmer aus Wettstetten. In seinem Haus befinde sich ein Eindringling, der der Aufforderung, das Haus zu verlassen, nicht nachkomme. Als die Streife mit

Polizeiwachtmeisterin Burgstaller und Polizeiwachtmeister Biller beim Anwesen Beethovenstraße 3 in Wettstetten eintrifft, stellen die Beamten fest, dass der Unternehmer den laut schreienden, vermutlich alkoholisierten Mann kennt. Es handelt sich um dessen Schwiegersohn.«

Meißner schloss aus der folgenden Beamtenprosa, dass Eberl mit einem Schlüssel, wahrscheinlich dem von Charlotte Helmer, nachts in das Haus eingedrungen war, randaliert und dann mit seinem Schwiegervater gestritten hatte und anschließend nicht mehr freiwillig gegangen war. Eberl hatte immer wieder geschrien, er gehöre auch zur Familie und habe ein Recht, sich in dem Haus aufzuhalten, was der alte Helmer aber anders gesehen hatte. Nur in Anbetracht der Tatsache, dass es sich um den Mann seiner Tochter handelte, wollte der Unternehmer ihn nicht wegen Hausfriedensbruchs anzeigen. Allerdings verlangte er die Herausgabe des Schlüssels und verbat sich weitere Besuche. Als Eberl daraufhin seinen Schwiegervater als »krumm gebohrtes Arschloch« beschimpfte und mit einer Bodenvase nach ihm warf, legten die Beamten ihm Handschellen an und entfernten ihn aus dem Haus.

Auch was dann im Präsidium passiert war, konnte Meißner in Brunners Protokoll nachlesen. Der neue Kollege, der gleich zur Stelle war, als man ihn benachrichtigte, hatte Eberl einem Alkoholtest unterzogen, was dieser nur unter Protest mit sich geschehen ließ. Eins Komma acht Promille waren zwar nicht sehr viel, konnten aber für Eberls Aggressivität zumindest mitverantwortlich sein. Gewissenhaft hatte Brunner jeden einzelnen »Scheißbullen« notiert, den Eberl ihn geheißen hatte. Auf die Frage, was er denn überhaupt im Haus seines Schwiegervaters gewollt habe, konnte der Mann keine schlüssige Antwort geben. Als er Charlottes Jugendzimmer verwüstet, den Betthimmel zerlegt und die Regale leer geräumt hatte, hatte Helmer ihn überrascht und zur Rede gestellt.

Meißner rief bei Helmer senior an. Es meldete sich das Hausmädchen Vilma aus Tallinn, Riga oder Vilnius. Er sagte, er komme gleich noch einmal vorbei und sie solle Charlottes Zimmer noch nicht aufräumen, sondern es in dem Zustand lassen, wie es war. Vielleicht konnte er ja rausfinden, was Eberl im Haus gesucht hatte.

Als Meißner in Wettstetten eintraf, war der Senior bereits in der Firma, dafür erschien kurz nach ihm Brunner in der Garageneinfahrt. Vilma sagte ihnen, sie sei am Vorabend spätnachts, eigentlich erst am frühen Morgen, aus München zurückgekommen und habe von der Sache erst erfahren, als sie dem Senior das Frühstück servierte. Helmer hatte ihr erzählt, sein Herr Schwiegersohn habe in der Nacht zuvor im Haus randaliert. Er nannte ihn nie anders als »mein Herr Schwiegersohn«, sagte Vilma, weshalb sie seinen richtigen Namen nicht kannte. Er war im Haus Helmer nie gefallen, zumindest nicht in ihrer Gegenwart. Sie habe ihn bisher auch nicht persönlich kennengelernt. Nur die Tochter Charlotte, die kannte sie, wenn auch nicht besonders gut.

Ob der Junior noch im Haus sei, wollte Meißner wissen.

Er schlafe noch, sagte Vilma. Er sei gestern Abend nicht im Haus gewesen, als sein Schwager hier war.

Logisch, dachte Meißner, wenn er mit dem zur Geliebten aufgestylten Hausmädchen in den Clubs und Bars der Landeshauptstadt abgehangen hat.

»Hat Eberl dir eigentlich gesagt, was er hier wollte?«, fragte Meißner, als er mit Brunner nach oben ging.

Sein Kollege schüttelte den Kopf. »Ich glaube, das hat er selbst nicht so genau gewusst. Er sagte aber, er würde nach einer Spur suchen, nach irgendeinem Hinweis.«

»Einem Hinweis auf Charlottes Aufenthaltsort?«

»Das waren zumindest seine Worte.«

»Du glaubst ihm nicht?«

»Keine Ahnung. Jedenfalls verträgt der Typ keinen Alkohol. Der war total neben der Kappe. Du hättest den blassen Burschen nicht wiedererkannt. War drauf wie ein Halbstarker. Wenn wir nichts tun, muss er eben selbst etwas unternehmen, hat er gesagt.«

»Sie in ihrem Elternhaus suchen?«

Als Meißner das Zimmer betrat, konnte er sich seine Frage selbst beantworten. Der Mensch, der hier gewütet hatte, war nicht zum Suchen gekommen. Er hatte nicht seine Frau hier vermutet, sondern wollte seine Wut an ihren Sachen auslassen. Er war gekommen, um zu zerstören. Wie ein Kind, das die Sandburg eines anderen zertritt, der es nicht mitspielen lässt. Eberl war an einer empfindlichen Stelle getroffen und gekränkt worden. Deshalb hatte der böse Bube die rosarote behütete Mädchenidylle zerschlagen wollen. Aber meistens sind die Idyllen sowieso nicht das, was sie vorgeben. Wenn man sie nur lang und genau genug betrachtet, findet man den Haken.

Meißner sammelte die Scherben der Glas-Bilderrahmen auf, und Brunner kroch unter das Bett und suchte den Boden ab. Als er mit dem Fuß unter einen der Heizkörper fuhr, schob er zwei identische Schlüssel heraus, die zusammen an einem Ring hingen.

»Fahrradschloss?«, fragte Meißner.

»Eher Vorhängeschloss. Wie für ein Kellerabteil.«

Als sie Vilma die Schlüssel zeigten, erkannte sie sie nicht. Die Kellertüren im Haus waren wie erwartet nicht mit Vorhängeschlössern gesichert, und plötzlich hatte es Brunner auffallend eilig, nach Ingolstadt zurückzufahren.

»Was ist denn los?«, fragte Meißner. »Glaubst du etwa, er hat eine Leiche im Keller versteckt?« Es sollte ein Scherz sein, aber Brunner verzog keine Miene.

»Weiß man's? Kannst du dich an den Fall erinnern, von dem ich dir vor Kurzem erzählt habe?«

»Der Mann mit den Zwillingen?«

»Genau. Der von ganz Deutschland bedauert worden ist, weil die böse Frau ihn mit zwei kleinen Kindern sitzen hat lassen.«

»Und wie hat sich die Sache noch mal aufgeklärt?«

»Er hatte seine Frau bei einem Streit umgebracht und ihre Leiche anschließend im Keller deponiert.«

»Niemand hat dort nachgesehen?«

»Nein, der Mann war total glaubwürdig. Die Medien haben ihn zum Helden gemacht. Alle bewunderten ihn für die Tapferkeit, mit der er sein Schicksal angenommen und die Mutterrolle für seine Kinder gleich mit übernommen hat.«

»Wie lang hat er diese Show denn durchgehalten?«

»Weiß ich nicht mehr, aber ich glaube, am Ende hat er sogar selbst geglaubt, dass seine böse Frau ihn verlassen hat.«

Brunner war schon am Auto. Er wirkte wie ein Besessener. In Meißner hingegen zuckte nicht der kleinste Funke einer Vorahnung, nicht das leiseste Kribbeln spürte er beim Hören dieser Geschichte. War sein kriminalistischer Instinkt im Urlaub? Auf Ibiza wie Exkollege Fischer. Mit Widerwillen dachte er an Brunners Eifer, mit dem er bald Eberls Keller oder andere in Frage kommende Räumlichkeiten aufspüren und durchsuchen würde. Wie ein Bluthund, dachte er. Meißner hätte drauf gewettet, dass er nichts finden würde.

Er selbst wollte noch einmal mit dem alten Helmer sprechen und von ihm persönlich hören, was Eberl seiner Meinung nach gewollt hatte und warum er so ausgetickt war. Außerdem war Meißner noch nie in einem modernen Kühlbetrieb gewesen und neugierig auf die Firma.

Ingolstadt wirkte an vielen Stellen in der Altstadt wie ein Dorf. Etwa in den Gassen um das Münster herum oder bei der Hohen Schule. Die gedrungenen spätgotischen Häuser der Ingolstädter Altstadt hätten auch in einer Kleinstadt stehen können. Aber hier draußen im Norden, als Meißner sich über Etting der Stadt näherte, war Ingolstadt tatsächlich ein Dorf und machte einen verschlafenen Eindruck, als wäre es ein Überbleibsel aus einer anderen Zeit. Sechziger, frühe siebziger Jahre allenfalls, niedrige Häuschen, deren Außenmauern mit Eternitplatten verkleidet waren. Damals hatte man von einer Asbestbelastung noch nichts gewusst oder es den Hausbesitzern zumindest nicht gesagt. Garagenanlagen mit sauber gefegten Einfahrten und grauen Toren, dazwischen Regenrinnen mit splitterndem Anstrich, Asphalt, der an manchen Stellen aufriss, und öde Flachdächer. Eine Autostadt für den kleinen Mann und sein liebstes Spielzeug, das ab den späten sechziger Jahren für jeden Arbeiter vom Wunschtraum zum erschwinglichen Konsumgut geworden war. Niedrig, grau und ein wenig trostlos wie auch die flache Donauebene mit ihrer Autoindustrie und den Raffinerietürmen. Ingolstadt war eher etwas für Realisten, nicht für Folkloristen. Weniger Lederhose, mehr Laptop. Kaum Dirndlbluse, dafür mehr Kopftuch. Weniger Schweinshaxe, mehr Döner.

Und obwohl Ingolstadt mit den Alpen nicht mehr als den gleichnamigen Verein gemeinsam hatte, fiel Meißner, gerade als er die Stadtgrenze passierte, sein Traum aus der letzten Nacht ein. In der Sebastianstraße träumte er häufiger als in seiner eigenen Wohnung, das war ihm schon öfter aufgefallen. Ob das an durchlaufenden Wasseradern unter seinem eigenen Schlafzimmer oder einfach am Alleinsein in seiner Singlewohnung lag, wusste er nicht.

Aus den zuerst nur undeutlichen nächtlichen Bildern ergab sich allmählich sogar so etwas wie eine Handlung. Im Traum war er geflogen – aus eigener Kraft. Er hatte geträumt, er springe mit Skiern von einer Schanze. Etwas, was er in Wirklichkeit noch nie getan hatte und auch nie freiwillig tun würde. Im Traum hatte es ihm jemand beigebracht, und nun stand er tatsächlich oben an der verflucht langen Anfahrtsspur, die sich am Ende aufdrehte wie eine Wasserrutsche. Er hatte Skier angeschnallt, elend lange, breite Dinger, die sich so schwer anfühlten, als wären sie aus nassem Holz. Sie waren wie an seine Schuhe geschraubt. Er mochte sich gar nicht genauer mit dem Unterbau beschäftigen, dem er anscheinend ausgeliefert war, stattdessen schaute er lieber in die weite Landschaft. Er war in den Bergen, und es war Sommer. Nirgendwo auf den Gipfeln auch nur ein Fetzen Weiß. Er würde also nicht auf Schnee, sondern auf einer riesigen grünen Plastikmatte landen, die in Schwimmbadgröße im Auslauf ausgebreitet war. Sie war von einem giftigen PVC-Grün, das alles andere als einladend wirkte. Bei einem Sturz würde es trotz seines dicken Anzugs bestimmt sehr wehtun.

Doch sein erster Sprung von der Schanze war gar nicht so schwer, wie er erwartet hatte. Jemand, wahrscheinlich ein Trainer, hatte ihm die Technik erklärt. Alles sei nur eine Frage der Balance und des Körpergefühls, hatte er gesagt. Meißner solle nur nicht ständig hinuntersehen und den Schanzenverlauf beobachten. Die eigene Position auf der Schanze, das Hineingleiten in den Absprung, darüber sollte er sich keine großen Sorgen machen und auch keine Angst vor dem Sprung selbst haben. Stattdessen sollte er das Fliegen genauso genießen wie das Landen und das Ausfahren, quasi den gelungenen Sprung.

Es war alles nur eine Frage der Balance. Auf den Körper achten, auf die Spannung, sagte ihm sein Lehrer, auf den Druck, der auf die Beine wirkt, und dann die Haltung einfach den Gegebenheiten anpassen. Änderte sich der Druck, sollte er die Position des Oberkörpers, der Arme, des Kopfes ändern. Alles hing von der Kunst ab, den Druck auszugleichen. Es war total egal, ob er fuhr oder flog. Ob er auf den Kufen durch die Anlaufspur glitt, in der Luft stand oder auf der grünen Matte ausfuhr, alles war völlig gleichgültig. Er sollte nur auf seinen Körper hören. Sein Körper würde schon wissen, was zu tun war. Und wenn der Körper es wusste, musste Meißner nur versuchen, dieses Wissen zu erspüren und dementsprechend zu handeln.

Im Traum fuhr er los, die Anlauframpe hinunter. Er nahm nicht bewusst wahr, wann der Übergang vom Fahren ins Fliegen kam. Die Landschaft unter ihm war grün und lieblich, und alles hatte seinen festen Platz, wie in einem aufgeräumten Büro. Auch das Näherkommen der Erde hatte nichts Bedrohliches. Meißner merkte nicht einmal, als er zur Landung ansetzte, spürte nur den sich verändernden Druck auf seine Beine und Füße und glich ihn durch eine leichte Bewegung des Oberkörpers aus. Es fühlte sich herrlich an, das Springen, das Durch-die-Luft-Fliegen, und das, obwohl er auf jedem Volksfest der größte aller anwesenden Hasenfüße war und selbst eine Fahrt im Calypso-Karussell, das ungefähr genauso alt war wie er selbst, ihm Angst machte.

Er landete auf der grünen Matte, die aussah wie struppiges, vom Wind geplättetes Gras auf einer Hochebene im Gebirge. Die starke Konzentration war dabei seine hervorstechendste Empfindung. Sie war stärker als die Angst, den Boden zu verlassen, ohne Hilfsmittel und technische Unterstützung zu fliegen, die Geschwindigkeit zu spüren, sich allem auszuliefern und nichts zu tun, es nur geschehen zu lassen und sich selbst beim Fliegen zuzusehen.

Ich bin im Traum tatsächlich geflogen, dachte Meißner, als er am Audi-Forum entlangfuhr, und es war ein starkes Gefühl gewesen. Megageil, hätte Kollege Fischer gesagt. Ach ja. Er hatte Fischer immer noch nicht ganz verziehen, dass er einfach so abgehauen war. Wegen eines Liebhabers, eines Figaros. Das klang nicht nur nach Operette, das war wahrscheinlich auch eine. Die, die weggehen, sind im Grunde immer besser dran, dachte Meißner. Sie brechen in etwas Neues auf. In ein Abenteuer, eine Ungewissheit. Ein Risiko schwingt immer mit, aber sie fliegen! Die anderen, die Zurückgelassenen, wursteln einfach im Altbekannten weiter. Was bleibt ihnen anderes übrig? *No risk*, wenig *fun*. War es das, was diesen Eberl so aggressiv machte?

***

Den leichten Wind kann man nicht hören, nur sehen. Er schaukelt die silbern glänzenden Äste der Olivenbäume, trägt ein verzögertes Plopp-plopp von den Tennisplätzen herüber. Viel näher ist das Geräusch der Gärtner im Park mit ihren feinen Metallrechen, die den Boden kämmen und dabei die Steinchen vom Boden zum Springen bringen. Eine Heckenschere, die sich in die Lorbeerbüsche hineinraschelt. Mauricio mit der Cäsarennase und dem Haarschnitt eines italienischen Dorfbuben, der pausenlos vor sich hin murmelt, als beschwöre er jeden Handgriff, den er tut, mit einer Zauberformel. Der zweite Gärtner, der jüngere, der ihm nie zuhört, ist in seine Arbeit vertieft. Er trimmt die Kronen der Lorbeerbäumchen zu Kugeln und zwickt unnütze Äste unten am Stamm ab, damit alle Kraft in die Krone steigt. Mauricio recht kleine Häufchen des Heckenschnitts zusammen, bevor er sie mit den groben Gartenhandschuhen packt und in einen grünen Plastiksack wirft. Er arbeitet bedächtig. Sammelt so behutsam seine Gartenabfälle ein, als seien sie lebendig. Hat er etwas übersehen, recht er noch einmal nach. Er wird nicht nach Arbeitsstunden bezahlt, hat kein Plansoll zu erfüllen, arbeitet immer gleich sorgfältig, ohne Blick auf die Uhr, wie ein Beamter in besseren Zeiten.

Der jüngere Gärtner in der grünen Latzhose ruft ihn, wenn für den Kronenschnitt die Klappleiter aufgestellt werden muss. Mauricio bleibt immer am Fuß der Leiter stehen, um den anderen zu sichern. Er plappert wieder ohne Unterlass, als verschaffe erst das Reden ihm Wichtigkeit und eine Eintrittskarte in die Welt der anderen Menschen, die mit dem Leben besser zurechtkommen als er. Mauricio ist der klas-

sische Begleiter und treue Diener, der immer als Letzter zu arbeiten aufhört, immer nach seinem Herrn.

Es duftet nach geschnittenem Lorbeer. Mauricio recht wieder. Er fängt jeden Satz mit einem »Ah« an, so als müsse er sich erst aufs Sprechen einstellen. Er geht mit hängenden Armen. Von hinten sieht man, dass er schief gewachsen oder krumm geworden ist. Seine rechte Schulter ist höher als die linke. Man glaubt, einen Buckel zu erkennen, wo vielleicht gar keiner ist.

Elf Uhr. Mauricio lehnt seinen Rechen an den Feigenbaum, der fast all seine Früchte vor der Zeit abgeworfen hat. Er läuft seinem Kollegen wie ein Hündchen hinterher, wie ein plapperndes Kind, das unaufhörlich ruft: »Mama, schau!«. Ein gedrungener, stämmiger Mann mit tiefschwarzem Haar, das aussieht, als wäre es gefärbt. Nur an den Schläfen kräuselt sich ein wenig Grau in die breiten Koteletten. Flaniert ein Hotelgast durch den Park an ihm vorbei, reckt er das Kinn wie eine alte Schildkröte. Wahrscheinlich zieht er deshalb auch die rechte Schulter bis zum Ohr. Durch die frisch geschnittenen Lorbeerbüsche glitzert die blaue Wasserfläche des Pools hindurch. Es ist noch früh. Die Hotelgäste kommen gerade erst satt vom Frühstücksbuffet.

Die scheuen Amseln hüpfen über den frisch geharkten Boden und picken im Boden nach etwas Essbarem. Sie springen wie Einbeinige, wippen aufgeregt mit dem Schwanz, wenn sie etwas Fressbares gefunden haben, und recken dann den Schnabel in die Luft. Keine Bewegung in ihrer Umgebung entgeht ihnen. Wenn sich jemand nähert, zetern sie nicht, sondern hüpfen nur lautlos davon und verstecken sich wie eine Maus im Gebüsch. Alle sind sie braun. Kein Männchen mit glänzendem schwarzem Gefieder darunter. Die Stadt der Amselweibchen. Oder sind es doch ausschließlich Jungvögel, die ausgewachsen, aber immer noch keine guten Flieger sind und deshalb lieber hüpfen? Wie Babys, die über die Zeit hinaus krabbeln, als fiele es ihnen schwer, die erste Art der Fortbewegung, die sie gelernt haben, wieder aufzugeben. Wenn es aber lauter Junge sind, wo sind dann die Alten? Was ist mit ihnen geschehen? Und wie sollen die Jungen ohne sie zurechtkommen?

***

Meißner bog auf den Parkplatz der Donau-Kühlung. Ein Lkw dockte in diesem Moment rückwärts an der mittleren der fünf Eingangsschleusen zum Kühlhaus an. Ohne Brille, die er im Auto gelassen hatte, konnte er das Kennzeichen des Lkws nicht erkennen.

Der Bürotrakt befand sich an der linken Seite des Gebäudekomplexes. Da die geschwungene Theke hinter der Doppelglastür nicht besetzt war, folgte Meißner einem Schild mit Pfeil Richtung Anmeldung.

»Na, was bringen Sie uns heute Schönes?« Die Dame, zu der die Stimme gehörte, sah nicht ihn an, sondern ihren Bildschirm.

»Drei Sattelschlepper Schweinehälften und zwei Lkw mit Hühnerklein.«

Die Dame sah über den Rand ihrer Lesebrille auf und musterte den Besucher streng. »Die ham Sie Grischperl aber nicht selbst aufgeladen, oder? Wenn Sie mich hier vor dem zweiten Frühstück auf den Arm nehmen wollen, dann haben Sie ganz schlechte Karten, junger Mann. Meine Reaktionen bei Unterzucker sind berüchtigt.«

»Den Herrn Helmer hätte ich gern gesprochen«, sagte das Grischperl.

Sie warf einen kurzen Blick auf seinen Dienstausweis.

»Den Junior? Der ist heute noch gar nicht aufgetaucht. Ist was passiert? Wieder mit dem Auto?«

»Ich bin aus Ingolstadt, nicht aus Flensburg. Den Senior, bitte, wenn er da ist.«

»Sicher ist der da. Er sagt zwar jeden dritten Tag, dass er die Firma satthat und am liebsten alles verkaufen würde, und trotzdem ist er jeden Tag um halb neun da, da können Sie die Uhr danach stellen.«

Sie begleitete Meißner zu Helmers Büro, das leer war. Sie fanden ihn in einer Unterhaltung mit dem Vorarbeiter, der gerade die Handschuhe auszog und den Reißverschluss seines dicken Anoraks öffnete. In der großen Halle fuhren Gabelstapler die in Folie verschweißten Paletten mit Tiefkühlwaren von den anliefernden Lkw zu den Hochregalen. Von seinem Standort im ersten Stock hinter einer Glaswand konnte Meißner die Kälte in der Halle nur ahnen. Die unterzuckerte Sekretärin neben ihm fuchtelte mit den Armen, bis der Chef auf sie aufmerksam wurde.

Der Seniorchef setzte sich in Bewegung. Als er Meißner im Bürogebäude entgegentrat, reichte er ihm eine eiskalte Hand.

»Wie lange führen Sie den Betrieb schon?«, fragte Meißner.

»Aufgebaut habe ich ihn in den Siebzigern. In den Neunzigern haben wir noch einmal umgebaut und erweitert, und jetzt will der Junior auf vollautomatische Abläufe umstellen.«

»Er hat den Betrieb bereits übernommen?«

»Sagen wir mal so: Er ist dabei, den Betrieb zu übernehmen.«

»Vollautomatisch, bedeutet das auch Entlassungen?«

»Die Belegschaft wird eventuell noch einmal reduziert werden. Aber ich sag Ihnen, in einem Kühlhaus zu arbeiten ist gar nicht so schön, das dürfen Sie mir glauben.«

»Besser als gar keine Arbeit«, sagte Meißner. »Und der Betrieb läuft gut?«

»Wir haben seit drei Jahren wieder eine Auslastung von über fünfundsiebzig Prozent. Das war schon mal schlechter.«

»Und was lagern Sie hier?«

»Lebensmittel. Tiefkühlkost, Eiscreme, Schweinefleisch, Fisch. Unsere Kunden sind große Tiefkühl- und Supermarktketten. Die Umstellung wird meine letzte große Aktion als Unternehmer sein. Danach trete ich endgültig ab. Zeit wird's.«

»Und wohin ziehen Sie, wenn Ihr Haus in Wettstetten verkauft ist? Ins Altmühltal, wie Ihr Sohn gesagt hat?«

»Ich hab bei Dollnstein ein kleines Schlösschen mit Jagd. Und einen Stammplatz bei den Wagner-Festspielen in Bayreuth. Mehr brauche ich nicht.«

»Leben Sie schon lange allein?«, fragte Meißner. »Ich meine, ist es schon lange her, dass Ihre Frau gestorben ist?«

»Siebzehn Jahre«, antwortete Helmer.

»Ist sie an einer Krankheit gestorben? Krebs?«

Der Unternehmer nickte.

»Ihre Tochter Charlotte war damals zehn. Und Ihr Sohn?«

»Siebzehn.« Fast schwarze Augen blitzten unter buschigen grauen Augenbrauen hervor. »Was führt Sie zu mir, Herr … Rosner?«

»Meißner. Rosner heißt meine Kollegin. Die Neugierde führt mich her. Wissen Sie, warum Ihr Schwiegersohn so aufgebracht war?«

»Allein ist der ziemlich hilflos«, sagte Helmer. Es klang verächtlich.

»Sie haben die Polizei geholt, weil er in Charlottes Zimmer randaliert hat.«

»Das wäre Grund genug gewesen. Danach hat er sich wieder beruhigt, aber …«

»Aber?«, fragte Meißner.

»Aber dann hat er unten in der Diele das Exposé liegen sehen.«

»Das von der Immobilienmaklerin?«

Helmer nickte.

»Er wusste nicht, dass Sie vorhaben, das Haus zu verkaufen?«

»Ich habe keine Ahnung. Ich habe nicht mit ihm darüber gesprochen. Warum sollte ich auch? Jedenfalls ist er ausgerastet, als er es gesehen hat.«

»Wieso denn? Ich meine, was ist so schlimm daran?«

»Die Frage sollte eher sein, was ihn das angeht. ›Das könnt ihr nicht machen!‹, hat er gebrüllt. ›Doch nicht jetzt, wo Charlotte verschwunden ist!‹«

»Hängt Ihre Tochter sehr an dem Haus?«

»Wenn sie es tut, hat sie es jedenfalls nie gezeigt. Sie kommt ja auch nur zu uns raus, wenn es sich gar nicht vermeiden lässt.«

»Könnte das vielleicht etwas mit Ihrem Schwiegersohn zu tun haben? Vielleicht hat sie gespürt, dass er sich im Haus nicht wohlfühlt oder nicht …«

»Sie kann mich ja auch ohne ihn besuchen.« Helmer zuckte die Achseln. »Mein Herr Schwiegersohn«, sagte er – vielleicht hatte er ja tatsächlich seinen Namen vergessen –, »wollte wissen, ob ich Charlotte vorher gefragt hätte.« Er lachte auf.

»Ob das Haus verkauft wird?«, fragte Meißner.

»Ja. Ich könnte doch nicht einfach so ihr Elternhaus verkaufen, jetzt, wo sie verschwunden ist. Wenn sie zurückkäme, wäre es einfach weg.« Er sah Meißner zornig an. »Dazu muss ich aber nicht meine Tochter fragen. Es ist mein Haus. Ich habe es gebaut, ich lebe seit über dreißig Jahren darin, aber alt werden will ich dort nicht. Die Kinder haben ihr Leben, und ich habe meins. Ich hoffe, es bleiben mir noch ein paar gesunde Jahre.«

»Aber zurück zu Ihrer Tochter, Herr Helmer. Haben Sie gar keine Idee, wo sie sich aufhalten könnte, warum sie weggegangen ist?«

Helmer rieb sich mit beiden Daumen die Augenlider. Seine Haut war ganz grau, die Tränensäcke traten unter den vom Reiben geröteten Augen hervor. Wie ein Clown, dachte Meißner, der nach seinem letzten Auftritt hinter die Bühne geht und weiß, dass die Menschen ihn bald vergessen haben.

Er schüttelte den Kopf. »Sie hätte mir jedenfalls nichts Schlimmeres antun können.«

Das Telefon klingelte, ein Mitarbeiter wartete mit einem Stapel Unterlagen vor Helmers Büro, und Meißner verabschiedete sich und ging zurück zum Empfang.

»Äh, Frau …?«

»Zieglmayer. Kann ich noch etwas für Sie tun?« Die Sekretärin stand mit dem Rücken zu Meißner am Drucker.

»Haben Sie noch immer kein zweites Frühstück bekommen?«

Nun drehte sie sich doch zu ihm um. »Das mit dem Frühstück war nur eine Ausrede. Eigentlich bin ich immer so. Gibt's noch was?«

»Ja, eine Frage hätte ich noch. Wie lange sind Sie schon in der Firma?«

»Seit dem ersten Juni 1995. Siebzehn Jahre Donau-Kühlung.«

»Haben Sie Frau Helmer noch gekannt?«

»Ja, habe ich, wenn auch nur kurz. Sie ist ja noch im selben Jahr verstorben.«

»Die Tochter, Charlotte, war noch klein, als ihre Mutter starb.«

»Zehn war sie und regte sich furchtbar auf, wenn jemand sie Lottchen oder Lotte nannte. Das durfte nur ihre Mutter, sonst niemand. Wollte Eiskunstläuferin werden, die Kleine.«

»Aber daraus ist nichts geworden.«

»Es heißt, sie ist nach dem Tod ihrer Mutter nie wieder auf den Eisplatz gegangen.«

»Die Mutter hatte Krebs, nicht?«, fragte Meißner.

»Das wurde damals nicht an die große Glocke gehängt. Uns

Angestellten hat man nicht viel erzählt, auch bei ihrer Beerdigung waren wir nicht. Die Familie wollte das nicht. Es sollte alles im kleinen Kreis stattfinden. Wir haben damals nicht einmal gewusst, dass sie krank war.«

***

Es war gar nicht schwer gewesen, es zu finden. Auch ins Haus reinzukommen war kein Problem. Gleich hinter dem Fahrradkeller fand Brunner das Abteil mit dem Schloss, zu dem die Schlüssel passten. Kein alter, muffiger Keller wie in dem Haus, in dem er als Kind gewohnt hatte, mit klackenden Drehschaltern, flackerndem Licht und Bretterverschlägen aus rauen Holzlatten, an denen man sich immer Splitter unter die Haut zog, da konnte man noch so gut aufpassen. Hier war alles sauber und modern, das Licht war genauso hell wie im Treppenhaus. Keine handgeschriebenen Mahnungen eines Hausmeisters, der im Falle von Zuwiderhandlungen mit Strafen drohte. Heute waren Hausmeister ja Dienstleister mit festgelegten Befugnissen, die ihre Haftungsbeschränkungen auswendig herunterbeten konnten. Was hatten sie als Kinder Angst vor diesem ewig schlecht gelaunten Blockwart gehabt. Was sich für sie wie Angst anfühlte, nannten die Eltern damals Respekt. Eine Respektsperson war jemand, vor dem die Kinder die Augen senkten und davonliefen.

Gleich als er den Schlüssel ins Schloss steckte, merkte er, dass er passte. Er öffnete die Tür und staunte. Diese ordentliche Mini-Werkstatt, in der Schraubenzieher und Zangen an einer grauen Speziallochwand aus dem Baumarkt hingen und aller Kleinkram sortiert und sauber in Kisten und Kartons gepackt war, hatte er nicht erwartet. Ein Bild wie aus dem Ikea-Katalog, Kapitel Aufbewahrungselemente.

Er begann mit der Regalreihe links oben. Schließlich wurde er fürs Suchen bezahlt, nicht fürs Finden. Er durchsuchte Werkzeug-, CD- und Bücherkisten, alte Zeitschriften, aussortierte Kleidung und Schuhe. Wäre ihm nicht einer der Deckel für die Kartons aus der Hand gerutscht und auf den blanken Betonboden gefallen, dann hätte er die blaue Aldi-Tüte vielleicht nie bemerkt, zumindest jedoch nicht so schnell. Zusammengeknüllt lag sie unter dem ersten Regalbrett. Er fischte sie heraus, sie war federleicht. Er würde sie ebenso gründlich untersuchen wie alle anderen Kisten mit ihren banalen Inhalten des Alltags eines gut situierten kinderlosen Paares, das jeden Tag zur Arbeit ging und seine Freizeit mit den üblichen Dingen füllte. Als er die Tüte öffnete, spürte er ein Kribbeln in den Händen, als liefen Ameisen von seinen Fingerspitzen hinauf zu den Schultern.

Jetzt hatte er ihn, dieses Schwein, das ihnen den armen Tropf vorspielte. Der biedere Herr Hauptkommissar, der seine Bildung heraushängen ließ und selbst ein Weichei war, mit seltsamen Weibergeschichten, der hatte sich einfach täuschen lassen. Er war dem Kerl auf den Leim gegangen. Aber bei ihm, Brunner, war dieser Plan nicht aufgegangen. Er ließ sich von so einem doch nicht für dumm verkaufen. Und jetzt hatte er ihn.

Ich muss jetzt Ruhe bewahren. Ein Schnüffler bringt seine Arbeit zu Ende und hört nicht auf, nur weil er ein Körnchen gefunden hat. Er will alles finden, was es zu finden gibt. Darf nichts übersehen. Nur nicht die Flinte zu früh ins Korn werfen. Also Arsch zusammenkneifen und weitermachen. Nicht nachlassen. Wie eine Maschine oder ein verbeamteter Schnüffler.

Am Ende hatte sich Brunners Suche gelohnt. Er trug einen rot-gestreiften Pappkarton hinaus zu seinem Porsche, der grau und breitmäulig wie ein Hai am Bordstein lauerte.

Entweder war Eberl nicht zu Hause gewesen oder er hatte nur nicht geöffnet. Am Nachmittag schaute Brunner deshalb noch einmal vorbei. Sie begegneten sich auf der Straße.

»Was wollen Sie schon wieder von mir?«, schnauzte Eberl ihn an. »Haben Sie meine Frau gefunden?«

Schau an, der apathische verlassene Ehemann war schon wieder ganz schön aggressiv, dachte Brunner. »Ihre Frau nicht, aber etwas anderes, was ich Ihnen gern zeigen möchte.«

Eberl war auf der Hut. »Dann aber gleich hier unten auf der Straße«, fuhr er ihn an. »Sie kommen mir nicht noch einmal in die Wohnung.«

Brunner grinste. »Na, na, wer wird denn gleich so empfindlich sein? Jetzt machen Sie hier mal keinen Aufstand, ich tu Ihnen schon nichts.«

Widerwillig machte Eberl die Tür auf und drückte auf den Aufzugknopf. In der Wohnung konfrontierte Brunner ihn mit der Plastiktüte.

»Nur schauen, nicht anfassen!« Brunner stülpte den oberen Rand der Tüte um, sodass der Inhalt, der am Boden lag, sichtbar wurde: ein blutiger Stofflappen und ein paar Einweghandschuhe mit dunklen Flecken.

Eberl kniff die Augen zusammen. »Wo haben Sie das her?«, zischte er.

»Das wissen Sie nicht?«, fragte Brunner.

»Nein, das weiß ich nicht.«

Brunner beobachtete ihn. »Aus Ihrem Keller.«

»Was? Wie sind Sie da reingekommen?« Eberl zitterte vor Wut.

»Mit Ihrem Schlüssel. Sie haben ihn in der Helmer-Villa verloren.«

»Das dürfen Sie nicht!« Eberl machte einen Schritt auf Brunner zu. Der Beamte war einen Kopf größer als er selbst und ziemlich kräftig.

»Das lassen Sie mal meine Sorgen sein, was ich darf und was nicht. Also, wo kommt das her, und was hat es zu bedeuten? Täusche ich mich, oder ist das Blut? Von wem stammt es?«

»Sie sind ein Arschloch, Mann!«, schrie Eberl. »Meinen Sie etwa, ich hab nicht gleich gemerkt, dass Sie mich auf dem Kieker haben? Aber bei mir werden Sie nichts finden. Die Sachen in der Plastiktüte stammen von einer Fahrradpanne. Ich hab beim Fahrrad meiner Frau den Schlauch gewechselt.«

»Wann?«

»Vor zwei, drei Wochen.«

»Und das Blut?«

»Bin beim Mantelaufspreizen abgerutscht und hab mir den Finger aufgerissen.«

»Wo?« Brunner sah auf Eberls Hände.

Er drehte die Handinnenflächen nach oben. »Keine Ahnung«, sagte er. »Ist schon verheilt. Die Tüte muss ich im Keller vergessen haben.«

»Und wieso ist der alte Schlauch nicht drin?«

»Hab ihn weggeschmissen.«

»Aber die Tüte nicht?«

Eberl schüttelte den Kopf. »Sie sind doch verrückt.«

»Und was ist damit?« Brunner knallte ein Polaroidfoto auf den Esstisch. Es zeigte einen Mann Mitte dreißig mit dunklem, etwas längerem Haar, der erhöht auf einem Turm oder einem Hügel stand. Der Wind fuhr durch sein Haar, unter ihm das Häusermeer einer Großstadt.

»Wer soll das sein? Woher haben Sie das?«

»Kennen Sie den Mann?«

Eberl schüttelte den Kopf.

»Ein Freund Ihrer Frau? Ein Verwandter?«

»Haben Sie das auch im Keller gefunden?« Eberl begriff, dass Brunner nicht nur kurz dort unten gewesen war. Er hatte sich durch alle Kisten gewühlt, hatte alles umgedreht. »Den kenn ich nicht. Nie gesehen.«

»Es gibt auch Briefe«, sagte Brunner. »Von ihm. Ich würde sie als Liebesbriefe bezeichnen.«

Eberl wurde blass. Er spürte Unglück auf sich zurollen.

»Raus jetzt!«, brüllte er. »Sie hauen jetzt ab, sofort. Ich werde mich bei Ihrem Chef beschweren. Das ist illegal, was Sie hier machen. Verschwinden Sie, los, sofort!« Er riss die Wohnungstür auf. »Raus jetzt!« Seine Stimme überschlug sich und hallte wie ein Echo aus dem Treppenhaus zurück.

»Ich lass Ihnen zwei schöne da«, sagte Brunner und grinste. »Sie bekommen die Originale. Die Kopien, die ich gezogen habe, behalte ich. Zum Glück ist es nicht meine Frau, die da von einem anderen Kerl angeschmachtet wird.« Er ging zur Tür. »Viel Spaß beim Lesen!« Dann sprang er beschwingt die drei Stockwerke zum Ausgang hinunter.

***

Dieses Schwein! Nicht einmal richtig Deutsch konnte der. Und dabei war Charlotte ihm gegenüber immer so bedacht auf korrekte Grammatik und richtige Wortwahl. Wehe, sie entdeckte irgendwo einen Rechtschreibfehler, in der Zeitung, auf einer Speisekarte, egal wo. Wer Rechtschreibfehler machte, war in ihren Augen fast schon ein Asozialer. Was sie sich nur immer darauf einbildete! Auf ihr Gymnasium, ihr Anglistikstudium, ihre Studienkollegen. »Kommilitonen«. Das Wort allein war doch schon zum Kotzen! Ihre gebildeten Freunde. Charlotte war hier geboren und aufgewachsen, aber wenn sie nicht wollte, hörte man ihr ihre Herkunft nicht an. Sie sagte immer, der Grund dafür sei, dass sie mit so vielen Leuten aus anderen Ländern in der Sprachenschule und bei den Seminaren zusammen war. Da würde sie doch sonst keiner verstehen. Die Begründung leuchtete ihm sogar ein, aber zu Hause, mit ihm, da hätte sie doch so sprechen können wie die anderen Leute hier auch. Aber sie tat immer so, als wäre das eine Schande.

Seine Freunde von früher hielten sie für eine arrogante Ziege. Niemand verstand, was die Helmer-Tochter überhaupt an einem wie ihm fand. Dass sie zusammenpassten. Das hatte er selbst ja auch gedacht. Und trotzdem hatte sie ihn gewollt. Ihn. Moritz Eberl. Als er ihr damals in Las Vegas den Antrag machte, hatte sie ihn einen Moment lang erschrocken angesehen, aber dann Ja gesagt. Nicht: Ja, aber. Nur: Ja. Wenn es nach ihm gegangen wäre, hätte er ihr sofort ein Kind gemacht, aber Charlotte wollte keins. Er hätte ihr schon die Pille verstecken müssen. Wenn er sie nach dem Grund dafür fragte, gab sie keine Antwort. Nicht einmal eine Ausrede ließ sie sich einfallen.

Und jetzt dieser M., der Rechtschreibfehler machen und trotzdem seine Frau vögeln durfte. Michael, Markus, Manfred. M. Wer war dieses Schwein? War er blind gewesen? Wie hatte sich dieser Mann in das Leben seiner Frau drängen können, wo hatten sie sich getroffen? So hat sie ihn also ausgetrickst, das Luder. Und hat sich immer über seine Eifersucht beschwert. Seine Charlotte hat es also tatsächlich mit einem anderen Mann gemacht? Die gut erzogene Unternehmerstochter?

Wäre irgendwer gekommen und hätte ihm das gesteckt, er hätte es nicht geglaubt. Nie im Leben. Nicht Charlotte. Aber dieser Scheißbulle hatte die Briefe doch in seinem Keller gefunden. In seinem eigenen Haus!

Und jetzt war sie weg. Bei ihm? Und die Briefe hatte sie hiergelassen? Irgendwann hätte er wahrscheinlich wirklich jede Buchseite im Haus umgeblättert, aber der Bulle war schneller gewesen. Wieso musste sie ihm das antun? Er biss an einem Fingernagel herum, bis es wehtat. Immerhin war der Schmerz besser als die Angst davor, dass sein Leben gerade dabei war, in die Brüche zu gehen, und nichts mehr so sein würde, wie es einmal gewesen war. Alles kaputt. Er riss noch einmal an einem abstehenden Stück Haut und zog daran, bis die Nagelhaut blutete. Die Daumennägel hatten senkrechte Rillen, weil er immer wieder mit den Zähnen daran schabte, bis sie immer dünner wurden und diese Furchen bekamen. Anders war die Spannung nicht mehr auszuhalten, die ihn fast zerriss. Wenn die Medikamente doch nur helfen würden. Nachts lag er wach und suchte den Himmel nach dem ersten Streifen Licht ab.

Wie viele Todesarten hatte er sich in diesen Nächten schon vorgestellt? Und immer war es Charlotte, die da an einem Fensterkreuz oder von einem Balken in einer Scheune hing, die tot im Straßengraben lag, das Fahrrad vom Gebüsch verborgen, oder unbekleidet in einem Waldstück, ihr Körper von Messerstichen zerfetzt oder ihr Hals mit Würgemalen gezeichnet. In seinen Träumen, die allesamt Alpträume waren, fiel sie von einer Klippe. Wie eine Mondsüchtige trat sie an den Abgrund und stürzte in die Gischt. In einem Erdloch hockte sie mit lehmverschmierten Lippen. Sie erstickte in einer Kiste an dem Knebel in ihrem Mund, wurde in einem Verlies festgehalten und rief nach ihm. Sie schrie seinen Namen, und er war nicht da. Er konnte ihr nicht helfen, deshalb musste sie sterben. Allein, ohne eine Menschenseele an ihrer Seite.

Er hatte seine Dosis Amitriptylin ohne Rücksprache mit dem Arzt erhöht. Er musste doch auch mal schlafen, wenn es hell wurde, wenn das erste Tageslicht kam. Wo war Charlotte? Bei diesem Kerl, diesem M.? Tu mir das nicht an. Gib mir ein Zeichen. Nur ein kleines Zeichen, dass du noch lebst, auch wenn du einen anderen hast. Aber lass mich nicht jede Nacht mit dir sterben. Schau meine Nägel an. Siehst du nicht, wie ich leide?

Er sah zum Fensterkreuz. Was für ein schrecklicher Ort zum

Sterben. Dann hörte er ein Geräusch. Das Telefon. War das Charlotte? Hatte sie ihn gehört?

»Charlotte?«

Gelächter. Ein Mann. Nicht Charlotte.

»Und? Hast du gewusst, dass deine Frau dich betrügt? Seit wann weißt du es? Wie hast du es erfahren? Hast du sie zur Rede gestellt? Hast du sie umgebracht? Wo hast du sie entsorgt? Wo versteckst du sie?«

Er wusste nicht mehr, wie er das abstellen konnte, fand die richtige Taste nicht, drückte alle Tasten zeitgleich, damit die Fragen aufhörten, damit das alles endlich aufhörte. Ein Mann hüpfte durchs Treppenhaus, blieb vor seiner Tür stehen und lachte. Lachte ihn aus. Wusste er, wo Charlotte war? War er der Mann, der ihr die Briefe geschrieben hatte? Hatte er sie im Keller versteckt? Eberl warf das Handy auf den Boden. Der Deckel sprang ab, der Akku schlitterte über den Küchenboden, dann war es still. Endlich.

NEUN

»Was ist denn hier schon wieder los?« Meißner stand an der Tür zum Besprechungsraum, während Marlu den Tisch deckte.

»Ach, nichts Großes. Nur Kaffee und Kuchen«, sagte sie.

»Gibt's was zu feiern?«

»Axel hat am Sonntag Geburtstag.«

»Axel?«

»Jetzt hör aber auf!«

»Und da feiert er schon im Voraus?«

»Ja mei«, sagte Marlu, »der ist eben nicht so g'schamig wie du. Du bestichst doch die Damen von der Personalabteilung seit Jahren, damit sie deinen Geburtstag unter keinen Umständen rausrücken. Das muss dich ganz schön was kosten.«

»Zwei Blumensträuße jedes Jahr. Zu den Geburtstagen der Damen, die in meinem Kalender dick rot angestrichen sind.«

»Für das Geld könntest du uns Kollegen aber auch zu Kaffee und Kuchen einladen. Wir haben nämlich kein Problem mit deinem Alter.« Er war schon fast wieder weg, da rief sie ihm noch nach: »Du kommst doch? In einer Viertelstunde ist der Kuchen da.«

Als Meißner von der Gruber Sandra aus der Personalabteilung zurückkam, deren Geburtstag er dieses Jahr prompt vergessen und ihr hoch und heilig einen extragroßen Blumenstrauß für den kommenden Montag versprochen hatte, war der Besprechungsraum noch leer. Aus der Teeküche hörte er Geräusche, dann ein gurrendes Lachen, ein Kichern und Glucksen. Ein seltsames Gefühl beschlich ihn. Nach einem kurzen Blick den Gang entlang blieb Meißner hinter der Tür stehen und lauschte. Da hörte er es wieder, dieses Täubchen-Gurren. Von der anderen Person war nichts zu hören. Verdächtige Stille. Was ging da drinnen vor?

Meißner zählte bis drei, lief ein Mal um die Küche herum und näherte sich der Tür von der anderen Seite. Dort traf er mit Holler zusammen. Die beiden blieben an der Tür stehen. Marlu hielt gerade das Kuchenmesser zum Saubermachen unter den

Wasserhahn. An der Altpapierbox stand Kollege Brunner und machte den Kuchenkarton platt. Axel, das war doch ein Name für einen Schäferhund.

»Kann man noch was helfen?«, fragte Holler freundlich.

»Alles schon fertig.« Marlu lächelte und schlüpfte mit der Kuchenplatte an ihnen vorbei. Ihre Wangen waren gerötet, und sie grinste ihn komisch an. Wobei hatte er sie denn jetzt ertappt? Bei einem harmlosen Flirt unter Kollegen? Er kannte dieses Gurren genau, aus weniger harmlosen Situationen, und war nicht vernünftig genug, einzusehen oder sich damit abzufinden, dass er nicht der einzige Mann war, der Marlu diese Laute entlockte.

Meißner fand die kleine Feier, die Brunner wieder einmal die Gelegenheit gab, im Mittelpunkt zu stehen, nicht besonders witzig. Er beobachtete Marlu, die kurz zu ihm her- und dann wieder wegsah. Dann verließ er den Raum unter dem Vorwand, er habe noch ein wichtiges Telefonat zu führen, und überließ die Bühne ganz dem allseits beliebten Axel Brunner aus Nürnberg, der mit kleinen Geschenken und Flirts um die Sympathie seiner neuen Kollegen buhlte. Von ihm würde er sie nicht bekommen, so viel stand fest.

Er dachte an Elmar Fischer, der jetzt auf seiner immergrünen Insel hockte. Am fränkischen Dialekt und Charakter konnte die Aversion, die Meißner für Brunner empfand, nicht liegen, jedenfalls nicht nur, denn Fischer war auch Franke. Aber der hatte sich zumindest nie etwas darauf eingebildet oder die Kripokollegen mit Bratwürsten zu bestechen versucht. Ich wär jetzt auch gern auf einer Insel, dachte Hauptkommissar Meißner und sah von seinem Bürofenster auf ein Stück Oberbayern hinaus, das berühmt war für seine Autoindustrie und seinen amtierenden Ministerpräsidenten, einen waschechten Schanzer, und das gerade im Winternebel unterging, der aus den Donauauen herauskroch und die kleine Großstadt verhüllte wie einst Christo den Berliner Reichstag. Nur dass der Nebel hoffentlich nicht wie Christos sündteurer aluminiumbeschichteter Spezialindustriestoff zwei Wochen lang hängen blieb. Die Donau bei Ingolstadt war zwar noch kein mächtiger Strom, dazu fehlten ihr ein paar kräftige Zuflüsse, aber in puncto Herbst- und Winternebel konnte sie es durchaus mit den anderen Donaumetropolen flussabwärts aufnehmen.

Meißner, der einsame Wolf, räumte also das Feld und überließ es seinem Rivalen. Er konnte nicht anders, als seine Sachen zu packen, seinen Computer auszuschalten und einfach Schluss zu machen. Freitagnachmittag. Wieso sollte er sich nicht mal ein paar Stunden früher ins Wochenende verabschieden? Er wusste auch schon, wohin.

Beim Hinausgehen unterhielt er sich noch kurz mit Manfred Stangelmayer, der wie eine Sphinx am Eingang des Präsidiums saß und darüber lamentierte, dass er am Abend seine Frau zur Eisgala vom Media Markt in die Saturn-Arena begleiten musste.

Anschließend fuhr er bei Luigi vorbei, deckte sich mit Wein, Ciabatta, Schinken und Pecorino ein und nahm noch etwas von der frischen Pasta und Sugo mit. Zu Hause packte er ein paar warme Sachen ein und machte sich dann nach einem doppelten Espresso aus seiner Saeco auf den Weg in die Donauauen. Den Weg zu seiner Datscha würde er auch blind finden. Hoffentlich brachte er den Ofen zum Laufen und es war genügend trockenes Holz da. Sonst könnte es ungemütlich werden. Das Handy steckte er ein, auch wenn es dort draußen nicht überall Empfang gab. Eigentlich konnte er es dann auch gleich ausschalten.

***

Seit Kurzem lebt ein Gecko im Haus. Ein Tier mit gelblicher Haut, die sich anfühlt wie trocknender Sand, etwa zehn, zwölf Zentimeter lang. Er wohnt hinter der Blechabdeckung eines Leitungskastens, kriecht durch einen winzigen Spalt raus und rein und läuft auf der Suche nach Beute über die Wand. Sein Kopf ist runder als der einer Eidechse, und die Pupillen in seinen großen dunklen Knopfaugen stehen senkrecht. Er klebt immer an der Wand, kommt nie herunter auf den Boden. Seine je fünf Zehen an den Vorder- und Hinterfüßen saugen sich mit Lamellen an glatten Oberflächen fest. An rauen Flächen setzt er seine feinen Krallen an den Fingerspitzen ein. Gestern fing er einen staubig grauen Falter, behielt ihn im Maul, bis die dünnen Beinchen aufhörten zu zappeln, und verschlang ihn dann samt Fühlern und Flügeln.

Einmal, als ich ihm zu nahe kam, stieß er einen Laut aus, der wie das leise, weit entfernte Miauen einer Katze klang. Ich nenne den Gecko Carlos. Don Carlos, denn auf mich wirkt er stolz und in sich gekehrt. Ich beobachte ihn und staune über dieses Wesen, das wie ein Botschafter aus einer fremden Welt in meiner Nähe lebt, ohne sie zu suchen. So leben wir nebeneinanderher und sind einander nicht Jäger, nicht Beute. Es herrscht Friede zwischen uns. Er will nichts von mir und braucht mich nicht. Ich habe meinen Frieden hier.

***

Der Bulle hatte also den Schlüssel mitgenommen, aber er würde trotzdem da reinkommen. Als er das Schloss weder mit der Zange noch mit der Säge, die er aus der Küche geholt hatte, aufbekam, trat er mit dem Fuß das dünne Sperrholz-Türblatt ein und sägte mit der Stichsäge eine Öffnung, durch die er hindurchsteigen konnte. Wie ein Dieb musste er sich Zutritt zu seinem eigenen Keller verschaffen. Und daran war nur dieser Scheißpolizist schuld. Aber ihn würde er nicht davon abhalten, seinen eigenen Keller zu betreten. Es musste noch mehr hier sein, sonst hätte er ihm doch den Schlüssel zurückgegeben.

Er fing oben mit der Suche an und kippte nacheinander den Inhalt der Kisten auf den Boden, eine Schicht über die andere. Werkzeug, Fahrradteile, aussortiertes Besteck, Serviettenringe, Reste der Tischdekoration ihrer Hochzeit, Gebrauchsanweisungen von Geräten, Zeugen von Charlottes übertriebener Aufbewahrungs- und Ordnungssucht. Alles flog, krachte, flatterte und klirrte zu Boden, alles auf einen Haufen, der sich unter der Trittleiter immer höher türmte.

Er sah auf diesen nutzlosen Scheiterhaufen hinunter. Anzünden müsste man den ganzen Plunder, brennen sollte er und mit ihm ihr ganzes wohlsortiertes Leben, unter das Charlotte jetzt einen Strich gezogen hatte. Wo waren die Briefe und diese Fotos? Hatte der Bulle alles mitgenommen? Hat er etwas übersehen? Er kannte sich hier aus, der Bulle war nur ein Schnüffler.

Aber er fand nichts mehr, und der Haufen wurde immer größer. Er räumte die andere Regalseite auch noch ab, riss die gelochte Werkzeugwand herunter, weil er dahinter ein Versteck vermutete. Als er sein Werk betrachtete, war er erleichtert. Jetzt war diese Ordnung auch noch zerstört. Doch nur ein paar Minuten später deprimierte ihn das Chaos, das er angerichtet hatte, schon wieder, und die Angst und die Ungewissheit kamen mit voller Wucht zurück. Er suchte nach einem Feuerzeug oder einer Packung Streichhölzer und fand sie in einer Werkzeugschublade.

Er strich das lange Kaminstreichholz über die Reibefläche, zweimal, dreimal, viermal. Als es Feuer fing, hielt er es an einen Packen Anleitungen für die Küchenmaschine mit reichhaltigem Zubehör und steckte ihn an. Mit der Schuhspitze lockerte er den Papierpacken, der zuerst nur schlecht Feuer fing, starrte kurz in die endlich auflodernde Flamme, sprang dann durch die aufgesägte Tür hinaus und rannte davon.

Im roten Golf seiner Frau kurvte er durch die Stadt, die Ringstraße entlang, bis er die roten Ampeln, die ihn immer wieder zum Halten zwangen, nicht mehr ertragen konnte. Er kümmerte sich nicht mehr um Fußgängerüberwege und einbiegende Nebenstraßen. Vor dem Theater sah er Menschen sich auf einen Grünstreifen in Sicherheit bringen und wild gestikulieren, aber er verstand nicht, warum sie das taten. Seine Hände und Füße steuerten den Wagen. Sein Kopf war nicht zu gebrauchen. Sein Körper gehörte zu ihm, aber er hatte keine Macht mehr über ihn. Das waren bestimmt die Tabletten. Sie beruhigten nicht mehr, sondern putschten ihn auf. Er hielt den Wagen mittig auf der rechten Spur und sah nicht mehr hin, wenn wieder eine Ampel von Grün auf Rot schaltete.

Schließlich stellte er den Wagen in der Innenstadt ab und ging zu Fuß weiter. Zog durch die Kneipen, tauchte in der Donaustraße im »Mohrenkopf« auf, wo niemand war, den er kannte. In der »Bar Centrale« nebenan standen wie immer dreimal so viele Leute draußen im Freien als drinnen Platz hatten. Er traf ein paar Schulfreunde von früher und fragte sie, ob sie Charlotte gesehen hätten. Sie machten sich lustig über ihn, zogen ihn auf.

»Sei doch froh, wenn deine Alte nicht da ist, dann machen wir einen drauf. Im ›After Dark‹ ist heute Killer Friday, den ganzen Abend Cocktails zum halben Preis. Die besten in der ganzen Stadt. Jetzt geh halt mit, deine Alte kommt schon wieder. Bis du am Samstag deinen Rausch ausg'schlafen hast, is die bestimmt a wieder da. Wirst scho sehen.«

»Und jetzt trink an Schluck Bier, Mo. Des werd scho wieda!«, sagte einer, an dessen Namen Eberl sich nicht erinnern konnte. Er wusste, er sollte besser nicht trinken, weil er die Tabletten genommen hatte, aber der Dicke, dem der Rand seiner karierten Boxershorts über die Jeans rausschaute, hielt ihm das Bierglas an den Mund. Mit der Nase berührte er schon den festen weißen Schaum. Er setzte das Glas an und trank es unter Gejohle leer. Sie hofften, das Bier würde ihn ein bisschen entspannen. Doch das zweite Bier, das ihm ein anderer anbot, schlug er aus. Dann bahnte er sich einen Weg aus der Menge und machte sich Richtung Altstadt davon.

Sie lachten über ihn. Sie kannten seine Frau kaum. Einige wussten, dass es die Helmer-Tochter war, eine Frau mit Geld, die auf einem Internat in Regensburg gewesen war. Und jetzt war sie ihm weggelaufen. Hammer! Das mussten sie Nicole erzählen. Sie war früher mal eine Freundin der Helmer gewesen.

Eberl zog weiter zur »Havana Bar« in der Kupferstraße. Dort war Fiesta Latina, aber noch waren kaum Gäste da. An der Hauswand Plakate. Ein leicht geöffneter Frauenmund mit prallen, rosa geschminkten Lippen. Eine Hand deckte diesen Mund zur Hälfte ab, in einer Geste, als sei die Frau, zu der Hand und Mund gehörten, erschrocken oder hochgradig erregt. Das Plakat erregte auch ihn, aber noch mehr verwirrte es ihn. Er wollte in dieses Lokal hinein, kam aber am Türsteher nicht vorbei. Der Schwarze war breit wie ein Schrank und bärenstark. Als Eberl ihm sagte, dass er seine Frau suche, war er der Erste, der ihn an diesem Abend ernst nahm.

»Hast du kein Foto von deiner Frau auf dem Handy?«

Eberl fand eines, auf dem Charlotte im Biergarten am Kreuztor saß. Und eines beim Baden an einem der Geisenfelder Weiher. Mit gekreuzten Beinen saß sie auf ihrer Badeliege, blau-weißer

Bikini, braun gebrannt, die Haare von der Sonne gebleicht und heller als sonst, ein Stück Wassermelone in der Hand.

»Die ist hier nicht drin«, sagte der Türsteher. »Ganz sicher nicht. Schau mal ins ›Hemingway‹ oder ins ›Amadeus‹.«

Eberl ging in beide Lokale, die um diese Uhrzeit noch halb leer waren. Dann schaute er bei »Sausalitos« in der Theresienstraße rein und in die »Glock'n« am Kreuztor, das außer drei Achtzehnjährigen, die an der holzverkleideten Theke saßen und Weißbier tranken, keine Gäste hatte. Im Irish Pub, auch in der Theresienstraße, bestellte er sich ein Murphy's Stout, tiefschwarz mit cremefarbenem Schaum. Beim Absetzen des Glases bemerkte er, dass er am rechten Zeigefinger blutete. Als einer der beiden Männer, die an der Theke neben ihm standen, ihn aus Versehen anrempelte, fühlte er sich sofort bedroht und schlug zu.

»Ja, sog amoi, spinnst denn du?«, fuhr ihn der Mann an, den er mit der Faust an der Backe gestreift hatte.

Eberl verstand nicht, was der Mann zu ihm sagte. Es war, als ob er plötzlich taub geworden wäre. Aber er war auf der Hut. Als der andere zurückschlug, drehte Eberl sich im letzten Moment noch zur Seite, und die Faust traf ihn am Jochbein. Es knackte, aber Eberl wusste nicht, ob es sein Knochen war oder die Fingerknöchel seines Gegners.

»Hey, hört's ihr ned glei auf mit der Schlägerei da? Ja, wo samma denn?«, rief einer der Gäste, dann ging der Freund des Angreifers dazwischen. Die Bedienung mit den langen rotblonden Locken eilte ans Telefon.

Eberl stieß dem Kerl vor ihm den Ellbogen in den Bauch und rannte zur Tür. Er war bereits auf dem Weg zum Auto, als er den ersten Ton der Polizeisirene hörte.

Er irrte umher und erinnerte sich schließlich, dass er den Golf irgendwo unten an der Donau stehen hatte. Seine Taubheit war nun nicht mehr komplett, sondern bekam Lücken, in denen der Verkehrslärm wieder zu ihm durchdrang. Laut und ungnädig, als drehe jemand den Lautstärkeregler einer Stereoanlage aufs Maximum auf und gleich darauf wieder auf stumm.

Beim Ausparken rammte er den Audi vor ihm, aber er hörte kein Krachen oder Klirren. Er schlug sich mit einer Hand gegen das Ohr, damit der Pfropfen sich endlich auflöste. Irgendwie erreichte er den Brückenkopf und gelangte über die Südliche Ringstraße zur Manchinger Straße. Schon fast auf Höhe der Autobahnauffahrt Ingolstadt Süd wurde er von einem entgegenkommenden Fahrzeug geblendet. Er verlor die Kontrolle über den Golf, der Wagen brach aus. Eberl versuchte gegenzulenken, kam aber von der Straße ab. Er krachte durch das Gestrüpp, wurde von Büschen und niedrigen Bäumen gebremst und kam schließlich in einem Feld zum Stehen. Mit dem Gesicht im Airbag vergraben blieb er im Auto sitzen. Er war so müde, so erschöpft, er wollte nur noch schlafen.

Wie lange er im Auto gesessen und geschlafen hatte, wusste er später nicht mehr. Als er erwachte, war es stockdunkel. In unregelmäßigen Abständen sah er die Scheinwerfer der Autos vorbeihuschen, die auf der Manchinger Straße zur Autobahn fuhren oder von dort kamen. Die Wagentür auf seiner Seite war eingedrückt, aber es gelang ihm über die Beifahrerseite auszusteigen. Auf dem brachliegenden Feld humpelte er die Straße entlang stadtauswärts.

Als sich der erste helle Schimmer am Winterhimmel zeigte, erreichte er frierend das Industriegebiet nördlich der Manchinger Straße. Er fand das Gelände der Donau-Kühlung wie ein Schlafwandler. Er war öfter hier gewesen, hatte Charlotte abgeholt, wenn sie an den Samstagen im Büro ausgeholfen hatte. Die Kühlhalle schimmerte milchig weiß im ersten Morgenlicht. Mit ihren Andockschleusen für die Kühllastwagen sah sie aus wie eine Raumstation aus einem Science-Fiction-Film, und Moritz Eberl war der letzte Erdling. Er lief an dem Bau entlang und suchte nach einem Eingang. Plötzlich glaubte er, dass Charlotte hier war oder er hier zumindest erfahren würde, wo sie war. Und was mit ihr geschehen war.

Die Schleusen waren fest verschlossen. Die Stahltür am Haupteingang war zu, genauso wie die Türen an den Seitenwänden des Kühlhauses. Eberl presste sich an die Außenmauern der Kühlhalle, fuhr mit den Handflächen über den rauen Putz, legte Wange und Ohr an die eiskalte Stahltür, lauschte ins Innere. Außer dem konstanten Brummen der Kühlaggregate gab es keine Geräusche. Nur gefrorene Lebensmittel, totes Fleisch, in Eis gepackten Fisch.

Der Lichtstreifen am Horizont wurde breiter. Eberl konnte sich noch gut an die Raffinerietürme der Bayern-Oil und die riesigen Tanks erinnern, die östlich des Industriegebiets zwischen Auwaldsee und den Donauauen an der Kälberschütt gestanden hatten. Mit ihnen war er groß geworden. Die Raffinerie war schon länger stillgelegt, die Bayern-Oil hatte den Standort verlegt. Erst in diesem Jahr waren die Stahlriesen gesprengt und im Januar war auch der größte der Tanks, der 107er, abgerissen worden. Mit Stahlschneidegeräten zersägt und Platte für Platte abgetragen. Zwanzig Meter hoch war der Turm gewesen, hatte einen Durchmesser von achtzig Metern gehabt. Auf dem Dach war einmal sogar Fußball gespielt worden. Eberl erinnerte sich noch gut an die Bilder in der Zeitung.

An der Rückseite der großen Kühlhalle fand er einen Schacht, aus dem warme Abluft aus dem Gebäude trat. Er blieb stehen, lehnte sich mit dem Rücken gegen die Wand und schaute zu, wie im Osten die Sonne aufging.

ZEHN

»Servus, Axel, da ist eine Frau Zieglmayer von der Donau-Kühlung am Apparat. Hat vielleicht was mit eurem Fall zu tun. Ich stell sie mal gleich zu dir durch, wenn's recht ist. Die Streifenkollegen sind schon unterwegs.«

»Okay«, antwortete Brunner aufgekratzt.

Gestern Abend waren die Kollegen von der Streife in der Altstadt im Einsatz gewesen. Die Bedienung des Irish Pub, in dem für gewöhnlich die Wirtschaftsstudenten der Katholischen Uni Eichstätt-Ingolstadt chillten – wer außer alten Chieftains-Fans und Wirtschaftsstudenten trank eigentlich heute noch Guinness? –, hatte eine Schlägerei gemeldet. Als die Beamten vor Ort eintrafen, war der Mann, der die Rauferei angezettelt hatte, schon verschwunden. Nur sein Opfer war noch da und wurde vorsorglich in die Ambulanz des Klinikums mitgenommen. Außer einer Platzwunde hatte er keine Verletzungen.

Brunner war noch zweimal bei Eberls Wohnung am Westpark vorbeigefahren, hatte ihn aber nicht angetroffen und ihn auch per Handy nicht erreicht. Der Beschreibung der Zeugen nach hätte es sich bei dem Schläger um Eberl handeln können, also wurde sein Wagen zur Fahndung ausgeschrieben. Aber er war keiner Streife aufgefallen.

»Ja, hier Zieglmayer. Ich hätt gern den Herrn Hauptkommissar Stefan Meißner gesprochen.«

»Der ist im wohlverdienten Wochenende und außer Dienst«, antwortete Brunner. »Kann ich denn etwas für Sie tun?«

»Und wer sind Sie?«, fragte die resolute Person.

»Polizeioberkommissar Axel Brunner, ebenfalls Kripo Ingolstadt.«

»Sind Sie seine Vertretung?«

Brunner schluckte seinen Ärger hinunter. »Ich schiebe hier den Wochenenddienst. Also, was gibt's denn, Frau …?«

»Zieglmayer. Donau-Kühlung. Draußen im Hof prügeln sich zwei Männer. Der eine ist der Juniorchef, den anderen kann ich von meinem Büro aus nicht richtig erkennen. Könnte sein Schwager sein, aber ich bin mir nicht sicher. Den Seniorchef kann ich nicht erreichen, und trennen kann ich die beiden auch nicht, also, ich mein, ich trau mich nicht, dazwischenzugehen. Ich bin die Sekretärin, verstehen Sie mich? Sind Sie für Schlägereien überhaupt zuständig?«

»Es war sehr gut, dass Sie uns angerufen haben, Frau Ziegl…«

»Zieglmayer.«

»Natürlich. Wir sind gleich da. Machen Sie sich keine Sorgen.«

»Sie müssen mit mir nicht reden wie mit einer Hundertjährigen«, sagte die Sekretärin. »Es reicht, wenn Sie möglichst schnell herkommen. Nicht dass die zwei sich noch die Zähne ausschlagen.« Ohne sich zu verabschieden, legte sie auf.

Also Leute gab's! Brunner schüttelte den Kopf. Aber was interessierte ihn schon diese dusslige Alte, wichtig war, dass sie Eberl ausfindig gemacht hatte.

Als der erste Streifenwagen eintraf, knieten die beiden Kontrahenten am Boden und waren wie zwei Ringer ineinander verkeilt.

Als Brunner eintraf, hatten die Streifenkollegen die beiden schon voneinander getrennt. Von Wut und Raserei war nichts mehr zu spüren. Nur Erschöpfung. Eberl hatte eine Schramme an der Augenbraue, der Juniorchef eine blutige Nase. Seine Krawatte hing zur Seite, der Anzug war ruiniert, die Kappen seiner Budapester vom Asphalt zerkratzt und das Leder abgeschabt. Eberl sah übernächtigt aus und hatte dunkle Ringe unter den Augen. Seine Pupillen waren zwei große schwarze Mantelknöpfe. Der Notarzt nahm ihn zur Beobachtung mit ins Klinikum. Er tippte auf Drogenkonsum oder Medikamentenmissbrauch.

Als Brunner aus dem Einsatzfahrzeug stieg, kam wieder Farbe in Eberls Gesicht. Die Kollegen von der Streife mussten ihn daran hindern, auf den Kripobeamten loszugehen.

»Müssen Sie ihn unbedingt mitnehmen?«, fragte Brunner den Arzt.

»Haben Sie was dagegen?«, fragte der zurück.

»Wenn Sie ihn nicht mitnehmen, tu ich's«, sagte Brunner.

»Aber bei mir kriegt er kein so sauberes Bett und keine Pillen zum Schlafen.«

»Wie ist der denn drauf?« Die Streifenkollegen wunderten sich.

Brunner hatte sich Andreas Helmer zugewandt. »Fehlt Ihnen etwas?«

»Alles in Ordnung«, antwortete der Junior. »Kleine Familienstreitigkeiten. Kann ja mal vorkommen.«

»Klar, wenn ich mich alle paar Monate mit meinem Schwager streite, haun wir uns auch immer die Fresse ein.«

Als Brunner zum Verwaltungstrakt hinübersah, erkannte er eine Frau um die fünfzig mit rotstichiger Kurzhaarfrisur und kantiger Hornbrille, die zu ihnen auf den Hof hinuntersah. Wahrscheinlich die schnippische Alte, die ihn für die Wochenendaushilfe gehalten hatte. »Wo können wir uns hier in Ruhe unterhalten?«, fragte er Helmer.

Der Junior ging ihm voran ins Bürogebäude, hinauf in den ersten Stock, vorbei an der Rothaarigen, die sie wortlos anstarrte. In seinem Büro schenkte er sich einen Cognac ein und bestellte zwei doppelte Espressi.

»Was wollte Ihr Schwager überhaupt hier?«, fragte Brunner.

»Mein Schwager! Mein Gott, ich verstehe Charlotte bis heute nicht, warum sie ausgerechnet diesen Kerl geheiratet hat. Vermutlich aus reinem Protest. Seht her, wie weit ich sinken kann. Ich scheiße auf eure Firma, euer Geld und meine gute Erziehung. So etwas in der Art. So einen wie den kann doch jede kriegen. Dafür muss man sich nicht besonders anstrengen.«

»Aber was wollte er hier?«, insistierte Brunner.

»Der ist doch vollgepumpt mit Drogen. Haben Sie seine Augen gesehen? Der Mann ist ein Wrack. Wollte von mir einen Schlüssel für die Kühlhäuser. Ich sollte ihm alles aufsperren, damit er dort mit seinen Straßenschuhen reintrampeln kann und nach fünfzig Paletten Rahmspinat, Buttergemüse und Pommes die Schnauze voll hat von minus achtzehn Grad und bibbernd wieder rauskommt.«

»Aber was wollte er genau hier?«

»Der Narr sucht nach Charlotte. Und zwar hier bei uns. Erst

war er in der Villa, jetzt in der Firma, statt dass er sich mal schlau-macht, was Charlotte eigentlich den ganzen Tag so getrieben hat. Aber klar, vor der eigenen Tür zu kehren ist immer schwieriger als vor einer fremden.«

»Meinen Sie, dass er etwas mit Charlottes Verschwinden zu tun hat?«

Der Junior sah ihn verblüfft an. »Der?«

»Können Sie sich das vorstellen? Ich meine, nicht nur indirekt.«

»Dieser Schlappschwanz? Nein, sonst wäre er doch nicht hier und in der Villa aufgetaucht. Und Charlotte ist doch die, die das Geld hat. Immerhin war sie so schlau, einen Ehevertrag zu machen.«

»Denken Sie eigentlich immer nur ans Geld? Meinen Sie wirklich, es gibt keine anderen Motive, warum Menschen durchdrehen und auf andere losgehen?«, fragte Brunner. »Was ist denn Ihrer Meinung nach mit Ihrer Schwester passiert?«

»Das weiß ich nicht, Herr Kommissar. Wirklich nicht. Aber ich muss mich jetzt leider umziehen. Ich erwarte Geschäftspartner aus Stuttgart. Sie müssen jeden Augenblick eintreffen, und ich möchte mich noch ein bisschen frisch machen, das werden Sie doch verstehen.«

Beim Hinausgehen kam Brunner noch einmal am Büro des feuerspeienden Drachen vorbei, der sich mit den Espressi auffallend lange Zeit gelassen hatte.

»Keinen Kaffee mehr?«, fragte sie schnippisch.

»Machen Sie sich nur keine Umstände wegen mir«, sagte Brunner zuckersüß. »Sie kennen doch bestimmt die Frau Helmer?«

»Freilich, sie ist samstags manchmal als Aushilfe da, wenn Not am Mann ist.«

»Was ist sie für ein Mensch?«

»Sie ist halt die Tochter vom Chef. Einerseits ein bisschen schüchtern, andererseits ein bisschen arrogant, würd ich sagen. Aber zurückhaltend. Ich bin nie mit ihr warm geworden, aber ich bin ja auch selbst ein bisschen eigen. Da kann man nicht erwarten, dass die anderen immer gleich auf einen zugehen, oder?«

»Sie haben bestimmt schon mitbekommen, dass Charlotte

Helmer verschwunden ist. Ihr Mann glaubt, sie könnte irgendwo hier sein.«

»Hier? In der Firma? Aber warum denn das, junger Mann?« Sie sah Brunner an, als könne er dringend Nachhilfe in Menschenkunde gebrauchen. »Bei den reichen Leuten weiß man doch nie, was die so treiben. Normale Leute sind mit der Arbeit genug beschäftigt. Aber je mehr Zeit und Geld man hat, desto komplizierter wird das Leben. Stimmt's nicht?«

»Herr Helmer sagt, er erwartet Geschäftspartner.«

»Ja, die Stuttgarter. Die waren schon einmal hier. Es wird gemunkelt, dass die Firma verkauft werden soll, aber wissen tun wir nichts. Das sind bis jetzt alles nur Gerüchte. Wahrscheinlich sind wir Angestellten sowieso die Allerletzten, die davon erfahren werden, wenn die Entscheidung gefallen ist, so wie's halt überall ist. Dann sagen sie uns auch, ob sie uns noch brauchen oder gleich rausschmeißen.«

Brunner reagierte nicht sofort.

»Ja, da können Sie als Beamter nicht mitreden, gell? Ihnen wird so etwas nie passieren. Wenn Sie Mist bauen, werden Sie nur in den Innendienst versetzt, wenn Sie das Saufen anfangen, werden Sie nicht entlassen, sondern auf Therapie geschickt oder, wenn Sie so alt sind wie ich, in den Ruhestand versetzt. Ein angenehmes Leben, was Sie da führen.«

»So ist es eben, Frau Ziegler«, Brunner war schon auf dem Sprung nach draußen, »manche Menschen haben im Leben halt mehr Glück als andere, gell? Nur kein Neid, das macht nämlich hässlich. Aber Sie können mich gern wieder anrufen, wenn was bei Ihnen in der Firma los ist. Die Streifenkollegen bleiben ja noch ein bisschen da, bis klar ist, wie wir hier weitermachen.«

»Zieglmayer heiß ich. Und ich brauch keinen Personenschutz!«, rief sie ihm hinterher.

Brunner bat die beiden Streifenpolizisten, das Firmengelände zu verlassen, sich aber in Sichtweite aufzuhalten. Nur für den Fall der Fälle. Er werde gleich versuchen den Haftrichter zu erreichen. Die Begeisterung der Kollegen hielt sich in Grenzen.

Nachdem er Meißner nicht erreichte, rief Brunner die Kollegin Marlu Rosner an. Er erklärte ihr kurz die Lage und fragte sie, ob sie nicht herkommen wolle, er würde gleich noch zum Klinikum fahren, gern auch mit ihr.

»Sorry, aber bei mir ist heute großes Familienfest. Meine Oma wird achtzig.«

»Na gut, aber wenn dir langweilig ist, schöne Kollegin, kannst du immer noch kurz bei mir auf einen Quickie vorbeikommen.«

Marlu blieb für eine Sekunde die Luft weg, dann empfahl sie Brunner ein Etablissement in der Manchinger Straße einhundertirgendwas mit sexy Girls in allen Größen und Farben. Da könne er ja auf dem Rückweg kurz vorbeischauen, wenn er seine Bedürfnisse anderweitig nicht befriedigen könne. Dann legte sie auf.

Brunner rief den Haftrichter an. Körperverletzung in zwei Fällen, Randalieren, das musste doch für eine Festnahme reichen. Doch der Herr Richter war an diesem Samstag bei einem Juristen-Kongress, wo genau in Oberbayern, das wusste seine Frau nicht zu sagen, vermutlich in München. Wahrscheinlich käme er erst spätabends nach Hause. Sein Handy habe er auf alle Fälle dabei, und vielleicht würde er es im Laufe des Nachmittags sogar wieder einschalten.

Als Brunner ihn später tatsächlich erreichte, zeigte der Haftrichter sich nicht gewillt, seine Teilnahme an dem höchst interessanten Kongress vorzeitig abzubrechen, um nach Ingolstadt zurückzufahren und den Haftbefehl zu erlassen. Das habe doch nun wirklich bis Montagmorgen Zeit, schließlich sei ja niemand umgebracht worden. Brunner solle die zwei Tage noch auf den Beschuldigten aufpassen, damit der ihm nicht weglaufe.

Dann meldeten sich die Streifenkollegen bei Brunner. Der junge Helmer hatte sich bei ihnen beschwert und wollte wissen, ob sie ihn jetzt überwachten, und wenn ja, weshalb. Sie sollten endlich abhauen. Dieses Herumlungern vor dem Firmengelände betrachte er als rufschädigend, schließlich erwarte er wichtige Geschäftspartner. Brunner wies die Kollegen an, sich noch dezenter im Hintergrund zu halten, das Gelände aber weiterhin zu beobachten. Sie könnten ja in der Art eines Wachdienstes rund um das Firmengelände patrouillieren, unauffällig, versteht sich.

»Unauffällig in Grün-Weiß?«, fragte der Kollege nach. »Wie

soll das denn gehen? Und übrigens san mia koa Wachdienst, sondern Beamte.«

»Und deshalb werdet ihr auch besser bezahlt als die Jungs von der privaten Security«, antwortete Brunner. »Alles klar?«

Als er vom Industriegebiet zurück in die Stadt fuhr, hielt er tatsächlich an dem Etablissement an der Manchinger Straße, das Marlu ihm genannt hatte. Aus reiner Neugierde. Es war ein mehrstöckiges Wohnhaus hinter einer Tankstelle. Der Seiteneingang war mit einem roten Pfeil markiert. Im ersten Stock gab es bunte Graffiti an den Wänden. Schmetterlinge, Urwald, Fantasygestalten, alles grausig bunt und kitschig. Im Flur zu den vier Privatwohnungen, die wohl als Puff herhielten, standen angestaubte Plastikpalmen, die als Statisten für ein bisschen Schmuddelfeeling sorgten. Kurz war Brunner versucht, an einer der Wohnungen zu klingeln, aus der eine Frauenstimme zu einem aufgeheizten Discorhythmus eindeutige Laute von sich gab, dann aber besann er sich. Er war schließlich im Dienst, und es wäre seiner Karriere nicht gerade förderlich, wenn er jetzt jemandem begegnete, der ihn kannte. Er durfte seinen Einstieg in Ingolstadt nicht verpatzen. Immerhin wollte er es hier noch zu etwas bringen. An der Tankstelle kaufte er sich eine Dose Red Bull, trank sie in einem Zug leer und fuhr dann zum Klinikum.

»Tabletten-Abusus«, sagte die Ärztin und sah Brunner prüfend an.

»Missbrauch, ja, ich hab Sie schon verstanden. Alkohol auch?«

»Nicht übermäßig viel, aber selbst kleine Mengen steigern die Wirkung der Tabletten und machen die Mixtur unberechenbar.«

»Was muss ich mir darunter vorstellen?«

»Das ist individuell ganz verschieden. Das Spektrum reicht von einfachen Kopfschmerzen oder Migräne über Bewusstseinsstörungen bis hin zu neuronalen Ausfällen.«

»Blackout?«

»Ja, so etwas in der Art.«

»Und wie geht es jetzt mit ihm weiter?«

»Eigentlich müsste sich der Patient jetzt vor allem einmal richtig erholen. Seinem Allgemeinzustand nach zu schließen hat er lange nicht mehr richtig geschlafen und befindet sich in einem akuten Erschöpfungszustand. Schlaf ist für ihn die allerbeste Medizin.«

»Dazu müsste er aber nicht hier in der Klinik bleiben?«

»Müsste er nicht, wenn er jemanden hat, der sich um ihn kümmert.«

»Das übernehme ich«, versprach Brunner. »Ich bringe ihn nach Hause.«

»Was hat er denn angestellt?«

»Kleine Schlägerei, nichts Wildes. Ich werde mich schon um ihn kümmern.«

Eberl lag apathisch auf der Liege, auf der die Ärztin ihn untersucht und ihm Blut abgenommen hatte. Er war kurz davor einzuschlafen.

»Kommen Sie, ich bringe Sie nach Hause.« Brunner rüttelte an seinem Arm.

»Mit Ihnen gehe ich nicht mit.« Eberl sah zur Decke.

»Wenn Sie nicht wollen, kann ich Sie auch festnehmen und ins Präsidium bringen lassen. Körperverletzung in zwei Fällen, Hausfriedensbruch, das reicht zumindest für eine Ingewahrsamnahme. Also, was ist Ihnen lieber: polizeiliche Obhut oder von mir nach Hause gebracht werden?«

Eberl richtete sich langsam auf.

»Warten Sie.« Brunner half ihm beim Aufstehen und hakte ihn unter. Eberl ließ es geschehen. Sein Widerstand war gebrochen, oder er war einfach nur zu erschöpft, um noch einmal aufzubegehren.

Auf der Autofahrt dämmerte Eberl dahin. Er protestierte nur einmal kurz, als Brunner das Radio anstellen wollte.

Als Brunner ihn beim Aussteigen um den Haustürschlüssel bat, zuckte er nur mit den Schultern. Brunner tastete seine Taschen ab und fand ihn in der Jackeninnentasche.

In der Wohnung führte Brunner ihn zum Sofa und deckte ihn mit einer Wolldecke zu.

»Tee?«, fragte er.

Er setzte Wasser auf, suchte nach Teebeuteln und entschied sich für Kamille. Als er den Tee einschenkte, war Eberl schon eingeschlafen. Brunner rüttelte ihn am Arm. »Der Tee ist fertig. Möchten Sie?«

Eberl schreckte hoch und nahm einen Schluck.

»Was haben Sie eigentlich auf dem Firmengelände gesucht?« Weil Eberl wieder wegdämmerte, rüttelte er wieder an seinem Arm.

»Sie muss doch irgendwo sein«, murmelte er.

»Sie wollten also gar nicht mit Ihrem Schwager sprechen, sondern haben nach Charlotte gesucht?«

»Charlotte«, echote Eberl.

»Aber wieso sollte sie denn in der Firma sein? Und wo denn überhaupt dort? Helmer sagte, Sie wollten in das Kühlhaus eindringen?«

Eberl zitterte. Die Decke war nach unten gerutscht und bedeckte jetzt nur noch seine Beine. Brunner rührte sich nicht.

»Meinen Sie, Charlotte ist in dem Kühlhaus? Glauben Sie, dass sie tot ist? So tot wie die gefrorenen Rinder- und Schweinehälften, die da hängen?«

Eberls Gesichtszüge verzerrten sich.

»Aber wie soll sie denn da hingekommen sein?«, fragte Brunner.

Eberl seufzte.

»Und wer hat Ihre Charlotte dann auf dem Gewissen?« Brunner redete auf Eberl ein wie ein Hypnotiseur. »Wer hat Charlotte getötet?«

Eberl schluchzte auf.

»Es war nicht Ihr Schwager, sondern Sie. Sie waren es!« Brunner kam noch näher. »Sie haben Charlotte umgebracht!«

Moritz Eberl zitterte jetzt am ganzen Körper, er hatte keine Kontrolle mehr darüber.

»Und anschließend haben Sie die Leiche ins Kühlhaus gebracht.« Brunner überlegte, wie Eberl dort hineingekommen sein könnte. Hatte Charlotte einen Schlüssel besessen? Schließlich half sie in der Firma aus. Auf jeden Fall musste sie gewusst haben, wo die Schlüssel in der Firma hingen. Vielleicht hatte sie es ihrem Mann gezeigt, oder er hatte es beobachtet. So konnte es gewesen sein.

Eberl weinte jetzt hemmungslos. Rotz lief ihm aus der Nase. Angeekelt griff Brunner nach der Decke und fuhr ihm damit grob über das Gesicht. »Haben Sie Ihre Frau umgebracht?« Brunner hob die Stimme.

Eberl schrie auf. Ein irrer, wilder Schrei. Dann presste er den Kopf in die Kissen und winselte wie ein geprügeltes Tier. »Arme Charlotte«, verstand Brunner.

Er stand auf. Eberl hatte ihm nicht widersprochen. Das war so gut wie ein Geständnis. Brunner bat die Kollegen von der Streife her. Dann informierte er den Haftrichter, dass er nun ein Geständnis hätte und ihn wirklich dringend bräuchte. Der offizielle Teil des Kongresses war mittlerweile beendet, wie Brunner an den klirrenden Gläsern und klappernden Bestecken im Hintergrund hören konnte. Der Richter erklärte sich missmutig bereit, nach Ingolstadt zurückzufahren und den gewünschten Haftbefehl auszustellen.

Anschließend informierte Brunner seinen Chef. Czerny würde sich darum kümmern, dass der Staatsanwalt den Durchsuchungsbeschluss für die Donau-Kühlung ausstellte.

»Was ist mit Stefan? Hast du ihn nicht informiert?«, fragte Czerny.

»Ich konnte Kollege Meißner den ganzen Tag noch nicht erreichen, und Kollegin Rosner ist auf einer Familienfeier.«

Brunner fühlte sich unschlagbar. Das Adrenalin pumpte seinen Körper förmlich auf. Während er auf die Kollegen von der Streife wartete, wanderten seine Gedanken bereits zu dem Großeinsatz auf dem Kühlhausgelände. Vielleicht würde es Nacht werden, bis der Durchsuchungsbescheid kam und die Aktion koordiniert war. Das Gelände würde hell erleuchtet sein wie bei Bergungsarbeiten auf der Autobahn oder wie bei den Rettungsbohrungen, die gemacht worden waren, um die verschütteten Bergarbeiter in Chile zu retten. Das war in etwa die Größenordnung, in der Brunner dachte.

Der alte Helmer und der Junior mussten informiert werden. Die Geschäftspartner aus Stuttgart würden den Rummel der Durchsuchung wohl verpassen, wenn es erst abends losging. Schade eigentlich.

Brunner sah zu dem jämmerlichen Bündel Mensch auf dem Sofa hinüber, das sich nun ganz in die Decke gehüllt hatte und ab und zu aus dem Schlaf gerissen wurde, wenn ein wildes Zucken seinen ganzen Körper schüttelte.

»Wir werden sie finden«, kündigte Brunner dem Schlafenden an. »Hundertpro.«

ELF

Zwei Nächte hatte er es jetzt hier draußen ausgehalten. Die Bäume waren kahl, die stehenden Gewässer zugefroren bis auf ein paar offene Stellen an den Ufern. Das Schilf am Ufer stach wie Borsten durch das Eis. Es war saukalt. Am Morgen schlief er, bis es hell wurde. Kurz waren diese Tage. Die Biber hielten schon Winterruhe. Sie ließen sich nicht mehr außerhalb ihrer Bauten sehen, fraßen von den Strauchvorräten, die sie vor ihren Wohnburgen angelegt hatten. Ihre Spuren waren überall im Auwald zu sehen. Sanduhrförmig abgenagte und dann sauber umgelegte Baumstämme, wenn sie ihre Mission beendet hatten.

Meißners Freund, der Graureiher, stand am anderen Ufer des Altwassers in der Nähe seiner Hütte. Selten fing er etwas, die meiste Zeit stand er nur am seichten Ufer und rührte sich nicht. Auch den Hecht hatte er wiederentdeckt, all seine Mitbewohner der Auen waren da, nur still war es geworden. Einzig das Rufen der Käuzchen in der Nacht war noch zu hören und der keckernde Warnruf der Eichelhäher.

Meißners wichtigstes Amt war das des Heizers des Bollerofens. Dazu gehörten auch die Unterämter Holzhacker, Holzspalter, Holzsammler und Holzaufschichter. Und, nicht zu vergessen, Aschenkastenausleerer. Auf dem Bollerofen machte er sich auch das Essen warm, das er bei Luigi gekauft hatte.

Mit diesen handfesten Dingen war er ausreichend beschäftigt. Manchmal fiel ihm die Szene in der Teeküche wieder ein, er hatte noch Marlus Gurren im Ohr, aber er wusste schon nicht mehr, ob er es tatsächlich gehört oder sich nur eingebildet hatte. Er dachte viel über die vermisste Charlotte Helmer nach. Sein Instinkt sagte ihm, dass er etwas Wichtiges bisher übersehen hatte. Aber er kam nicht drauf, was es war.

Am Sonntagnachmittag packte er seine Sachen. Den Ofen hatte er schon nach dem Frühstück ausgehen lassen. Er zog den Aschenkasten heraus, bürstete die letzten Reste aus der Brennkammer. Der Kasten war noch warm, obwohl keine Glut mehr zu sehen war. Er trug ihn nach draußen und schüttete die Asche aus. Da hörte er ein Knacken im Unterholz. Noch einmal knackte es, das Geräusch war nicht weit weg. Meißner trat hinter den Stamm einer Grauerle, der gerade dick genug war, um ihn zu verbergen. Die übrigen Erlenstämme waren fingerdünn, standen aber dicht an dicht.

Im Gestrüpp vor ihm landete ein Rotkehlchen und plusterte sich zu einer Christbaumkugel auf. Das Knacken war jetzt ganz nah. Eine vermummte Gestalt trat aus dem Wald und ging auf die Hütte zu. Sie trug Stiefel und einen grünen Parka und hatte die Kapuze tief ins Gesicht gezogen. Meißner sprang aus seiner Deckung, setzte dem Eindringling nach und packte ihn von hinten. Er bekam seinen Arm zu fassen und drehte ihn auf den Rücken, bis die Person aufschrie. Er riss sie herum, und als die Kapuze nach hinten rutschte, kam Marlus dunkelblonder Schopf zum Vorschein.

»Lass los, du Idiot!«, fuhr sie ihn an. »Spielst du hier Räuber und Gendarm, oder was?« Sie erholte sich schneller von ihrem Schrecken als er. »Bei uns in der Stadt geht die Post ab, während du wie ein Rentner in deinem einsamen Hüttchen im Wald hockst.«

Er ließ sie los und wandte sich ab.

»Was machst du denn da?«, rief sie ihm nach.

»Ich hol meinen Aschenkasten. Wollte eh grad gehen.«

Sie trampelte in die Hütte hinein, beschwerte sich, dass es saukalt war und wies auf seine Notizblätter, die noch auf dem Tisch lagen.

»Schreibst du deine Memoiren?« Ihr Gesicht glühte vor Zorn, aber er tat so, als beanspruche der Ofen seine ganze Aufmerksamkeit.

»Dass du den Weg überhaupt noch gefunden hast«, sagte er. »Du schaust aus wie eine Jägerin.«

»Und du wie ein Waldschrat, also ehrlich. Pack zusammen, dann erzähl ich dir auf dem Weg in die Zivilisation, was alles passiert ist, während du dir hier Brandlöcher in deine Rangerhose gekokelt und offenbar vergessen hast, dich zu rasieren. – Steht dir gar nicht mal so schlecht.«

Er atmete auf. Gut, dass sie sich wieder beruhigte. Geschrei machte ihn immer ganz nervös.

Er hatte in den zwei Tagen über so viel nachgedacht. Hatte sich alte Fälle von Vermissten aus seiner Zeit als Kriminaler ins Gedächtnis gerufen und sich an die Spuren erinnert, die letztlich zur Aufklärung geführt hatten. Er hatte nicht nur über Charlotte Helmer nachgedacht, sondern auch über sich selbst. Ihm war eingefallen, dass er sich von Carola das Ergebnis des Vaterschaftstests hätte zeigen lassen sollen, schwarz auf weiß. Vielleicht hatte sie ihn angelogen, und er hatte es einfach so hingenommen. Immer wieder fielen ihm so wichtige Dinge erst hinterher ein. Wieso war er eigentlich so schrecklich unbeholfen, wenn es um seine eigenen Angelegenheiten ging?

»Komm jetzt«, trieb Marlu ihn an. »Ich hab eh schon ewig gebraucht, bis ich die verdammte Hütte wiedergefunden hab. Ich hab gedacht, ich würd dauernd nur im Kreis rumrennen. Von dir hört man ja nichts hier draußen. Hättest du mal ein Radio angeschaltet oder eine von deinen komischen Opern gehört, dann wäre mir die Orientierung leichter gefallen. Aber nein, du hockst hier stumm wie ein Fisch und brütest vor dich hin.«

»Ich bin halt ein Sozialversager«, antwortete er.

»So-zi-al-ver-sa-ger?« Sie trennte die Silben wie im Rechtschreibduden.

»So hat Carola mich mal genannt. Und die Hütte hier ist doch der ideale Platz für so einen wie mich. Passt wie die Faust aufs Auge. Findest du nicht?«

»Irgendwie schon. Andererseits werden solche Sachen auch nicht dadurch besser, dass man ihnen einen neuen Namen gibt«, sagte Marlu ungnädig.

»Dann schieß mal los. Was ist denn draußen in der weiten Welt passiert, dass du den unbequemen Weg in meine bescheidene Klause auf dich genommen hast und mir jetzt hier den Marsch bläst? Von einem Begrüßungskuss hab ich auch nur geträumt, oder?«

»Lenk nicht ab. Ich bin rein dienstlich hier, die Privatsachen müssen warten. Da hab ich sowieso noch was zu klären, und jetzt schau nicht so unschuldig. Ich weiß genau, wer am Freitagnachmittag einfach abgedampft ist und sein Handy abgeschaltet hat. Ich war es nämlich nicht.«

»Hier draußen gibt's keinen Empfang.« Meißner war mit dem Packen fertig, schnallte sich den Rucksack um, sperrte die Tür ab und machte das Fenster von außen dicht. »Und jetzt sag endlich, was los ist.« Er gab ihr einen Kuss auf den Mund.

»Eberl hat gestanden.«

»Was denn?«

»Dass er seine Frau umgebracht hat.«

»Und wo ist die Leiche?«

»Axel, also –«

»Ich weiß, wer Axel ist«, fuhr er sie an.

»Er meint, dass sie im Kühlhaus von der Donau-Kühlung ist.«

»So ein Blödsinn!« Meißner schüttelte den Kopf und konnte nicht mehr damit aufhören.

***

Helmer junior, der untadelige *businessman* im italienischen Maßanzug, redete unaufhörlich auf Brunner ein. Eine Hausdurchsuchung sei doch völlig absurd. Er könne das beim besten Willen nicht glauben. Sein Schwager sei doch offenbar nicht ganz zurechnungsfähig. Wie sollte er denn überhaupt ins Kühlhaus gekommen sein? Ob Brunner glaube, dass man hier einfach so reinmarschieren könne? Und ob er wisse, was er ihnen mit der Durchsuchung antue, gerade jetzt? Ob er eine Ahnung hätte, wie die Konkurrenz auf so eine Nachricht reagiere? Ob er auch nur einmal darüber nachgedacht hätte, wie eine polizeiliche Durchsuchung eines Kühlhauses, in dem Lebensmittel lagerten, bei der Presse und in der Bevölkerung ankäme? Bei Kühlhaus dachten die Leute doch automatisch gleich an Pferdefleisch in der Lasagne und Lebensmittel mit manipulierten Verfallsdaten. Ob Brunner sie ruinieren wolle? Helmer war außer sich.

Der Senior hielt sich etwas abseits und schien vollkommen ruhig, als habe er sich bereits in sein Schicksal ergeben. Aus den Augenwinkeln beobachtete er seinen Sohn. Er stand einfach da, die Daumen in die Seitentaschen seiner Anzugweste gesteckt, und beobachtete die Szenerie wie ein Außenstehender. Auch zum Geständnis seines Schwiegersohns hatte er nichts gesagt.

»Hören Sie«, sagte Brunner zum Junior. »Haben Sie verstanden, was wir hier tun und warum? Sie reden von der Firma, der Konkurrenz und dem wirtschaftlichen Schaden, aber ich rede von Mord. Und zwar von dem an Ihrer Schwester, die seit fast einer Woche verschwunden ist. Sie könnte tot und auf diesem Gelände versteckt sein.« Jetzt war es an Brunner, laut zu werden. »Sind Sie schwer von Begriff?«, fuhr er Andreas Helmer an. »Es geht hier um Ihre Schwester. Ihre Firma interessiert mich tatsächlich einen Scheiß, da haben Sie sogar recht. Für mich ist sie nichts als der mögliche Tatort oder Fundort einer Leiche. Geht das in Ihren Kopf rein?«

»Für mich ist die Firma meine Existenz und die wirtschaftliche Grundlage meiner Familie. Es ist einfach absurd, wenn Sie annehmen, hier könnte jemand eine Leiche versteckt haben. Aber ich kann Sie wohl nicht davon abhalten, hier alles auf den Kopf zu stellen. Versprechen Sie mir nur eins: Die Presse darf davon keinen Wind bekommen. Versprechen Sie mir das.«

»Ich kann Ihnen nur mein Wort geben, dass ich die Presse nicht informieren werde«, sagte Brunner. »Sollten die Journalisten von selbst draufkommen, kann ich auch nichts machen.«

Der Junior dampfte davon, ohne sich von seinem Vater zu verabschieden oder ihn auch nur anzusehen. Helmer senior blickte ihm nach, bis er in seinen Q7 gestiegen war, der Motor aufheulte und der Wagen mit quietschenden Reifen davonjagte.

Brunner betrachtete das Firmengelände. Die Großbaustelle. Seine Großbaustelle. Es dämmerte bereits. Von den gleißenden Scheinwerfern zu Lande und aus der Luft, die er sich ausgemalt hatte, war nichts zu sehen. Das Abblendlicht der beiden Einsatzfahrzeuge und die normale Hofbeleuchtung sorgten zwar dafür, dass die Polizisten nicht über ihre eigenen Füße stolperten, aber von gleißend konnte keine Rede sein. Nun gut, das eigentliche Suchen würde sich ja auch nicht hier draußen, sondern im Kühlhaus abspielen. Alle erreichbaren Angestellten waren vor Ort. Sie trugen bereits ihre kälteisolierende Arbeitskleidung, Mützen und Handschuhe. Die überzählige Schutzkleidung wurde an die Leiharbeiter von der Polizei verteilt. Als sie vor den sieben, acht Meter hohen Regalwänden standen, ahnten sie, dass diese Aktion richtig viel Arbeit bedeutete.

»Wie lang am Stück hält man die Kälte aus?«, wollte einer der Polizisten vom Vorarbeiter wissen, der gerade wattierte Stiefel verteilte.

»Nach einer Stunde sollte man eine Pause machen und sich aufwärmen.«

»Wird man nicht krank, wenn man so häufig zwischen Kälte und Wärme wechselt?«

»Im Gegenteil. Der Temperaturunterschied ist fast so gesund wie Wechselduschen. Wir Kühlarbeiter haben im Vergleich zu anderen Branchen sehr wenige Krankheitstage. Mia san pumperlg'sund«, versicherte er.

Trotz der positiven gesundheitlichen Wirkung war den Polizisten anzusehen, dass sie langfristig nicht mit den Arbeitern im Kühlhaus tauschen wollten.

***

»Steig ein«, sagte Marlu. »Deinen Wagen holen wir später. Oder morgen.«

»Sag mal, glaubst du das wirklich, was Brunner da erzählt?« Meißner warf seinen Rucksack auf die Rückbank und ließ sich selbst auf den Beifahrersitz fallen. »Dass Eberl ihm den Mord gestanden hat, als er mit ihm allein bei sich zu Hause war? Nach zwei Schlägereien und einer Nacht, die er sich irgendwo um die Ohren gehauen hat? Und wo außerdem Tabletten und Alkohol mit im Spiel waren?«

»Was soll denn das jetzt wieder heißen?«, fragte Marlu. »Meinst du etwa, Axel denkt sich das alles nur aus, weil er scharf drauf ist, dieses Kühlhaus auseinanderzunehmen?«

»Irgendwie schon, wenn ich ehrlich bin.«

»Du spinnst doch. Aber wenn er die Leiche dort findet, hat er den Fall gelöst.«

»Und wenn nicht?«

»Dann ermitteln wir eben weiter.«

»Ermittlungen? Was hat er denn schon groß ermittelt, der Herr Schäferhund?«

»Jetzt mach aber mal halblang, Stefan. Immerhin hat Axel die Briefe von Charlotte Helmer in Eberls Keller gefunden.«

»Wo sind die eigentlich? Die würd ich mir gern mal anschauen.«

»Ich nehme an, irgendwo bei uns im Präsidium. Axel wird sie wohl kaum bei sich zu Hause aufbewahren. Jedenfalls hat er Eberl mit ihnen konfrontiert und ihn damit unter Druck gesetzt.«

»Und? Was hat er denn schon rausgefunden? Weiß er vielleicht, wer der Absender ist? Nein. Oder ob Eberl von dem Verhältnis gewusst hat?«

»Er meint, ja. Zugegeben hat er es aber nicht.«

»Siehst du. Wieder nichts. Alles nur Spekulationen. Keine Fakten. Und warum soll er sich mit seinem Schwager geprügelt haben?«

»Eberl hat gesagt, er hat dort auf dem Gelände seine Frau gesucht.«

»Und Brunner weiß natürlich genau, wie es gewesen ist. Er redet dem armen Kerl ein, dass er selbst es war, der sie dorthin geschafft hat. Er nutzt die Verfassung von Eberl aus, der hochgradig erregt und mit Drogen vollgestopft ist und aus dem letzten Loch pfeift.«

»Du unterstellst Axel, dass er Eberl das Geständnis in den Mund gelegt hat? Meinst du das im Ernst? Glaubst du, dass er ein so schlechter Polizist ist, oder spielen hier ganz andere Motive eine Rolle? Sagen wir mal, eher private?«

Meißner ging nicht darauf ein. »Hier geht's nicht um schlechte Polizisten, sondern um ein mögliches Amtsdelikt. Muss ich dir das noch genauer erklären?«

Marlu kniff die Augen zusammen. In ihr brodelte es. »Du unterstellst Axel also Aussageerpressung?« Sie schlug mit der flachen Hand aufs Lenkrad. »Nachdem du zwei Tage da draußen im Wald gehockt bist, vor dich hin gebrütet und nichts mitgekriegt hast von dem, was Axel da ganz allein durchgezogen hat?«

»Du hättest ihm ja zur Hand gehen können.«

»Zur Hand gehen?« Sie lachte höhnisch auf. »Das hätte jetzt meine Oma sagen können. Die hat übrigens gestern ihren Achtzigsten gefeiert, und stell dir vor, ich war auch auf ihrer Feier. Und heute ist Sonntag, falls du das vergessen hast.«

Schon wieder einer dieser Wutanfälle, die er, wenn sie sich in seiner unmittelbaren Umgebung abspielten und er selbst dafür mitverantwortlich war, besonders schlecht ertragen konnte.

»Schon gut«, murmelte er. *»Confessio est regina probationum.«*

»Regina?«, kreischte Marlu. »Was soll denn das jetzt wieder heißen?«

»Ach, Marlu, du hast doch auch Latein gelernt.«

»Nein!«, brüllte sie. »Hab ich nicht. Sondern Spanisch!«

»Ach so? Aber das ist doch so ähnlich wie Latein.«

»Sag mir sofort, was das heißt, was du gesagt hast, oder ich raste total aus.«

»Das Geständnis ist die Königin der Beweismittel.«

Marlu starrte geradeaus, krallte sich mit beiden Händen am Lenkrad fest und zwang sich, nichts mehr zu sagen, was ihr hinterher vielleicht leidgetan hätte. Meißner sah, wie sie die Zähne zusammenbiss.

Aber eine schweigende Marlu war ihm immer noch lieber als eine schreiende.

Es war bereits dunkel, als sie das Gelände der Donau-Kühlung erreichten. Eine Streife stand auf dem Hof, die Außenbeleuchtung war angeschaltet, sonst war von außen nicht viel zu sehen. Wenigstens schien die Presse noch nichts von der Sache erfahren zu haben.

»Kommst du mit?«, fragte Marlu und steuerte auf die Halle zu.

»Muss ich jetzt nicht haben«, antwortete er. »Gib mir einfach Bescheid, wenn ihr was findet.«

»Und was machst du inzwischen?«

»Ich habe gesehen, dass der alte Helmer noch da ist.« Er deutete zum Bürotrakt hinüber, wo der Seniorchef an einem der Fenster im ersten Stock stand. »Ich wollte ihm sowieso noch ein paar Fragen stellen.«

Er sah Marlu hinterher, wie sie kopfschüttelnd den Hof überquerte und in die hell erleuchtete Halle schlüpfte. Ein Temperament hatte diese Frau! Dagegen war er ein Kaltblüter.

»Guten Abend. Schön warm haben Sie's hier.« Meißner reichte dem Senior die Hand.

»Wir heizen die Büros mit der Abwärme aus dem Kühlhaus.«

»Sehr praktisch. Aber was ist das dann oben auf dem Dach der Halle?«

»Das sind Lüfter, die trockene kalte Luft in die Halle pumpen. Sie sorgen für die richtige Temperatur und Luftfeuchte. Das hilft, Strom zu sparen.«

»Aber für Notfälle haben Sie bestimmt auch Stromaggregate, oder? Damit Ihnen das Eis nicht wegschmilzt.«

»Haben wir. Aber die Gefahr ist nicht sehr groß. Selbst bei absolutem, andauerndem Stromausfall beliefe sich der Temperaturanstieg am Tag nur auf maximal ein Grad. Unsere Andockstellen für die Lastwagen haben alle einen Kältevorhang. Alles ist auf dem neuesten Stand der Technik. Die modernen Lkw kühlen bis auf minus achtzehn Grad runter und haben zwölf Zentimeter dicke Wände. So versuchen wir, die Temperaturen möglichst konstant niedrig zu halten. Energie ist teuer.«

»Interessant«, sagte Meißner. »Wem gehört die Firma eigentlich? Immer noch Ihnen?«

»Mittlerweile meinem Sohn. Ich habe sie ihm vor zwei Jahren überschrieben. Ich bin nur noch als Privatier hier. Ich habe mein Soll erfüllt und werde mich demnächst zur Ruhe setzen.«

»Wenn die Villa verkauft ist?«

»So ist es. Wenn der Verkauf über die Bühne gegangen ist, bin ich weg. Dann sieht mich in der Firma auch keiner mehr so schnell wieder.«

»Was sagen Sie eigentlich zum Geständnis Ihres Schwiegersohns?«

»Wenn ich ehrlich bin, traue ich ihm so eine Tat gar nicht zu. Ich glaube auch nicht, dass Charlotte tot ist. Das muss er sich ausgedacht haben. Vielleicht wäre ihm dieses Szenario auch nur lieber, als wenn er einsehen müsste, dass sie ihn verlassen hat.

Vielleicht steckt das ja dahinter.« Er sah wieder zum Fenster hinaus. »Meine Tochter ist nicht tot. Das weiß ich.«

»Sie meinen, Sie wissen es, weil Sie es so empfinden oder weil Sie Beweise dafür haben, dass sie lebt?«

»Ich spüre es. So wie ich es spüren würde, wenn sie gestorben wäre. Meine Charlotte lebt. Sie ist einfach nur weggegangen. Irgendwohin, wo's hoffentlich schöner ist als hier. Wärmer. Irgendwann wird sie sich melden. Sie werden schon sehen.«

»Es tut mir leid, Herr Helmer, dass ich Sie das noch einmal fragen muss, aber wann genau ist Ihre Frau gestorben?«

»1995, im Oktober.«

»Zu Hause?«

»Nein, im Krankenhaus.«

»Danke, das war's auch schon, was ich noch von Ihnen wissen wollte. Sie bleiben noch eine Weile hier?«

»Ich bleibe noch, ja«, sagte Helmer. »Ich hab's ja schön warm hier. Im Gegensatz zu Ihren Leuten drüben. Lassen Sie sie ausreichend Wärmepausen machen, sonst werden sie Ihnen noch krank.«

»Mein Kollege wird sich um alles kümmern.«

Meißner verließ das Gebäude, rief in der JVA Neuburg an und kündigte seinen Besuch an.

Die Justizvollzugsanstalt lag mitten in der historischen Altstadt von Neuburg, oberhalb der Donau, zwischen Amtsgericht, Touristeninformation und dem Renaissance-Schloss des Pfalzgrafen Ottheinrich, unweit der Geschäftsstelle des Weißen Rings.

Man hatte Meißner bereits am Telefon gesagt, dass der Häftling Medikamente zur Beruhigung bekommen hatte. Trotzdem wollte er Eberl unbedingt sehen und sich einen persönlichen Eindruck von ihm verschaffen.

Eberl lag mit offenen Augen auf seinem Bett. Er nahm kaum davon Notiz, dass Meißner die Zelle betrat. Meißner zog den einzigen vorhandenen Stuhl ans Bett und setzte sich.

»Was ist passiert?«, fragte er.

Eberl sah ihn kurz an, zeigte aber keine Regung, dass er ihn wiedererkannte. Dann schweifte sein Blick wieder ab.

»Sie haben Ihre Frau umgebracht?«

Eberl schloss die Augen.

»Soll ich Ihnen was sagen? Ich glaub das nicht.«

Keine Reaktion.

»Wie haben Sie sie denn umgebracht? Haben Sie sie erwürgt oder erstochen? Erschossen vielleicht?«

Eberl spielte Kind und hielt sich die Ohren zu.

»Wo haben Sie Charlotte denn getötet? Und wie haben Sie die Leiche ins Kühlhaus geschafft?«

Meißner versuchte eine seiner Hände zu fassen und sie vom Kopf wegzuziehen. Eberl fing an zu schreien. Fast so schlimm wie Marlu vorhin im Auto. Als Meißner erschrocken von ihm abrückte, hielt er kurz inne, holte Luft und heulte dann wie eine Sirene los. Meißner hörte, wie ein Schlüssel ins Schloss gesteckt und die Zellentür geöffnet wurde.

»Was ist denn hier los? Sie können uns um die Uhrzeit aber nicht die ganze Anstalt rebellisch machen, gell?« Der Beamte wandte sich an Eberl: »Was haben Sie denn, Herr Eberl? Tut Ihnen was weh?«

Meißner war nicht wohl in seiner Haut. Der Beamte musterte ihn, als hätte er dem Häftling Daumenschrauben angesetzt oder ihm sonst was angetan.

»Man hat Ihnen doch gesagt, dass der Mann eine Beruhigungsspritze bekommen hat. Aus dem werden Sie heute nichts Vernünftiges mehr rauskriegen.«

»Für eine Beruhigungsspritze ist er aber noch verdammt gut bei Stimme.« Meißner stand auf. »Hat er sich vor dem Haftrichter irgendwie geäußert?«, fragte er und bereute es sofort.

»Woher soll ich das wissen? Ich war ja schließlich nicht dabei. Redet ihr bei der Kripo in Ingolstadt eigentlich nicht miteinander? Einer von euch war sicher da. Geht ja nicht anders.«

»Sie haben natürlich recht. Dann will ich die Anstaltsruhe mal nicht weiter stören. Und vielen Dank auch.«

Erst als die Tür hinter ihm zufiel, hörte Eberl endlich auf zu schreien. Meißner folgte dem Beamten durch mehrere Gänge und Türen, die auf- und hinter ihm wieder abgeschlossen wurden.

Er war sich nicht sicher, ob Eberl ihm den Idioten nur vorgespielt hatte, trotzdem glaubte er die Geschichte seines Kollegen Brunner jetzt genauso wenig wie vorher. Dieses Geständnis oder das, was Brunner als solches präsentiert hatte, war in seinen Augen auf keinen Fall die Königin der Beweise.

Die Neuburger Altstadt, so schön sie auch war, wirkte wie ausgestorben. Kein Mensch war auf der Straße, nur seine eigenen Schritte hallten über das Kopfsteinpflaster und wurden von den hohen Mauern der alten Gebäude ringsherum zurückgeworfen. Das Café, in dem er sich sonst, wenn er am Amtsgericht zu tun hatte, ein Stück Ottheinrichtorte bestellte, hatte sowieso schon zu – wenn es denn sonntags überhaupt öffnete.

Während er in die Neustadt hinunterfuhr, sah er ein Plakat für das diesjährige Donauschwimmen. Jetzt war es bald wieder so weit. Jedes Jahr im Januar sprangen bis zu zweitausend Wahnsinnige in den zwei Grad kalten Fluss. Die besonders Hartgesottenen unter ihnen, die sich Eisschwimmer nannten, waren nur mit Badehose respektive Badeanzug bekleidet. Unvorstellbar, dass jemand so eine Tortur freiwillig auf sich nahm und daran auch noch Spaß hatte.

Als Meißner nach Ingolstadt und zur Donau-Kühlung zurückkam, war die Durchsuchung des Kühlhauses noch immer in vollem Gang. Die Einsatzkräfte brauchten häufiger als die regulären Angestellten Aufwärmpausen, weil sie die Kälte und das Arbeiten mit Handschuhen und in Thermokleidung nicht gewöhnt waren. Wie in einem Möbellager waren die Hochregale vollbepackt. Palette für Palette holte der Gabelstapler herunter, dann wurde die Folie entfernt, in die jede Palette eingeschweißt war. Der einzige Gabelstaplerfahrer, der zur Verfügung stand, war kurz davor, den Dienst zu verweigern, und wollte wissen, ob die Polizei ihm auch seine Überstunden zahlen würde, inklusive Sonntags- und Nachtzuschlag. Um zweiundzwanzig Uhr warf er das Handtuch und ging nach Hause.

Widerstrebend blies Brunner die Aktion für diesen Abend ab. Am nächsten Morgen um acht Uhr würde es weitergehen. Das Letzte, was Meißner vom Auto aus sah, war, wie Marlu bei Brunner stand und sich mit ihm unterhielt. Ihre Köpfe waren nah beieinander. Er fror wie ein Schneider, deshalb fuhr er nach Hause. Eisschwimmen war wirklich das letzte Vergnügen, für das er sich im deutschen Januar erwärmen könnte.

ZWÖLF

Der Montag sollte der Tag der Überraschungen werden. Meißner hatte schlecht geschlafen, wofür es verschiedene Gründe gab. Irgendwie hatte er gerade das Gefühl, als habe ihn sein Rückzug am Wochenende nur noch mehr in das Chaos hineingeritten, vor dem er doch eigentlich hatte flüchten wollen. Irgendwie war die Sache ziemlich verworren. Irgendetwas in diesem Fall stimmte hinten und vorn nicht. Warum konnte die Vermisste, wenn sie hier schon Familie, Ehemann, Beruf und Freunde hinter sich gelassen hatte, sich nicht wenigstens einmal melden und ein Lebenszeichen geben, und sei es noch so winzig? So was in der Art wie: Mir geht's gut, aber lasst mich in Ruhe und sucht nicht nach mir. Seinetwegen auch: Ich will ein neues Leben anfangen und euch nicht dabeihaben.

Das wäre zwar auch nicht schön für den Ehemann oder den Vater, aber es wäre immerhin eine Ansage. Aber dieses spurlose Verschwinden stürzte die Angehörigen doch in eine vollkommene Trostlosigkeit. Während sie sich Tag und Nacht um den Vermissten sorgten, saß der womöglich auf der Isla Margarita oder am Zuckerhut und ließ sich die Sonne auf den Bauch brennen. Das war doch einfach nur unanständig.

Zuerst nahm er sich die Briefe vor, die Brunner in einem rot-weiß gestreiften Ikea-Karton ins Präsidium gebracht hatte. Kuverts gab es keine, unterschrieben waren sie mit M., der als Anrede jedes Mal ein anderes Kosewort gewählt hatte: Täubchen, Kätzchen, Engel, Geliebte oder Liebste. Nirgendwo tauchte der Name Charlotte auf. M. konnte gut Deutsch, aber alles andere als perfekt. Bestimmt konnte man seine Grammatikfehler analysieren, um Aufschlüsse auf seine Muttersprache zu erhalten. Vielleicht gab es im Landeskriminalamt in München dafür Spezialisten.

Das Briefpapier war kein normales Schreibmaschinenpapier. Es war besonders dicht und hatte kleine Einschlüsse von Fasern, die dem bräunlichen Papier ein marmorartiges Aussehen verliehen.

Meißner dachte an Sporturkunden oder handgemalte Gutscheine, die auf antik gemacht waren. Verdammt, wie nannte man diese Art Papier noch mal?

Auch die Polaroidaufnahme, die der Briefeschreiber von sich selbst gemacht und mitgeschickt hatte, sah schon etwas in die Jahre gekommen aus. War Polaroid nicht vor einigen Jahren pleitegegangen? Meißner zog Kopien von zwei Briefen und dem Foto und veranlasste, dass die Originale zur kriminaltechnischen Untersuchung geschickt wurden.

Er rief den elektronischen Bundesanzeiger im Computer auf und sah im Handelsregister nach, was er dort zur Donau-Kühlung finden konnte. Er las: Rechtsform: GmbH, gegründet 1989. Gesellschafter waren Andreas Helmer und Eva Maria Helmer. Andreas war der Junior, das war klar. Aber wer war Eva Maria?

Nach den Bilanzen der vergangenen fünf Jahre zu urteilen, war die Donau-Kühlung eine gute Gewinne einfahrende Firma. Meißner hoffte, dass er die Zahlen richtig las, denn Jahresabschlüsse von Gesellschaften mit beschränkter Haftung gehörten nicht unbedingt zu seiner bevorzugten Lektüre. Unter »D. Sonstige Angaben« war in der Bilanz von 2011 als Geschäftsführer der Firma Andreas Helmer eingetragen. »Der Geschäftsführer ist einzelvertretungsberechtigt und von den Beschränkungen des § 181 BGB befreit. Ingolstadt, den 09.10.2012.«

Um halb zehn rief Marlu an. Sie seien schon seit zwei Stunden im Kühlhauseinsatz, ob er nicht auch vorbeischauen wolle.

»Wieso, ist dir etwa kalt?«, kalauerte Meißner und fing sich ein wütendes Schnauben ein. »Ich hab hier noch zu tun«, fügte er hinzu.

»Arbeitest du an unserem Fall, oder machst du Bürokram?«

»Ich lese Liebesbriefe und Jahresabschlüsse der Donau-Kühlung, wenn's recht ist.«

»Schon irgendwas rausgefunden?«

»Bin noch dabei. Ich war gestern Abend übrigens noch in der JVA in Neuburg.«

»Und?«

»Aus Eberl ist nichts rauszukriegen. Er steht entweder wirklich unter Medikamenteneinfluss, oder er stellt sich krank, keine Ahnung.«

»Du glaubst nicht, dass er seiner Frau was angetan hat, stimmt's?«

»Stimmt. Ich glaub's einfach nicht.«

»Und jetzt sammelst du Beweise dagegen? Du weißt doch eh, was der beste Beweis wäre.«

»Klar. Deshalb würde ich Charlotte wirklich gern finden. Und zwar lebendig.«

Als er aufgelegt hatte, suchte er im Melderegister nach Eva Maria Helmer. Helmer, hier: Eva Maria, geborene Cranach. Am 25.04.1960 in Coburg geboren, verheiratet mit Erwin Helmer, zuletzt gemeldet in Wettstetten. Eva Maria war also die um ein ganzes Stück jüngere Ehefrau von Helmer senior und die Mutter von Andreas und Charlotte Helmer. Als er ihren Namen im Sterberegister eingab, fand er keinen Eintrag. Sie war 1995 gestorben, als es noch kein elektronisches Melderegister gegeben hatte. Vielleicht war der Fehler ja beim Datenübertrag passiert. Meißner rief beim Standesamt an, wo ihm eine Angestellte versprach, gleich in den Melde- und Sterbebüchern nachzusehen. Nur wenig später meldete sie sich zurück, um ihm mitzuteilen, dass es auf den gesuchten Namen keinen Eintrag im Sterberegister gab.

»Und was heißt das jetzt?«, fragte er perplex.

»Und wenn sie nicht gestorben ist, dann lebt sie noch heute.«

»Und ihr Mann ist kein Witwer.«

»Richtig. Sein Familienstand lautet: verheiratet. Tag der Eheschließung: 12.06.1982 in Ingolstadt. Der Mann ist seit dreißig Jahren verheiratet. Und so, wie's aussieht, immer noch mit derselben Frau.«

»Mit Eva Maria Helmer.«

»Genau.«

Meißner hatte das Gefühl, als würden die Karten gerade noch einmal neu gemischt. Helmer senior hatte ihn also angelogen. Alle hatten sie in Bezug auf Eva Maria Helmer gelogen. Wenn sie aber nicht tot war, was war dann mit ihr? Und warum log ihre Familie? Im deutschen Melderegister gab es jedenfalls keine zweite Person mit diesem Namen und Geburtsdatum.

Als Meißner weder den alten noch den jungen Helmer telefonisch erreichen konnte, stützte er den Kopf in die Hände und dachte selbst nach. Aber er kam einfach nicht drauf, was das alles zu bedeuten hatte.

Meißner fuhr ins Industriegebiet hinaus. Auf dem Parkplatz der Donau-Kühlung standen die Fahrzeuge der Angestellten. Zwei Kühllastwagen warteten im Hof darauf, be- oder entladen zu werden. Meißner konnte nirgendwo den BMW des Seniorchefs entdecken, dafür stand der Q7 des Juniors vor der Halle. Drinnen waren jetzt alle verfügbaren Gabelstapelfahrer im Einsatz, und die regulären Mitarbeiter unterstützten tatkräftig die Kollegen. Die ganze Halle sah aus wie ein Schlachtfeld. Auf der einen Seite wurden die Paletten mit dem Gabelstapler aus den Regalen geholt, abgeladen, die Folien zerschnitten, in die das Gefriergut eingeschweißt war, zerlegt und dann von einem zweiten Team wieder aufgepackt und auf dem Drehteller der Wickelmaschine neu in Folie verschweißt, bevor sie mit den Gabelstaplern wieder zum Regal gefahren wurden. Die Polizeibeamten schwitzten in ihren Schutzanzügen und freuten sich über jede Pause, in der sie vor der Halle ihre Mützen und Handschuhe ablegen konnten. Schwitzen, frieren und dann wieder schwitzen – bei Minusgraden. Einige jammerten bereits über Kreuzschmerzen, aber es sah so aus, als könnten sie sich tatsächlich irgendwann durch die gesamte Halle gewühlt haben. Die Arbeitsweise war mittlerweile eingespielt und recht effektiv.

An Brunner war offenbar ein erfolgreicher Betriebsleiter verloren gegangen. Er leitete und koordinierte die gesamte Aktion. Marlu hielt sich stets in seiner Nähe. Der Chef und seine rechte Hand. Meißner trat näher, die Hände aus Temperaturgründen in den Hosentaschen vergraben.

»Ihr kommt ja gut voran«, sagte er. »Schon irgendwas gefunden?«

»Du meinst, außer Erbsen, Möhrchen, Fischstäbchen und Vanilleeis? Nein, bis jetzt nichts.« Marlu hatte schon eine ganz rote Nase.

»Ist ja vielleicht auch gut so.«

»Meinst du etwa, ich bin scharf auf eine tiefgekühlte Leiche?«

Plötzlich tauchte der Juniorchef in der Halle auf, entdeckte Meißner und steuerte mit ausgestrecktem Zeigefinger auf ihn zu. Er drohte ihm, ihn auf Schadenersatz zu verklagen. Er habe empfindliche Waren gelagert, könne aufgrund dieser Aktion seine Liefertermine nicht einhalten und würde nun seinerseits von den Spediteuren verklagt werden. Ob seine Behörde gegen solche Fälle versichert sei und sie sich so etwas überhaupt leisten könne?

Brunner kam dazu und begann dem Junior nun seinerseits zu drohen: Wenn er so weitermachte, würde er ihn wegen Behinderungen der Ermittlungen festnehmen lassen. Meißner verließ die Unterhaltung. Es war ihm zu kalt und zu laut in der Halle. Die zwei Kampfhähne traten unmittelbar hinter ihm ebenfalls hinaus auf den Hof und setzten ihr Gebrüll im Freien fort.

An der Einfahrt zum Gelände der Donau-Kühlung bemerkte Meißner einen weiteren Aufruhr. Ein Team des regionalen Fernsehsenders intv diskutierte mit den Beamten, die das Gelände abriegelten. Wie hatten die so schnell Wind von der Sache bekommen?

»Geh doch mal hin und hör dich um, was die Journalisten schon wissen«, sagte Brunner, und Meißner begriff erst verzögert, dass er tatsächlich ihn meinte.

»Nicht meine Baustelle«, erwiderte er. »Darum kümmerst du dich mal schön selbst.« Aber dann trottete er doch hinter Brunner her zum Tor.

»Na, meine Herrschaften«, begrüßte Brunner die Presseleute, »was führt Sie denn hierher? Gibt's hier etwas, worüber es zu berichten lohnt?«

»Das sollten wir wohl besser Sie fragen«, antwortete ein junger Mann, der allenfalls Volontär sein konnte.

»Wie kommen Sie hierher?«, wiederholte Brunner seine Frage.

»Wir sind angerufen worden. Von Nachbarn im Industriegebiet. Beim Helmer im Kühlhaus läuft irgendwas, ist uns gesagt worden. Und jetzt möchten wir von Ihnen gern mehr dazu wissen. Die Öffentlichkeit hat ein Recht darauf, informiert zu werden.«

»Worüber denn?«, fragte Brunner.

»Gibt's einen neuen Fleischskandal? Pferdefleisch? Müssen die Verbraucher sich mal wieder Sorgen machen?«

Brunner winkte ab. »Hier geht's nicht um Tierfleisch«, sagte er, und Meißner traute seinen Ohren nicht. War die Wortwahl Absicht oder Dummheit?

»Worum denn? Hauptkommissar Meißner, Sie sind doch von der Mordkommission!«, rief eine blonde Redakteurin, die ihm bekannt vorkam.

»Kriminalpolizei«, sagte er, »einfach nur Kriminalpolizei. Wir ermitteln hier zwar, aber bisher haben wir keine Hinweise auf ein Verbrechen finden können.«

»Um welche Art von Verbrechen könnte es sich denn handeln?«

»Darüber kann ich leider keine Auskünfte geben. Und jetzt fahren Sie bitte wieder. Wenn wir Informationen für Sie haben, werden wir uns bei Ihnen melden.«

Die Meute trollte sich, aber Brunner schien ein bisschen enttäuscht zu sein, dass er nicht größer rausgekommen war.

Andreas Helmer hatte sich abseits von der Einfahrt und dem Presserummel gehalten und kam ihnen jetzt entgegen.

»Es geht nicht um Tierfleisch.« Helmer spuckte die Worte fast aus. »Was seid ihr zwei doch für tumbe Sesselfurzer!« Im Eifer des Gefechts duzte er die beiden Beamten.

»Schon mal davon gehört, dass Rufschädigung einem Unternehmer Kopf und Kragen und seinen Mitarbeitern den Arbeitsplatz kosten kann? Manche Leute müssen sich ihr Geld draußen in der freien Wirtschaft verdienen. Die kassieren kein monatliches Beamtengehalt, egal ob sie fleißig waren oder sich vor der Arbeit gedrückt haben, ob sie erfolgreich waren oder nur Mist verzapft haben und egal ob sie überhaupt zu ihrem Dienst erschienen oder krank zu Hause im Bett geblieben sind und ihre Kopfschmerzen auskuriert haben. Bei Ihnen wächst doch nichts als Ihr Arsch, der vom Sessel jahrelang platt gedrückt wird. Und natürlich Ihre Besoldungsgruppe und Ihr Pensionsanspruch. Sie sollten nicht so arrogant mit Leuten umgehen, die reale Werte und dazu noch Arbeitsplätze für die Region schaffen. Wenn sich mir irgendwie die Möglichkeit bietet, werde ich Sie fertigmachen!«, drohte Andreas Helmer. Er schüttelte die Faust und stürmte zu seinem Wagen.

»Äh, Herr Helmer?« Als Meißner ihm nachsetzte, fühlte er sich auch ohne Trenchcoat und Glasauge ein bisschen wie Colombo. »Eine Frage noch. Warum erzählt mir Ihr Vater, seine Frau, also Ihre Mutter, wäre vor siebzehn Jahren gestorben?«

Der Junior wurde blass um die Nase.

»Wieso hat er mich angelogen?«

»Fragen Sie ihn«, zischte der Unternehmer. »Ist doch Ihr Job.« Er ließ den Fünfhundert-PS-Dieselmotor seines Q7 aufheulen, setzte zurück und raste dann in einem Tempo auf die Ausfahrt zu, dass die restlichen Presseleute erschrocken zur Seite sprangen. Mit quietschenden Reifen bog er auf die Straße.

Sesselfurzer. Dabei war die Kripo doch eine ziemlich bewegliche Truppe. Klar, sie waren nicht gerade das SEK oder die Tatort-Kommissare, die zu Fuß oder auf dem Fahrrad Verdächtigen hinterherjagten. Aber Meißner bildete sich auf seinen immer noch einigermaßen straffen Hintern trotzdem etwas ein. Junge Leute, Sturm und Drang. Der Herr Jungunternehmer würde es schon noch am eigenen Leib erfahren, dass man vom Herumkurven mit einem SUV auch nicht automatisch schlank und fit blieb.

Meißner war auf dem Weg nach Wettstetten, dem großen Helmer'schen Familiengeheimnis auf der Spur. Er hoffte, den Senior dort anzutreffen. Vor ihm bog das silberne Mercedes SL Cabrio, das er schon gesehen hatte, in die Garageneinfahrt. Die Fahrerin stieg aus und kam auf ihn zu.

»Grüß Gott. Sie interessieren sich für die Immobilie?«

Die Maklerin.

»Eigentlich wollte ich zu Herrn Helmer senior.«

»Ach, jetzt erkenne ich Sie wieder, Sie sind doch von der Kripo, stimmt's? Den Herrn Helmer bräuchte ich selbst dringend. Ich habe zwei ernsthafte Kaufinteressenten für die Villa an der Hand, kann ihn aber nicht erreichen. Deshalb hab ich gedacht, ich schau einfach mal vorbei. In einer halben Stunde kommen außerdem weitere Kunden zur Besichtigung.«

Haus und Grundstück wirkten verlassen. Als wären sie schon verkauft. Meißner folgte der Maklerin zur Haustür.

»Und Sie? Sind Sie eigentlich gut versorgt? Haben Sie nicht schon mal an den Kauf einer Immobilie gedacht? Die Zeiten sind ja so unsicher und die Zinsen so niedrig wie noch nie. Da muss man eigentlich zugreifen. Ich meine, als Beamter in Lebensstellung. Gehobener Dienst, nehme ich an? Besoldungsgruppe A11, A12? Da kommt doch ganz schön was zusammen.«

Seltsam, dachte Meißner. Schon wieder jemand, der über Beamte ganz genau Bescheid wusste. Über die faulen, gut verdienenden Sesselpupser.

»Da brauchen Sie doch was zum Steuernsparen«, fuhr die Dame, an deren Namen er sich beim besten Willen nicht erinnern konnte, fort. »Ein Anlageobjekt, ein paar Schulden. So wie's im Moment bei uns ausschaut, trifft's die Braven wahrscheinlich am schlimmsten. Die nie Schulden machen und sogar was für den Ruhestand angespart haben, das jetzt auf dem Sparkonto liegt und keine Zinsen mehr bringt. Oder sind Sie schon Immobilienbesitzer?«

»Ja«, sagte Meißner, um das Thema zu beenden. »Ich hab eine Immobilie. Sie hat circa fünfzehn Quadratmeter und verfügt über Ofenheizung und Plumpsklo.«

»Ein Wochenendhaus also. Wo liegt es denn, wenn man fragen darf?«

»Draußen in den Donauauen«, sagte er und bereute es auf der Stelle, als er ihren gierigen Blick bemerkte.

»Wollen Sie es verkaufen?«, fragte sie. »Daran wären bestimmt viele interessiert. Für so was kriegen Sie ja heute keine Genehmigung mehr. Ein Naturgrundstück im Naturschutzgebiet! Unter meinen Kunden sind viele passionierte Jäger und Naturliebhaber, die würden dafür ein kleines Vermögen zahlen. Überlegen Sie's sich. Hab ich Ihnen schon mein Kärtchen gegeben?«

»Das haben Sie schon, danke«, sagte er. »Ich denke darüber nach. Mich zieht's sowieso eher Richtung Süden, wo's wärmer ist.«

»Soll ich Ihnen da was vermitteln? In Spanien, auf den Balearen vielleicht? Da gibt's einen riesigen Immobilienmarkt. Ich sag Ihnen, da können Sie im Moment Schnäppchen machen ohne Ende. Und da wollen doch eh alle Deutschen hin, oder?«

»Wahrscheinlich, aber dafür habe ich jetzt leider nicht die Zeit. Ich bräuchte dringend den Herrn Helmer senior.«

Nachdem sie mehrfach geklingelt hatten, riefen sie den Firmenchef noch auf dem Handy und unter seiner Festnetznummer an. Von draußen hörten sie das Telefon klingeln, und nachdem niemand abnahm, öffnete die Maklerin die Tür mit ihrem Schlüssel. »Hallo? Jemand zu Hause?« Die Maklerin nahm den Entwurf für den Kaufvertrag an sich, der auf dem Telefontisch in der Diele lag.

»Prima«, sagte sie. »Wenigstens hat er den Entwurf geprüft und abgezeichnet. Dann kann ich den ausfertigen lassen, sobald meine Interessenten definitiv zugesagt haben.«

»Moment mal«, sagte Meißner. »Darf ich da mal einen Blick drauf werfen?«

»Meine Verträge sind immer in Ordnung.« Die Maklerin war pikiert. »Da können Sie sich drauf verlassen.«

Aber Meißner hatte schon gefunden, wonach er suchte. Als Hauseigentümer und Verkäufer waren angegeben: Erwin Helmer, geboren am 23.12.1945, und Eva Maria Helmer, deren Geburtsdatum Meißner mittlerweile auswendig wusste.

»Haben Sie Frau Helmer eigentlich mal gesehen oder am Telefon gesprochen?«, fragte er die Maklerin.

»Nein. Bisher hatte ich immer nur Kontakt zu Herrn Helmer. Ich hab gedacht, dass die beiden getrennt leben und deshalb auch verkaufen. Aber die privaten Umstände meiner Auftraggeber gehen mich wirklich nichts an.«

»Haben Sie vielleicht eine Adresse oder eine Telefonnummer von Herrn Helmers Anwesen im Altmühltal?«

»Leider nein, aber mit Ihren Computern müsste das doch leicht herauszufinden sein. Ist denn irgendwas nicht so, wie es sein sollte? Stimmt mit dem Kaufvertrag was nicht?«

»Nein, nein, alles in Ordnung. Und Ihr Kaufvertrag geht mich sowieso nichts an. Also dann!«

Was die Leute so alles über Polizeibeamte wussten. Was sie

verdienten, dass sie zu brav zum Schuldenmachen waren und mit ihren Polizeicomputern alles, einfach alles, herausfinden konnten.

»Und wenn Sie Ihre Hütte in der Au verkaufen wollen«, rief ihm die Maklerin noch hinterher, »dann denken Sie an mich, gell? Oder wegen einer Finca auf Ibiza. Da findet sich bestimmt was, was Ihnen gefällt.«

Auf dem Weg ins Präsidium zu den allwissenden Computern klingelte Meißners Handy. Eine lange, unbekannte Nummer. Ländervorwahl 0034.

Spanien! Exkollege Elmar Fischer meldete sich von seiner Liebesinsel. Er jammerte, kokettierte damit, dass es auf Ibiza derzeit saumäßig kalt sei. Fünfzehn Grad, er müsse direkt einen leichten Pulli tragen. Was denn so los sei in Old Ingolstadt, wollte er wissen.

»Null Grad«, antwortete Meißner. »Bedeckt. Dazu ein Großeinsatz ausgerechnet in einem Kühlhaus. Was macht die große Liebe?«

»Ist noch größer geworden«, schwärmte Fischer. »Vermisst ihr mich eigentlich schon ein kleines bisschen?«

Das konnte man wohl so sagen. Meißner hätte liebend gern Fischers Nachfolger wieder umgetauscht. Eigentlich war er immer noch sauer auf Fischer, weil der so einfach abgehauen war und ihn im Stich gelassen hatte. Wegen eines Friseurs! Das musste man sich mal vorstellen.

»Und wie läuft's mit der attraktivsten Schanzer Polizeibeamtin, der schönen Marieluise Rosner?«

»Nichts Berühmtes im Moment«, sagte Meißner.

»Zweifelst du grad wieder, ob sie zu jung für dich ist oder du zu alt für sie?«

»Stell dir vor, das ist diesmal gar nicht das Problem.«

»Was dann?«

»Es gibt Konkurrenz. Dein fränkischer Nachfolger ist ein richtiger Herzensbrecher und ein Rambo-Macho noch dazu.«

»Ein Held also. Na, dann leg dich gefälligst ins Zeug, damit dir Marlu nicht von einem frängischen Werschtla weggeschnappt wird. Spring über deinen Schatten und dann: Auf in den Kampf, Torero.«

»*Olé!* Aber wenn du schon mal anrufst, kann ich dich auch gleich was fragen: Warum sagt ein Mann, dass seine Frau vor siebzehn Jahren gestorben ist, wenn sie in keinem Sterberegister auftaucht?«

»Entweder hat sie ihn verlassen und er ist immer noch zu Tode gekränkt, oder er hat sie umgebracht«, sagte Fischer. »Oder beides, dann aber eins nach dem andern. Oder, warte, drittens, sie ist psychisch krank oder depressiv und lebt in einer Anstalt.«

»Danke. Und jetzt bitte auch auf die zweite Frage eine spontane Antwort: Wenn du von allem hier die Schnauze voll hättest, wenn du woanders ein neues Leben anfangen wolltest, wohin würdest du gehen?«

»Ist doch klar! Nach Ibiza oder auf eine andere Insel im Mittelmeer. Auf die Kanaren zum Beispiel. Auf jeden Fall irgendwohin, wo's warm ist. Oder natürlich dahin, wo mein Liebster auf mich wartet, wenn es denn einen gibt.«

Meißner fuhr ins Präsidium zurück und befasste sich noch einmal mit dem Melderegister. Vielleicht hatte Eva Maria Helmer ja ihren Mädchennamen wieder angenommen? Aber er fand nur sehr wenige Personen mit dem Nachnamen Cranach und darunter keine einzige Eva Maria. Sie konnte sich doch nicht in Luft aufgelöst haben. Oder war sie nach Amerika, Brasilien oder Australien ausgewandert?

***

Sie schufteten bereits den ganzen Tag in der saukalten Halle. Zum Glück war es drinnen weder laut noch dreckig. Nur das Surren der Gabelstapler war zu hören, ihr leises Dahingleiten vorwärts, rückwärts, die schnellen Bewegungen in einem engen Wendekreis wie eine Spinne, die in ihrem Netz patrouilliert. Dann das hydraulische, stufenlose Hochfahren der Gabel bis auf fünf, sechs Meter. Die Fahrer hoch konzentriert, Gaspedal, Bremspedal, lenken, die Hebel für die Hydraulik sicher mit der Hand bedienend. Das leise, schmeichelnde Dahinsurren der Maschinen, die wie Roboter agierten. Alles in der Kühlhalle war saubere Technik unter Einhaltung aller gültigen Industrienormen und Umweltstandards. Kein Dreck weit und breit, keine Abgase, kein Schmieröl. Die Stretchfolie, in die die Paletten eingewickelt wurden, war praktisch geruchlos. Die bedruckten Kartonverpackungen waren sauber, in Größe, Form und Farbe normiert wie ein Päckchen Tiefkühlerbsen. Alle gleich grün, gleich groß, alle in der gleichen Packung mit der gleichen Aufschrift, dem gleichen Strichcode, eine unüberschaubare Erbsenarmee. Wahrscheinlich war nicht nur das Gewicht, sondern auch die Stückzahl pro Packung identisch. Von der Erntemaschine direkt in die Fabrik, automatisches Waschen, Sortieren nach Größen, Schockgefrieren, Durchfrieren, Verpacken, Folienverschweißen. Transport im Kühllaster, Einlagerung im Kühlhaus, Auslieferung, Befüllung der Kühltruhen in den Discountläden. Dort Schiebetür auf, Packung raus, Schiebetür zu und zu Hause endlich in die Pfanne, alle gleich grün, gleich groß und ein bisschen fade im Geschmack. Aber wer konnte sich heute schon noch daran erinnern, wie frische Erbsen schmeckten?

Als Meißner bei der Donau-Kühlung eintraf, hatten sich die Kollegen schon fast durch die gesamte Halle gewühlt und Berge von Tiefkühlkost durchsucht. Die gerade geöffnete Palette enthielt ein Sortiment an Fertignahrung, auch Erbsen, aber vor allem Pizza. Bauernpizza, las Meißner auf der Packung und betrachtete den Haufen Zwiebelscheiben auf einem Blasen werfenden weißlichen Käsebelag. Was waren das für Menschen, die auf so etwas Appetit verspürten? Das Auge aß doch schließlich mit.

Brunner war der große Einsatzleiter, der Schweißhund, der voranlief, die Nase immer dicht am Boden. Er folgte seiner Fährte noch mit demselben Elan wie am Morgen, ließ nicht locker, zeigte kein Anzeichen von Müdigkeit.

»Da hast du dir aber ein schattiges Plätzchen zum Nachdenken ausgesucht.« Marlu, die er bisher vergeblich gesucht hatte, hatte sich von hinten angeschlichen. »Das eine Regal noch, dann sind wir durch.«

»Enttäuscht?«, fragte Meißner.

»Nein, nur geschafft. Und du? Willst du mit eigenen Augen

sehen, wie das hier ausgeht? Dich darüber freuen, dass du doch recht behältst?«

»Für so kleinlich hältst du mich?«

»Wenn wir nichts finden, wird der Eberl doch aus der U-Haft entlassen, oder?«

»Das glaub ich nicht.« Brunner hatte sich zu ihnen gestellt. »Ich werde schon noch aus ihm rauskriegen, wo er sie versteckt hat. Wenn der ausgenüchtert ist, klopf ich mir den schon weich.«

Doch es schien, als müsste Brunner vorerst noch nichts und niemanden weichklopfen. Sie waren bei der letzten Regalreihe im Kühlhaus angelangt, und irgendetwas war anders hier. Es war fast greifbar. Auch Meißner spürte es jetzt, obwohl er nicht dabei gewesen war, als sie Regal für Regal geleert und wieder befüllt hatten. Er hätte nicht sagen können, was der Auslöser dafür war. Andere Waren, andere Hersteller? Sahen die Paletten anders aus, war es die Folie, die anders gewickelt war, die einen minimal von dem der anderen Folien abweichenden Farbton oder vielleicht nur eine andere Millimeterstärke hatte. Hektik lag in der Luft, und die müden Beamten, die eigentlich schon ans Heimgehen gedacht hatten, an den Feierabend nach einem für sie ungewöhnlichen Arbeitstag in einem Kühlhaus als Verpacker und Lageristen, bekamen von irgendwoher neue Energie. Am Abend würde ihnen alles wehtun, als hätten sie die Paletten eigenhändig gehoben und herumgeschoben und per Hand mit Plastik umwickelt, aber das schien jetzt mit einem Schlag vergessen. Einer riss sich die Mütze vom Kopf. Die Haare platt gedrückt und schweißnass. Selbst die Gabelstaplerfahrer ließen sich von der Energie anstecken, die von dem letzten Hochregal ausging. Einer erzählte einen Witz. Auch Meißner streifte sich ein paar liegen gebliebene Handschuhe über.

Wie zuvor fingen sie oben im Regal an und arbeiteten sich von links nach rechts und von oben nach unten vor.

Im zweiten Regal von oben, in der mittleren Palette, entdeckten sie etwas, das ihnen in der gesamten Halle bisher noch nicht untergekommen war. Eine dunkelgraue Box aus Spezialkunststoff, der aussah wie dicht gepresstes Styropor. An den Seiten befanden sich oben und unten jeweils zwei Metallschließen. Deckel und Vorderwand konnten geöffnet werden. Die Seitenlänge der fast quadratischen Kiste betrug etwa sechzig, fünfundsechzig Zentimeter. Alle machten Platz für Brunner. Ihm sollte die Ehre zuteilwerden, den Deckel anzuheben. Es war immerhin seine Baustelle.

Vorsichtig öffnete Brunner die Box und starrte hinein. Er sagte nichts, stand einfach nur da und starrte und presste schließlich die Faust auf den Mund. Da kamen auch die anderen einen Schritt näher. Einer schnäuzte sich, einer schüttelte den Kopf.

Meißner pochte das Blut in den Ohren, am liebsten hätte er die Augen zugemacht oder weggeschaut. Eine grauslich schöne Leiche. Langes blondes Haar, die Augen wie im Schlaf geschlossen, zusammengesunken, den Kopf etwas zur Seite geneigt, den Körper in den fast quadratischen Sarg eingepasst. Die Mumien, die man im Norden Chiles gefunden hatte, fielen ihm ein. In der Atacama-Wüste hatte irgendein Volk seine Leichen im Sitzen begraben. Der heiße Wüstensand hatte sie mumifiziert, sodass sie bis heute mit Haut und Haar erhalten waren. Die Leiche in der Kühlbox war eindeutig jüngeren Datums. Und vollständig durchgefroren.

Wie hatte er sich nur so irren können? Nie im Leben hätte er gedacht, dass sie hier eine Leiche finden würden. Nicht einmal, dass es überhaupt eine Leiche geben würde. Nicht dass er glaubte, er sei unfehlbar, aber wann hatte er mit der eigenen Einschätzung zuletzt so danebengelegen? Was war denn los mit ihm? War sein Instinkt auf einmal weg? Im Urlaub? Vielleicht wegen seiner persönlichen Verbandelung, wegen der blöden Teeküche? Hatte er wegen einer solchen Lappalie seine Arbeit vernachlässigt und sich wie ein angeschossener Hirsch in den Wald zurückgezogen? Während der Kollege sich wie ein Maulwurf durch das Kühlhaus gefressen hatte, hatte er Brennholz gehackt und das Jagdverhalten des gemeinen Graureihers studiert. Er war ein Kauz. Ein Waldschrat, wie Marlu ihn genannt hatte, eine lächerliche Figur.

Meißner nahm einen Schluck von seinem eiskalten Bier, auch so eine saublöde Idee. Nach einem Tag im Kühlhaus hätte er sich besser einen Tee oder Kaffee bestellt – oder gleich einen Schnaps. Jetzt stand das von der Kälte beschlagene Glas vor ihm, und er bekam das Zeug einfach nicht runter. Entweder sparten sie im Stadtcafé in diesem Winter an den Heizkosten, oder er hatte den falschen Platz erwischt. Über den Boden waberte eine Kaltluftschicht, in der er bis zur Mitte seiner Waden steckte. Dass er das alles nicht geträumt hatte, bewies ihm ein Blick auf die Bilder auf seinem Smartphone. Eine tiefgefrorene Frauenleiche. Blond, das Alter passte zur Vermissten, ebenso die Statur. Er verglich die Bilder mit dem Foto von Charlotte Helmer, das Eberl ihnen gegeben hatte. Sie war es, wer sollte es auch sonst sein, verdammt noch mal? Eine Sitzbestattung. Als hätte sich jemand bemüht, dem Opfer etwas von seiner Würde zurückzugeben und den Schaden wiedergutzumachen. Der Bestatter musste nicht unbedingt der Mörder sein.

Meißner zog das Bild auf dem Handydisplay größer. Im Hintergrund tauchte das Regal auf. Was waren das für merkwürdige Päckchen unter der Folie? Auf den Kartons war eine viereckige Pizza abgebildet oder irgendein anderer quadratischer, mit Käse überbackener Fladen. Eine neue Sorte Bauernpizza? Meißner kannte die Marke nicht. Jedenfalls sah sie ekelhaft aus. Für heute hatte er wirklich genug. Er ließ sein halb volles Bierglas stehen und fuhr nach Hause.

An der südlichen Ringstraße tankte er und überlegte kurz, ob er noch etwas einkaufen sollte. Espresso war noch in der Maschine, eine angebrochene Flasche Grappa stand seit ewigen Zeiten im Kühlschrank. Außer von Kaffee und Schnaps träumte er jetzt nur noch von einer heißen Dusche. Wie ein geprügelter Hund schlurfte er zum Auto und fuhr los.

Als jemand wissen wollte, wohin die Leiche denn nun käme, man könne sie ja schlecht im Kühlhaus zwischen Pizza und Rahmspinat lassen, hatte Brunner schon wieder einen flotten Spruch parat gehabt, während Meißner wie ein Statist untätig abseits gestanden und sich wie das fünfte Rad am Wagen gefühlt hatte.

»Nach Bozen, nehme ich an«, hatte Brunner gesagt. »Dort sind sie seit dem Ötzi auf kalte Leichen spezialisiert.«

Jemand hatte gelacht.

Als Meißner in die Münchner Straße einbog, sah er im Rückspiegel einen Streifenwagen, der ebenfalls auf die B 13 fuhr und schnell näher kam. Es war einer der 5er-Touring-BMW-Serie mit dem neuen Design: mintgrüne Balken auf Türen und Motorhaube, reflektierende Konturmarkierungen und Schriftzüge. Auf dem Dach ein durchgehender Balken für das Blaulicht. Als Meißner genauer hinsah, bemerkte er, dass es eingeschaltet war. Er wusste nichts von einem Einsatz und dachte sich auch nichts dabei, bis der Wagen ihn überholte und im Heckfenster die rote Leuchtschriftaufforderung erschien, er möge ihm folgen. Das Einsatzfahrzeug blieb in einer Parkbucht am rechten Fahrbahnrand stehen, Meißners Audi knapp dahinter. Was war denn jetzt wieder los? Sollte das ein Scherz sein?

Die beiden Polizisten stiegen aus. Eine jüngere Kollegin, die er nicht kannte, trat an sein offenes Fenster, die Hand am Pistolenhalfter, und Meißner glaubte, sich verhört zu haben, als der Kollege, der hinter ihr stehen blieb, mit einem Klick seine Pistole entsicherte.

Was war denn mit denen los, zum Teufel?

»Ihren Ausweis, bitte!«, forderte die Polizistin ihn auf.

Meißner zog seinen Dienstausweis aus der Innentasche der Jacke, während die Frau jede seiner Bewegungen beobachtete.

»Darf man fragen, was ihr von mir wollt? Ich komm grad von einem Einsatz.«

Die Kollegin schaute sich den Ausweis an. »Soweit wir wissen, kommen Sie vom Tanken«, sagte sie.

»Und?«

»Sie haben dort etwas vergessen.«

Meißner sah sie an. »Ich hab nichts vergessen«, sagte er. »Und jetzt würde ich wirklich gern heimfahren. War ein ziemlich langer Tag heute.«

»Wie viel haben Sie denn getankt?«

»Keine Ahnung, vierzig Liter ungefähr?«

»Und haben Sie bar bezahlt oder mit Karte?« Die Kollegin musterte ihn immer noch.

Das Blaulicht irrlichterte über die Münchner Straße und flackerte kalt auf den Hauswänden an der rechten Straßenseite.

Meißner starrte die Kollegin an. Mist! Das durfte jetzt einfach nicht wahr sein!

»Sie haben die Tankstelle verlassen, ohne zu bezahlen. Damit haben Sie sich gemäß Paragraf 263 eins, Abschnitt 22 Strafgesetzbuch strafbar gemacht.«

Versuchter Betrug. Noch ein Fehler am Ende eines langen kalten Tages. Er fühlte sich auf der ganzen Linie gedemütigt.

»Der Tankstellenpächter hat sich Ihr Kennzeichen notiert.«

Jetzt trat der Kollege näher an Meißners Fenster. Er grüßte mit der Hand an der Mütze. »Servus.«

Meißner kannte ihn, erinnerte sich aber nicht an seinen Namen. »Dann fahr ich jetzt mal heim und geh ins Bett«, sagte er zu dem Polizisten. »Kennzeichen und Ausweis habt ihr ja.«

Die beiden Kollegen standen unschlüssig neben seinem Wagen, traten aber zurück, als er den Motor startete, und hinderten ihn nicht am Wegfahren. Zechprellerei. Was würde ihm in Zukunft noch einfallen, das ihm außer Gespött vonseiten der Kollegen nichts einbrachte? Davon jedoch reichlich. Er fühlte sich wie ausgespuckt.

Aber das Schicksal, oder wer auch immer dafür verantwortlich war, setzte noch einen drauf. Schuld war er eigentlich selbst, weil er beim Betreten des Hauses den Briefkasten öffnete, obwohl ihn gar nicht interessierte, ob etwas drin war, und wenn ja, was. Er nahm zwei Werbeblätter heraus, die dick mit Prospekten gefüllt waren. Dazwischen steckte ein Brief. Er wunderte sich. Außer Behörden schrieb ihm niemand Briefe.

Er war von Carola. Warum hätte er ihn nicht aufmachen sollen? Sein Instinkt für Unheil hatte schon den ganzen Tag versagt und tat es nun noch ein letztes Mal. Als er im Flur seiner Wohnung den Umschlag aufriss, kam eine Karte zum Vorschein. Es war eine Einladung zur Hochzeit. Am zweiten Februar. Mariä Lichtmess, dachte Meißner.

»Ist's an Lichtmess hell und rein, wird's ein langer Winter sein. Wenn es aber stürmt und schneit, ist der Frühling nicht mehr weit.« Die einzige Bauernregel, die er seit der Volksschule kannte. Auch wenn er nicht mehr sicher war, ob sie so oder nicht doch ganz anders lautete, als er sich das jetzt zusammenreimte.

Die Einladung zierte ein eingedrucktes Farbfoto, das drei Personen zeigte: Carola und ihren Supersportler im Zielbereich irgendeines Laufwettbewerbs, verschwitzt, aber glücklich. Carola hielt den kleinen Konstantin auf dem Arm, der erschrocken in das Objektiv der Kamera blickte, auf das seine Mutter mit dem Finger zeigte. Die heilige Lauffamilie. Genau das, was Meißner in dieser Nacht noch gebraucht hatte. Das Foto gab ihm den Rest. Er verzichtete auf den Umweg über den Glasschrank und nahm einen großen Schluck Grappa direkt aus der eiskalten Flasche. Der Schnaps brannte ihm fast ein Loch in den Bauch. Wenn irgendwie möglich sollte er die Erinnerung an diesen schmählichen Tag auslöschen, wenigstens für die nächste halbe Stunde, bis er eingeschlafen war.

DREIZEHN

»So eine Saukälte!« Paul Rossberg war der erste Kollege der Spurensicherung, der am nächsten Morgen im Kühlhaus der Donau-Kühlung eintraf und sich mit wattierter Hose und Anorak ausstattete.

»Meinst nicht, dass du dir in den Schuhen die Zehen abfrierst?«, fragte Brunner, der noch nicht wusste, dass die schwarzen Sneaker Rossbergs Markenzeichen waren – im Sommer wie im Winter.

»Ich hab Wollsocken an«, murmelte Rossberg. »Das passt dann schon. Wir werden ja nicht stundenlang drin sein, oder?«

Brunner zuckte die Achseln.

Aber schon als Rossberg die Halle betrat, wünschte er sich, er hätte doch lieber die Stiefel angezogen.

»Wo ist die Leiche?«

»In der Kiste«, informierte ihn Brunner. »Wir haben sie nach der Leichenschau wieder zugemacht.«

Auf der Todesbescheinigung, die ein Ingolstädter Arzt ausgestellt hatte, sah Rossberg, dass unter Todesart »ungeklärt« und unter Todesursache »unbekannt« eingetragen war. Nur dass die eingefrorene Frau tot war, hatte der Mediziner zweifelsfrei feststellen können. Die Rubrik »Personenangaben« war leer.

»Und, was meinst du?«, fragte Brunner ihn.

»Was soll ich schon meinen?« Rossberg sah den neuen Kollegen überrascht an. »Wir machen hier unsere Arbeit. Die Kollegen werden auch gleich da sein, aber ob wir hier so was wie Fingerabdrücke finden werden, ist eher fraglich. Es sei denn, ihr habt ein Paar passende Handschuhe gleich mit in der Kiste gefunden. Ohne Handschuhe und Mütze kann man es hier drinnen ja gar nicht aushalten.«

Brunner stand noch immer dreißig Zentimeter hinter ihm, als Rossberg den Deckel der Kiste anhob.

»Dass ein Mensch in so eine kleine Kiste passt«, sagte Rossberg, um irgendetwas zu sagen und ansonsten in Ruhe diesen zusammengekauerten Menschen, starr und kalt wie ein Eisblock, zu betrachten. An der rechten Gesichtshälfte, die man von oben sehen konnte, sowie an den Extremitäten war von Fremdeinwirkung nichts zu erkennen.

»Und?«, fragte Brunner.

»Was und?« Dieser Typ konnte einem wirklich auf die Nerven gehen. »Ich seh auch nicht mehr als ihr. Ich mach einfach meinen Job, und wenn ich was finde, sag ich dir Bescheid. Noch was?«

Endlich zog Brunner ab und überließ Rossberg und seinen Kollegen, die kurz darauf eintrafen, das Feld.

***

Meißner hatte gleich am frühen Morgen Dr. Kern, den Rechtsmediziner aus München, verständigt. Er entschied anhand der Bilder aus Ingolstadt, dass die Leiche zu ihm nach München in die Nussbaumstraße gebracht werden sollte.

»Lasst sie ruhig in ihrer Thermokiste drin. Die ist doch eh ideal für den Transport.«

Ob er nicht lieber herkommen wolle, fragte ihn Meißner.

»Na, Meißner, ich bin doch kein Polarforscher und hab auch keine Eissägen an Bord wie die schwimmenden Fischfabriken. Weißt scho, die, die ihr Fischfilet sofort nach dem Fang schockgefrieren und die Blöcke dann feinsäuberlich in Fischstäbchen zersägen.« Er lachte.

Meißner hatte kein Bedürfnis, das Gleichnis zu kommentieren. Er kannte Dr. Kern seit vielen Jahren. Raue Schale, weicher Kern, auch wenn er manchmal Eissägen und Fischfabriken bemühte.

»Knochensägen hätt ich zwar schon, aber die sind für Eis ganz ungeeignet. Eurer Permafrost-Leiche passiert eh nix. Die Mammuts in Sibirien haben so Jahrtausende überdauert. Weißt, was ich mein?«

Meißner wusste es.

»Da müssen wir uns nicht einmal beeilen, weil sie erst auftauen muss. Wenn's euch recht ist, würd ich die angelieferte Leiche bei uns unter ein paar Wärmelampen auftauen und dann auf herkömmliche Weise obduzieren.«

»Wie lange wird das Auftauen dauern?«, wollte Meißner wissen. »Wir haben die Leiche ja noch nicht offiziell identifiziert. Ich würd auch gern ihren Mann mitnehmen nach München, wenn sie …«

»Sie muss so weit aufgetaut sein, dass wir sie aus der Kiste rausbringen. Vom Kollegen hab ich schon gehört, dass der Ehemann in U-Haft sitzt und den Mord an seiner Frau gestanden hat. Wenn ihr zur Leiche auch schon den geständigen Täter habt, dann brennt ja schon gleich gar nix an. Außerdem haben die Kollegen erzählt, dass der Neue nicht nur den Mann ins Gefängnis gebracht, sondern auch die Leiche im Kühlhaus gefunden hat. Was hast du denn in der Zeit gemacht? Warst auf Urlaub?«

Meißner und Kern kannten sich seit ungefähr zwanzig Jahren. Von daher ging Meißner davon aus, dass das Nachbohren des Mediziners etwas anderes war als das übliche Derblecken.

»Aber egal, ist doch toll, wenn der Täter geständig und das Opfer gefunden ist. Gut, die Reihenfolge ist vielleicht andersrum als bei normalen Fällen, aber …«

Meißner ließ ihn einfach reden.

»Traust du der Sache vielleicht nicht?«, fragte Kern. »Ist dir das alles zu einfach, oder bist du ang'fressen, weil du den Fall nicht selbst hast lösen können, sondern ein anderer schneller war? Geh weida! Lass halt einen anderen auch mal was gelten. Der kann auch mal was zustande bringen, selbst wenn er unsympathisch ist. Davon geht die Welt nicht unter. Du musst nicht immer der gefeierte Held sein, und deine Pension kassierst du ja trotzdem. Wir sind eben doch Beamte und keine Jahrhundertgenies. Auch wenn wir's gern anders hätten, gell?«

»Jetzt hör schon auf.« Endlich machte Meißner den Mund auf. »Woher weißt du das eigentlich alles? Hast du geheime Verbindungen nach Ingolstadt?«

»Da schaust, gell? Ich werd meine Informanten nicht verraten, aber so viel haben die mir eh nicht gesagt. Das meiste hab ich mir selbst zusammengereimt. Also, Meißner, wo liegt dein Problem?«

»Mein Problem ist, dass ich trotz Leiche und Geständnis einfach nicht glauben kann, dass es so ist, wie es ausschaut. Menschen lügen nicht nur, wenn sie ihre Schuld vertuschen wollen. Es gibt auch Fälle, wo einer lügt, grad weil er unschuldig ist.«

»In der Psychologie kenn ich mich nicht so gut aus, Meißner. Aber meinst du jetzt so was wie die G'schicht mit dem Münchner Schauspieler, diesem …?«

»Dem Farbigen?«, half Meißner Kern bei der korrekten Wortwahl. »Du meinst Günther Kaufmann?«

»Genau den. Der ist doch für Jahre ins Gefängnis gewandert wegen einem Mord, den er zwar gestanden, aber nie begangen hat.«

»Allem Anschein nach aus Liebe, um seine kranke Frau zu schützen. Vielleicht war Kaufmann der allerletzte Isar-Romantiker.«

»Na, da gibt's doch noch den Willy Michl, der lebt sogar noch. Aber in deinem Fall ist die Frau ja tot. Da gibt's niemanden mehr zu schützen.«

»Ich weiß es ja auch nicht. Kann eh sein, dass ich mich täusche.«

»Dubium sapientiae initium«, sagte Kern.

»Der Zweifel ist der Weisheit Anfang«, übersetzte Meißner. Der Spruch ging ihm runter wie Öl. »Aber noch was ganz anderes. Kennst du vielleicht die Marke Krusta?«

»Krusta? Was soll das sein? Was zum Essen?«

»Eine viereckige Pizza.«

»So ein Schmarrn. Viereckig? Pizza mag ich eh nicht, weder rund noch eckig. Liegt am zerlaufenen Käse. Damit kannst du mich jagen.«

Als Meißner zum Firmengelände kam, stand der schwarze Wagen des laut eigenem Werbeslogan ältesten Bestattungsunternehmens Ingolstadts auf dem Hof. Es war zwar kein Cadillac und auch kein Jaguar E-Type, Baujahr 1961, trotzdem musste Meißner bei seinem Anblick an den Kult-Film aus den Siebzigern denken, in dem ein junger Mann auf immer wieder neue, spektakuläre Weise seinen Selbstmord inszeniert und mit einem Cadillac-Leichenwagen oder einem umgebauten Jaguar durch die Gegend gondelt. Die Filmmusik war von Cat Stevens, der heute einen weißen Vollbart trug, als sechsfacher Vater in Dubai lebte und sich Yusuf nannte.

Brunner hatte vorgeschlagen, die Leiche in einem Kühllaster zu transportieren, aber Ingolstadt war ja nicht der Wilde Westen. Ein Leichentransport musste von einem Bestattungsunternehmen vorgenommen werden, zumindest in Deutschland. Ob sie die Thermokiste beim Transport in eine Zinkwanne stellen oder sonst irgendeinen Schutz gegen Tauflüssigkeiten im Wagen installieren würden, wusste Meißner nicht, wollte es aber auch gar nicht wissen. Der Geschäftsführer war eine ausgebildete Bestattungsfachkraft. Wem, wenn nicht ihm, konnte man eine TK-Leiche anvertrauen.

In der Kühlhalle traf Meißner mit den Bestattern zusammen. Ein älterer Herr, seriös, grau meliert und anscheinend stumm, und ein dynamisch wirkender stämmiger junger Mann. Das blonde Haar trug er sehr kurz rasiert, nur oben auf dem Kopf lag eine kunstvoll mit Gel eingerollte Haartolle. Anscheinend der Geschäftsführer. Er befand sich im Gespräch mit Paul Rossberg von der KTU. Als Meißner näher kam, hörte er, dass sie sich über Bäume, Leichen, Ruhe-Biotope und abbaubare Bio-Urnen unterhielten.

»Was habt ihr euch denn für ein schönes Thema ausgesucht?«, fragte er.

»Na, wenn schon mal ein Fachmann da ist«, rechtfertigte sich Rossberg.

»Worum geht's denn genau?«, fragte Meißner. »Um nachhaltiges Sterben? Den ökologisch einwandfreien Tod?«

Der Bestatter ließ sich auf kein Geplänkel ein. »Ihr Kollege hat sich bei mir nach Baumbestattungen erkundigt«, sagte er.

»Dabei werden nicht Bäume bestattet«, erklärte Rossberg, »sondern Menschen unter Bäumen. Also die Asche von Menschen.«

»Einfach so draußen im Wald?«, fragte Meißner. »Bei uns in Deutschland?«

»Bei uns herrscht zwar immer noch Friedhofspflicht«, der Bestatter rieb sich die kalten Hände, »aber es gibt spezielle Wälder, in denen das jetzt auch in Deutschland möglich ist. Das sind die sogenannten Ruhe-Forste.«

»Und dafür interessierst du dich?« Meißner sah Rossberg an.

»Wundert dich das vielleicht?« Paul Rossberg zeigte auf die graue Thermokiste.

»Die meisten Menschen machen sich zu Lebzeiten zu wenig Gedanken über den Tod. Vor allem, wenn sie jung sind«, sagte der Bestatter.

»Klar, sie sind ja auch mit dem Leben beschäftigt. Definitiv die größere Herausforderung, oder etwa nicht?«, fragte Meißner.

Den Abtransport der Leiche in der Kiste nutzten sie zu einer Pause und kurzen Einsatzbesprechung. Jemand hatte Tee und Kaffee gebracht, alle klammerten sich im Sitzen oder Stehen an ihre Styroporbecher, die als Handwärmer dienten, und kamen sich vor wie Arved Fuchs und Reinhold Messner bei der Antarktis-Durchquerung. Meißner baute sechs Pakete Tiefkühlkost wie eine Wagenburg vor sich auf: dreimal viereckige Pizza der Marke »Krusta«, einmal Feinfrost-Gemüse, einmal Moskauer Eis und einmal Buletten für Hamburger der fantastisch klingenden Marke »Grilletta«.

Rossberg kam näher, bestaunte ungläubig die viereckige Pizza und las die Geschmackssorten vor: »Geflügel-Krusta mit Hühnerfleisch und Gemüse. Spreewald-Krusta mit Sauerkraut, Hackfleisch und, Moment mal, saurer Sahne. Und zu guter Letzt: Teufels-Krusta mit scharf gewürztem Fleisch und Käse überbacken.«

»Ist das aus dem Osten?«, fragte Brunner. »Hast du das von da drinnen?« Er zeigte in Richtung Kühlhalle.

»Aus dem letzten Regal«, sagte Meißner.

Als Meißner das metallische Klicken hörte, dachte er, Brunner mache Witze. Dann aber drehte er sich um und sah, dass sein neuer Kollege es ernst meinte. Er hatte Eberl tatsächlich Handschellen angelegt, bevor dieser noch den ersten Schritt hinaus auf das Kopfsteinpflaster der Neuburger Altstadt machen konnte. Ein Königreich für einen Sheriffstern, dachte Meißner.

Auch im Wagen nahm er sie ihm nicht ab, aber Eberl protestierte nicht einmal. Er schien sich weggebeamt zu haben, sah zum Fenster hinaus, als habe er die steil abfallende Gasse noch nie zuvor in seinem Leben gesehen. Brunner saß am Steuer, aus dem Radio trällerte irgendeine der viel zu früh verstorbenen Sängerinnen, die mit ihrem Ruhm, den Männern oder sich selbst nicht zurechtgekommen waren. Die Wischblätter kratzten über die anfangs noch halb trockene Scheibe, und Meißner war froh, dass er nicht selbst am Steuer saß. Seine Brille hatte er zwar mittlerweile immer dabei, da es ohne gar nicht mehr ging, trotzdem verschwammen die nasse Fahrbahn, Mittelstrich, Seitenmarkierung und Leitplanken vor ihm zu einer Landepiste mit unübersichtlich vielen sich überschneidenden Beleuchtungsquellen. Alles blinkte und spiegelte, während Brunner wie ein rasender Roland über die Landstraße preschte. Als es in Ingolstadt endlich auf die A 9 ging, schaffte es Meißner nur mit einem gelegentlichen hektischen Wedeln der Hand, Brunner von zweihundert auf hundertsechzig runterzubremsen. Offenbar hatte der Kollege Spaß am sportlichen Fahren, nur Meißner spürte den dringenden Wunsch, sein Pensionsalter *in persona* zu erreichen.

Kurz vor dem Rasthof Holledau sagte Eberl, dass ihm schlecht sei. Brunner hatte gerade gegen Meißners Willen die zweihundertzwanzig angetestet und schaffte es nicht mehr, in die Ausfahrt abzubiegen. Meißner kramte eine Warnweste aus dem Handschuhfach und reichte sie nach hinten. Spucktüten gab es im BMW keine. Am Rasthof Schweitenkirchen fuhr Brunner endlich raus, aber Eberl gelang es nicht mehr auszusteigen. Er erbrach sich noch während des Einparkens in die Warnweste. Brunner fluchte, Meißner öffnete das Fenster. Konnte nicht viel gewesen sein, was Eberl am Morgen gegessen hatte. Zum Glück. Sie entsorgten die Warnweste am Parkplatz, und Brunner begleitete Eberl zu den Toiletten, während Meißner Kaffee für alle besorgte.

Als sie sich in der Raststätte an einen Tisch gesetzt hatten, sprachen sie kaum ein Wort miteinander. Jeder blieb für sich, jeder seine eigene Insel. Eberl war blass und trank gierig seinen schwarzen Kaffee, Meißner studierte von seinem Platz aus die Titelseiten der Illustrierten. Fleischige Kingsizebrüste, schnelle Autos, ein ausgewähltes Sortiment für den Fernfahrer.

Die Frau an der Theke, die abwechselnd kassieren, Brezen aufbacken und Kaffee ausschenken musste, sah immer wieder zu ihnen herüber. Sie bekam bestimmt nicht jeden Tag einen Mann in Handschellen zu Gesicht. Meißner fiel auf, dass sie schlechte Zähne hatte. Seit er kürzlich erfahren hatte, dass es Menschen gab, die eine Zahnarztphobie hatten, nahm er nicht mehr automatisch an, dass der betreffende Mensch sich eben keine entsprechende Zahnbehandlung leisten konnte. Diese Frau sah allerdings aus, als hätte sie neben einer Zahnarzt- auch noch eine Friseurphobie.

Was würde jetzt in der Nussbaumstraße passieren? Wie würde Eberl den Anblick seiner toten Frau auf einer kalten Metallbahre verkraften? Würde er sein Geständnis wiederholen? Eigentlich war das von einem Mann zu erwarten, der schon auf dem Weg in die Rechtsmedizin kotzte.

Dr. Kern, der Rechtsmediziner, legte sein Diktiergerät aus der Hand, als er sie kommen sah.

»Ah, der neue Herr Kollege. Ein Raubbayer, wie man mir erzählt hat. Willkommen in der Landeshauptstadt!«

Brunner ignorierte Kerns Smalltalk-Angebot. Vielleicht konnte er mit dem Begriff Raubbayer gar nichts anfangen, oder dieser alte Käse von der Rivalität zwischen Franken und Bayern nervte ihn einfach. Vielleicht ging ihm die Geschichte der Franken, die in napoleonischen Zeiten von Bayern gekapert worden waren, aber auch sonst wo vorbei.

»Ich bin zwar kein Pfarrer, und wir sind auch nicht in einer Kirche«, sagte Kern, »aber dieser Ort hier ist schon etwas Besonderes. Die Verstorbenen machen auf dem Weg zu ihren letzten Ruhestätten hier sozusagen Zwischenstation. Was ich sagen will: Könnte man dem Herrn hier bitte die Handschellen abnehmen? Ich glaube, das ist wirklich nicht nötig.«

»Die Dinger bleiben dran«, bellte Brunner.

Meißner signalisierte dem Kollegen zu tun, worum Kern ihn gebeten hatte. Widerwillig zog Brunner den Schlüssel aus der Tasche und befreite Eberls Hände. Der wusste zunächst gar nicht, wohin damit. Seit sie das Gebäude in der Nussbaumstraße betreten hatten, war er eine weitere Nuance blasser geworden.

»Geht's?«, fragte Meißner ihn.

Eberl nickte und räusperte sich.

»Na also, dann pack ma's an.« Kern ging in den Sektionsraum voran, in dem die Tote unter einem weißen Leichentuch auf einer Bahre lag. Die Wärmelampen, die von der Decke hingen, waren ausgeschaltet. Kern schlug das Tuch zurück, und sie blickten in ein schmales Frauengesicht, nicht mehr ganz so jung, wie Meißner es vom Foto her erinnerte. Charlotte war erst siebenundzwanzig gewesen, aber das Einfrieren und Wiederauftauen wirkte wahrscheinlich nicht unbedingt wie eine Frischzellenkur.

Eberl starrte seine Frau an. Meißner konnte keine eindeutige Gefühlsregung erkennen, höchstens Staunen. Obwohl ihn alle anstarrten und auf seine Reaktion warteten, äußerte er sich nicht.

»Und?« Brunner war der Erste, der das Schweigen nicht mehr aushielt. »Ist das Ihre Frau?«

Eberl schüttelte wie in Zeitlupe den Kopf. »Das ist nicht Charlotte«, sagte er und sah sich nach einem Stuhl um. »Das ist sie nicht.«

Kern schob ihm einen Hocker unter die Kniekehlen und blieb hinter ihm stehen.

Brunner schnaubte wie ein Ochse. »Und wer soll es bitte sonst sein?«

»Das weiß ich nicht.« Eberl war in sich zusammengesunken. Die ganze Anspannung war aus seinem Körper gewichen. Er wirkte ausgemergelt und so faltig, als sei ihm seine Haut in den letzten Stunden zu groß geworden. Im Hintergrund klingelte irgendwo ein Telefon. Es klingelte, verstummte, begann erneut zu klingeln.

Brunner lachte höhnisch auf. »Sie glauben doch wohl nicht allen Ernstes, dass Sie mit der Nummer durchkommen?«, rief er. »Wer soll das sonst sein, wenn nicht Ihre Frau?«

»Ich weiß es nicht«, sagte er noch einmal. »Die Frau ist älter als Charlotte.«

»Wir lassen uns von Ihnen doch nicht verarschen!« Brunner war stocksauer.

»Na, na, Herr Kollege, ich muss doch sehr bitten. Sie wecken mir ja noch meine Toten auf mit Ihrem Geschrei«, ermahnte Kern ihn.

Brunner war fuchsteufelswild. Das wiederum schien Kern

zu amüsieren. Vielleicht freute er sich auch schon auf die Informationen, die er noch beizutragen hatte. Meißner konnte ihm ansehen, dass er mindestens noch einen Trumpf im Ärmel hatte.

»Und was sagt jetzt der Rechtsmediziner dazu?«, fragte Meißner ihn.

»Ganz einfach«, antwortete Kern. »Ich unterstütze die Aussage von Herrn Eberl – das hab ich eigentlich schon nach der ersten Augenscheinuntersuchung der Leiche getan. Ich frag mich nur, wie es möglich ist, dass so erfahrene Kriminaler, wie ihr welche seid, das nicht gleich bemerkt haben. Diese Frau kann gar nicht die von euch gesuchte Vermisste sein.« Alle spitzten die Ohren.

»Ich gehe bei ihr von einem ziemlich langen postmortalen Intervall aus. Auf jeden Fall deutlich länger als acht Tage, die eure Vermisste abgängig ist.«

»Postmortales Intervall?«, fragte Brunner schwerfällig.

»Die Zeit zwischen Tod und Auffinden der Leiche«, klärte Kern ihn auf.

»Und warum kann man das nicht auf Deutsch sagen?«

»Kann man schon, aber dann dauert's länger.«

»Gut. Alles Weitere besprechen wir dann unter uns«, beendete Meißner den kleinen Dialog.

Eberl hatte verstanden, dass Meißner ihn damit hinausschickte, und setzte sich wie über eine Fernsteuerung dirigiert in Bewegung. Jemand musste ihn begleiten, und dieser Jemand würde wohl Brunner sein, da Meißner keine Anstalten machte, sich von der Stelle zu bewegen. Brunner lief rot an, aber es blieb ihm nichts anderes übrig, als mit hinauszugehen.

»Diese Frau war zum Zeitpunkt ihres Todes gut zehn Jahre älter als die Vermisste«, sagte Kern, als er mit Meißner allein war. »Falten wie diese«, er deutete mit einem Kugelschreiber auf Mund- und Augenwinkel der Toten, »hat man nicht als junges Gemüse mit Mitte zwanzig und bekommt sie auch nicht vom Einfrieren und Auftauen. Und wenn ihr den Altersunterschied schon nicht bemerkt habt, weil die Frau in der Kiste wie ein Schmetterling zusammengefaltet war, dann hätte euch doch ihre Kleidung stutzig machen müssen. Ich will ja nicht behaupten, dass ich ein

Modepapst bin, aber beige Bundfaltenhose, eine übergroße Jacke mit Pelzfutter und dann diese braune Knitterbluse, das alles sieht mir doch eher nach einer anderen Zeit aus.«

»Das alles haben wir in der Box nicht sehen können. Aber jetzt, wo du's sagst.« Meißner dachte an die Pizzapackungen im letzten Regal. Auch die sahen nicht mehr ganz taufrisch aus.

»Kannst du sagen, woran sie gestorben ist?«

Kern zog sich Handschuhe an, trat an das Kopfende der Bahre und drehte den Kopf der Leiche auf die Seite. Am Hinterkopf klaffte eine handtellergroße offene Wunde, in der Haare klebten. Sogar mit bloßem Auge waren gelbe und orangefarbene Lack- und Rostplättchen zu erkennen. Die Wunde sah ganz frisch aus.

»Das Konservieren durch Einfrieren ist schon eine tolle Sache, gell? Wobei das auch nichts Neues ist. Denk nur an den Permafrost in Sibirien. Dort apern immer wieder Mammuts und Wollnashörner aus. Vor Kurzem haben sie eine trächtige Mammutkuh gefunden. Bestimmt macht bald jemand einen Film draus, wie es irgendeinem wahnsinnigen Wissenschaftler gelingt, das Ungeborene wieder zum Leben zu erwecken. Oder denk nur an den Ötzi. Fünftausend Jahre nach seinem Tod haben Mediziner herausgefunden, dass er an der Pfeilspitze in seiner Schulter gestorben ist. Und durch eine Pollenanalyse seines Mageninhalts wissen wir, dass sein Tod ihn im Frühling ereilt hat. Sein gesamtes Erbgut ist entschlüsselt. Das ist doch fantastisch, oder etwa nicht?«

»Da wärst du auch gern bei den Untersuchungen in Innsbruck dabei gewesen, stimmt's?«

»Mei, man kann nicht alles haben im Leben. Ich war ja schon froh, dass irgendwer verhindert hat, dass die Gendarmen den Ötzi in einem Massengrab verscharrt haben, wie's bei einem unbekannten Toten üblich ist, wenn die mögliche Straftat bereits verjährt ist. Polizisten!«

Meißner betrachtete immer noch die Wunde am Hinterkopf.

»Dein Kollege ist schon ein kleiner Rambo, gell?«, sagte Kern. »Dass das nicht die Leiche ist, die zu seinem Geständnis passt, hat ihn ganz schön aus der Bahn geworfen.«

»Und was ist mit der Wunde? Sturz oder Schlag? Und womit?«

»Irgendein Metallteil, vorn spitz, aber nicht scharf zulaufend.

Die genaue Form muss ich erst noch feststellen, auch die Farbpartikel in der Wunde müssen wir erst noch untersuchen. Dann wissen wir mehr. Blöde Stelle, da hinten am *dens axis*.«

»Dieselbe, wo dem Matthias Steiner in London bei der Olympiade die Hundertsechsundneunzig-Kilo-Hantel draufgekracht ist?«

»Genau. Der hat ein richtiges Massel g'habt, der Mann. Unsere Leiche leider nicht.«

»Genickbruch?«

»Schaut so aus.«

»Kann man den überleben?«

»Wenn sich der Knochen ins Knochenmark bohrt und die Nervenverbindung zum Gehirn trennt, dann nicht. Dann geht's ganz schnell. Hast du denn keine Idee, wer die Tote sein könnte, wenn sie nicht die Vermisste ist?«

»Doch, eine Idee hab ich schon, aber die ist so verrückt, dass ich erst noch ein paar Fakten brauche, bevor ich damit hausieren gehen kann.«

»Du, Meißner?«

»Was denn?«

»Kannst du mir vielleicht einen Gefallen tun?« Kern streifte die Handschuhe ab.

»Keine Ahnung. Worum geht's denn?«, fragte Meißner.

»Ich hab doch so ein Buch geschrieben. Nicht ganz allein, das geb ich zu. Weil die Leute sich doch jetzt so für Kriminalfälle und die Arbeit von uns Rechtsmedizinern interessieren. Wie wir dazu beitragen, dass ihr eure Fälle löst und so weiter.«

»Und? Was kann ich jetzt für dich tun, außer dein Buch zu kaufen und zu lesen?«

»Da kommen jetzt gleich Leute, also Journalisten vom Fernsehen, die wollen ein kurzes Interview mit mir machen, ein bisschen Werbung für mein Buch.«

»Und?«

»Sie haben mich gefragt, ob ich nicht einen Kriminaler an der Hand hätte, dann wär das noch spannender für die Leute, die zusehen. Zuerst hab ich an den Wilfling gedacht, den Münchner.«

»Genau, der schreibt doch auch.«

»Ja, aber der kann heute nicht. Der hat runden Hochzeitstag, da kann er nicht weg, verstehst?«

»Und jetzt soll ich das spontan übernehmen? Ich bin doch gar kein Münchner Kommissar.«

»Das macht gar nix. An Schanzer nehmen wir auch. Den Seehofer haben wir ja als Ministerpräsident auch nicht abgelehnt, bloß weil er koa Münchner ist, oder? Außerdem ist Ingolstadt Oberbayern und nicht Franken, und mia Oberbayern halten zam, stimmt's?«

»Ja, aber –« Meißner sah nach draußen, wo Brunner mit Eberl wartete.

»Mit dem ICE bist du in vierzig Minuten daheim. Die Fahrt geht natürlich auf meine Kosten. Jetzt lass mich halt nicht so lang betteln. Hast eh kein Weiberl, das daheim auf dich wartet, oder bin ich da falsch unterrichtet?«

Meißner zögerte. Kern und er kannten sich so viele Jahre und mochten sich. Eigentlich waren sie als Freunde zu bezeichnen, aber er konnte Brunner doch nicht wegen einer quasi privaten Veranstaltung allein mit dem geständigen Mörder heimfahren lassen.

»Außerdem hab ich noch was zu deinem Fall rausgefunden. Eine Kleinigkeit nur, aber vielleicht hilft dir die ja weiter. Und vielleicht haben wir ja dann doch noch Zeit für ein Glaserl, hinterher, mein ich natürlich. Jetzt komm, lass mich nicht im Stich!«

Brunner staunte nicht schlecht, als er erfuhr, dass gleich zwei Kollegen der Münchner Polizei auftauchen und den Beschuldigten zurück in die JVA nach Neuburg bringen würden und Meißner noch etwas in München zu erledigen hatte, das nicht unmittelbar, sondern höchstens mittelbar mit dem zu lösenden Fall zu tun hatte, und er somit auf eigene Faust nach Ingolstadt zurückfahren musste. Nichts davon schmeckte ihm. Er war von seiner Niederlage immer noch schwer getroffen. Eigentlich hatte er gedacht, er würde die Sektionsräume der Uniklinik in der Nussbaumstraße breitbeinig wie ein siegreicher Gladiator verlassen. Doch statt eines Lorbeerkränzchens auf den Kopf hatte er nur eine auf die Gosche bekommen. Seine Verwirrung darüber war ihm anzusehen. Und zu guter Letzt war er nun auch noch von der folgenden Veranstaltung ausgeschlossen worden und sollte allein nach Ingolstadt heimfahren. Meißner hatte für einen Augenblick fast Mitleid mit ihm, aber das legte sich schnell wieder.

Kern deckte die Leiche wieder zu und schob sie auf der Bahre zurück in ihr Fach. Rasch wusch er sich die Hände, sprühte sich mit einem Eau de Toilette ein, das Meißner übertrieben frisch und fruchtig fand, fuhr sich über das schüttere graue Haar, nahm eine Mappe aus der Schreibtischschublade, hakte sich bei Stefan Meißner unter und schob ihn aus seinen Diensträumen. Meißner spürte sein Handy in der Tasche vibrieren. Marlu.

»Weiter«, trieb Kern ihn zur Eile an, als könne ein Mensch unmöglich gleichzeitig gehen und telefonieren. Während Meißner mit Marlu sprach, schubste Kern ihn durch diverse Gänge und Glastüren. Die Strecke war ziemlich lang. Schließlich blieb Kern gestikulierend vor einer Hörsaaltür stehen. »Audimax.«

»Du, ich muss jetzt aufhören. Ich ruf dich später zurück«, wollte Meißner Marlus Redeschwall ein Ende machen.

»Wo treibst du dich denn noch rum? Ist Axel auch bei dir?«, fragte sie.

»Nein, nur Kern ist hier, und der hat noch nie einen Vornamen gehabt, oder er hat einen, an den ich mich nicht mehr erinnern kann. Aber eins weiß ich ganz gewiss, nämlich dass er nicht Axel heißt. Und jetzt bitte, Marlu, das Fernsehen wartet.«

»Rothaarig oder brünett? Das Fernsehen, mein ich. Wie willst du denn überhaupt heute noch heimkommen?«

»Ich fahr mit dem Zug und ruf dich dann später an.«

Kern riss die Tür auf. Wie in einem Amphitheater stiegen die Ränge steil an. Aus ihrer aktuellen Perspektive, sie standen ganz oben, fielen sie steil ab. Ganz unten war die vergleichsweise kleine Arena der Pathologen, in der sie unter den wachsamen Augen der Studenten dozierten und dabei, wann immer nötig, an einer Leiche herumschnippelten. Frankenstein und Dr. Mabuse. Die Anatomiestunde des Dr. Tulp, gemalt von Rembrandt. Die Bilder standen Meißner wie auf Knopfdruck vor Augen, obwohl da unten weder ein Dr. Tulp mit weißer Halskrause noch sonst eine grausige Gestalt stand, sondern nur eine attraktive dunkelhaarige Redakteurin in Jeans und dunkler Jacke und neben ihr ein Kameramann des Bayerischen Fernsehens, dem das karierte Holzfällerhemd leger aus der Hose hing.

Es wurde Kerns Veranstaltung. Er erzählte witzig, anschaulich und ein bisschen weit ausholend, wie es seine Art war. Bei den lateinischen Fachausdrücken fragte die Redakteurin, bekennende Neusprachlerin wie Marlu, im Sinne der Zuschauer immer nach, und Kern erklärte ihr alles äußerst charmant. Am Ende sagte die Dame vom Bayerischen Fernsehen, dass er ein so netter und lustiger Mann sei, man könne sich ihn gar nicht bei seiner Arbeit vorstellen. Da habe er ja eigentlich so gar keine Ansprache, weil seine Patienten in der Regel doch stumm und kalt waren. Kern war der nette ältere Herr, der mit Hilfe des berüchtigten Y-Schnitts Leichen öffnete, ihnen die Organe zum Wiegen entnahm und abends daheim im Kreis der Familie Schwammerlsoße oder Hirschgulasch aß. Die Vorstellung war ein bisschen bizarr.

Meißner gab Auskunft, wenn er gefragt wurde, überließ die Bühne im Übrigen aber dem Rechtsmediziner. Er war medientechnisch in Ingolstadt daheim, bei Radio IN, intv und dem Donaukurier. Kern packte seine großen Fälle aus und plädierte dafür, dass alle Promis obduziert werden sollten, wenn ihr Tod auch nur das kleinste Rätsel aufgab, schon allein, um späteren Verschwörungstheorien das Wasser abzugraben. Und natürlich gab er auch das zum Besten, was er immer sagte, wenn eine Kamera oder ein Mikrofon auf ihn gerichtet war: dass der perfekte Mord immer wahrscheinlicher wurde, und zwar allein aus Spargründen. Denn nur wegen der anfallenden Kosten wurden jedes Jahr weniger Obduktionen von den Staatsanwälten angeordnet.

Als der Kameramann schon zusammenpackte, Kern aber noch immer erzählte und gestikulierte, zog Meißner sich in die oberen Ränge des Hörsaals zurück und rief Marlu zurück.

Sie erzählte ihm, dass die KTU die Briefe aus Eberls Keller untersucht und festgestellt hätte, dass weder Papier noch Tinte frisch, also jünger als zehn Jahre alt, waren. Entweder war Charlotte frühreif gewesen und hatte als Fünfzehnjährige eine Liebesbeziehung zu einem wesentlich älteren Mann gehabt, wenn es sich bei ihm um die Person handelte, die auf dem Polaroidfoto abgebildet war, oder die Briefe waren gar nicht an sie gerichtet. Warum aber sollte sie fremde Liebesbriefe in ihrem Keller aufbewahren?

Marlu hatte die Vermögensverhältnisse von Charlotte Helmer überprüft. »Der Senior hat seine Anteile tatsächlich seinem Sohn übertragen. Es gibt allerdings noch eine weitere Anteilseignerin in der Firma, und sie heißt nicht Charlotte Helmer.«

Das wusste Meißner bereits, aber Marlu wusste nicht, dass er es wusste.

»Die Tochter ist da komplett außen vor«, fuhr sie fort. »Als Entschädigung hat sie quasi ein vorzeitiges Erbe ausbezahlt bekommen. Sechshunderttausend.«

»Euro?«

»Was glaubst du denn, Schilling?«

»Und wo ist das Geld?«

»Vor drei Jahren hat sie damit eine Immobilie gekauft«, sagte Marlu.

»Die Wohnung in Ingolstadt?«

»Nein, schon ein bisschen romantischer. Eine alte Ölmühle auf Mallorca, die sie renoviert hat. Das Anwesen ist an einen mallorquinischen Koch vermietet. Er lebt dort mit seiner Familie, kümmert sich um die Ferienwohnungen, die dazugehören, besitzt ein paar Olivenhaine und kocht für seine Gäste. Wir haben schon mit ihm gesprochen beziehungsweise hat das eine Dolmetscherin übernommen. Der Mann kennt Charlotte natürlich, hat sie aber seit dem Frühjahr, also seit über einem halben Jahr, nicht mehr gesehen. Seine Miete zahlt er auf ein Sparkonto ein.«

»Dann haben wir also ihre Geldquelle gefunden. Haben wir mit der Ölmühle jetzt auch ihren Aufenthaltsort?«

»Ich überprüfe grad, ob vom Konto in letzter Zeit Geld abgehoben wurde. Im Moment scheint es so, als wären die Spanier noch größere Bürokraten als wir. Kann noch ein bisschen dauern, bis wir da Auskunft bekommen.«

»Trotzdem: braves Mädchen«, sagte Meißner.

»Was ist denn bei dir los?«

Der Kameramann war beim Hinausgehen über die letzte Treppenstufe gestolpert und gegen Meißners Bankreihe gerumpelt.

Meißner verabschiedete sich schnell von ihm und seiner Kollegin und hätte schwören können, dass die Redakteurin ihm kurz zugezwinkert hatte.

»Du, ich glaub, ich muss jetzt zum Zug«, meldete er sich bei Marlu ab. »Ich ruf wieder an. Und: Super Arbeit!«

Sie gingen zu Kerns Wagen. Er fuhr einen gediegenen Volvo V60 Kombi, dessen Kofferraum wie die Ladefläche eines Handwerker-Pritschenwagens aussah, nur nicht so gut sortiert und aufgeräumt.

»Das vergess ich dir nie, dass du mir mit dem Interview ausgeholfen hast.« Er öffnete die Parkplatzschranke per Fernsteuerung und fuhr auf der Goethestraße Richtung Hauptbahnhof. Eigentlich nur ein Katzensprung. Vom Beethovenplatz konnte Meißner bis hinüber zur Theresienwiese sehen.

»Du wolltest mir doch noch was zu unserer Tiefkühlleiche erzählen«, erinnerte er den Rechtsmediziner.

»Nicht direkt zur Leiche, sondern zu deiner Krusta-Pizza. Mir ist der Name so komisch vorgekommen. Ich hab ihn noch nie gehört, aber bei uns ist grad meine Schwägerin aus Erfurt zu Besuch. Die hat den Namen gleich erkannt und auch gewusst, dass es sich um eine viereckige DDR-Pizza handelt. Allerdings soll es die damals gar nicht tiefgekühlt gegeben haben. Die konnte man nur in sogenannten Krusta-Stuben bestellen und dann abholen. Nix mit Pizzaservice und so. Meine Schwägerin hat gesagt, es soll viele Sorten gegeben haben. Je nachdem, was grad verfügbar war, ist wild herumimprovisiert worden. Mit Sauerkraut, Brühgurken, Hackfleisch und noch mehr Schweinereien, die bei deinem Luigi oder Beppone, bei dem du sonst deine italienische Feinkost kaufst, bestimmt Hausverbot haben.«

»Aber die DDR gibt's seit zwanzig Jahren nicht mehr. Meinst du etwa, das Zeug liegt da schon so lange rum? Dann hätte der Juniorchef ja vielleicht doch noch einen Kühlhausskandal am Hals.«

»Gammel-Krusta«, sagte Kern. »Zusätzlich zu einer Leiche, die auch nicht so richtig ins Sortiment passt.«

»Du glaubst, auch die Leiche könnte schon seit zwanzig Jahren im Kühlhaus liegen?«

»Nein. Sonst hätte sie eine Karottenhose getragen.«

»Du bist in diesen Modesachen ja voll informiert. Hätt ich dir gar nicht zugetraut.«

»Erinnerst du dich nicht mehr an die Fernsehbilder, als die Ossis nachts zu Fuß und in ihren Trabbis nach Westberlin rüber sind? Die Straßen waren voller Karottenhosen und Schulterpolster.«

Sie waren jetzt schon in der Bayerstraße, in Sichtweite des Hauptbahnhofs. Kern suchte einen Parkplatz, während Meißner bereits ausgestiegen war und nachschaute, wann der nächste Zug Richtung Heimat abfuhr.

Er ließ die Regionalbahn mit Halt in Dachau, Petershausen, Reichertshausen, Paindorf, Pfaffenhofen an der Ilm und Rohrbach ziehen und kaufte stattdessen ein Ticket für den etwas späteren ICE, dessen erster und einziger Halt vor Nürnberg Ingolstadt war. Na bitte, es gab also doch noch ab und zu einen ICE, der auf der Strecke München–Nürnberg nicht nur durch Ingolstadt durchsauste, sondern auch anhielt. Viele waren es nicht, daran hatte selbst Audi bisher nichts ändern können. »ICE Ankunft IN 23:35« simste er an Marlu. »Holst du mich ab?«

Kern kam schließlich doch noch mit wehendem Mantel an den Bahnsteig gehetzt und versprach, die Obduktion mit absoluter Priorität gleich morgen früh durchzuführen.

»Ich muss mich eh beeilen«, sagte er, »das ist der Nachteil von aufgetauten Leichen.«

»Wieso?«, wollte Meißner wissen.

»Durch das Frieren bilden sich überall im Körper Eiskristalle. Sie durchstoßen die Zellwände und zerstören sie damit.«

»Und was heißt das?«

»Der Verwesungsprozess, der durch die Kälte so lange aufgehalten wurde, schreitet jetzt umso schneller voran. Das magst du nicht mitanschaun, glaub's mir.«

Meißner stieg in den eleganten ICE und fühlte sich gleich selbst ein bisschen eleganter, auch wenn er eben noch in der Pathologie gewesen und sich über Verwesungsprozesse unterhalten hatte. Was so ein Verkehrsmittel doch aus einem Menschen machte. Auch im Flieger fühlte er sich meistens ein Quäntchen wichtiger. Ein bisschen mehr Weltbürger als in der Regionalbahn, auch wenn die zweistöckig war und hellgrüne und lila Sitzpolster hatte.

Der ICE rauschte durch München, das dem Gefühl nach erst hinter Dachau aufhörte, wo schwarze Wälder und sanfte Hügel endlich die Stadt ablösten. Er glitt durch Bahnhöfe, deren Namen er im Vorbeifahren mehr erahnen als lesen konnte. Hebertshausen, Röhrmoos, Vierkirchen. Petershausen, ein flaschengrünes Bahnhofsgebäude und eine Lärmschutzwand. Die Fahrt war eigentlich zu kurz, um über alles nachzudenken, was er heute erlebt hatte, und die einzelnen Puzzleteile noch einmal zusammenzusammeln und nach Möglichkeit passend aneinanderzufügen. Er rekonstruierte den Ausflug in die Landeshauptstadt vom Klicken der Handschellen und der Abfahrt in Neuburg bis zu Kerns Aussage, dass die Leiche nicht Charlotte Helmer sein konnte, Marlus Informationen am Telefon im Audimax und den Erkenntnissen des Rechtsmediziners über die Krusta-Pizza. Wenn die Tote nicht Charlotte war, dann war es doch gut möglich, dass sie noch am Leben war. Von den Personen, die vermisst wurden, gab es nicht wenige, die vor ihren Schulden davonliefen und irgendwo anders versuchten, noch einmal von vorn anzufangen. Mit Geld war es auf jeden Fall leichter, abzuhauen und einen Neuanfang zu wagen, und Charlotte Helmer besaß Geld. Meißner wollte einfach glauben, dass sie jetzt auf der richtigen Spur waren und Charlotte davongekommen war. Eine junge Frau, die das Leben noch vor sich hatte.

Reichertshausen, Pfaffenhofen an der Ilm. Ein orangefarbenes Bahnhofsgebäude und eine leicht schief hängende Lili-Marleen-Uhr. Die Menschen auf dem halbdunklen Bahnsteig flogen vorbei, dann sah er wieder nur sich selbst im Fensterspiegel, die Gesichtszüge weich, alle Schatten getilgt. Die Fahrt verging so schnell. Eine halbe Stunde länger, dann könnte er in Nürnberg aussteigen, aber da wollte er ja gar nicht hin. Die SZ, die er sich in München vor der Abfahrt gekauft hatte, lag zusammengerollt auf dem Sitzplatz gegenüber. Ungelesen. Die Nacht war schwarz, und die leeren Bahnhöfe, die vorbeihuschten, machten ihn ein bisschen melancholisch. Wohin mit den Gedanken und Stimmungen, die ihn auf dieser Fahrt begleiteten? Wohin fielen sie, wenn er ankam? Wenn dieser Hightech-Zug sich herabließ und wirklich in seiner Heimatstadt hielt.

Tatsächlich erwartete ihn seine ganz persönliche Lili Marleen am Hauptbahnhof in Ingolstadt. Nur hieß sie in Wahrheit Marlu und bestand darauf, dass er noch zu ihr in die Sebastianstraße kam.

Die Wohnung war angenehm warm. Sogar ein kleiner Rest Spaghetti mit Basilikumpesto und Parmesan war noch für ihn übrig, und auch eine frische Packung Espresso hatte Marlu wie zufällig im Haus. Sie brühte ihn in dem guten alten Alu-Espressokännchen auf, für das es anscheinend in ganz Ingolstadt keinen neuen Dichtungsring gab, und noch bevor der Espresso ganz durchgelaufen war, spuckte die Kanne mindestens die Hälfte der braunen Brühe über das Cerankochfeld und die geflieste Wand.

Meißner wartete, bis sich das Maschinchen wieder beruhigt hatte, dann wischte er die Fliesen und den Herd sauber. Marlu war damit beschäftigt, eine romantische Stimmung zu zaubern. Sie zündete die dicken weißen Stumpenkerzen an, die über die Fensterbretter, Ablagen, Tische und Tischchen verteilt waren. Sogar im Bad standen welche, und auch der Flur war wie ein Rollfeld ausgeleuchtet.

»Jetzt rate mal, wem die Firma neben dem Junior noch gehört. Das wollte ich dir vorhin am Telefon schon sagen, aber du warst grad in der Pathologie so beschäftigt.«

»Ich muss gar nicht raten. Das habe ich gestern schon im elektronischen Bundesanzeiger nachgelesen, während ihr das Kühlhaus aus- und wieder eingeräumt habt: Eva Maria Helmer.«

Die Kerzen flackerten aufgeregt, das Licht war sanft wie Honig und Marlu enttäuscht. »Dann hast du auch schon das Melderegister durchforstet?«

Meißner nickte.

»Sehr gut, Herr Hauptkommissar. Und bei der Krankenkasse hast du auch angerufen?« Sie grinste jetzt, während sie zwei Löffel Zucker in den kleinen Espresso schüttete und rührte und rührte, als wäre das ein lustiges Spiel. Meißner wusste schon, wer am Ende die kalte Zuckerbrühe austrinken würde. »Hast du nicht, stimmt's?«

»Stimmt. Da bist du mir einen Schritt voraus.«

»Die Krankenkassenbeiträge für Frau Helmer werden pünktlich jeden Monat vom Arbeitgeber, der Donau-Kühlung GmbH, überwiesen. Zuletzt Anfang Dezember.« Marlu machte eine Pause, zog ihren Haargummi ab, schüttelte das feine dunkelblonde Haar, bis es wie ein Schleier ihr halbes Gesicht verhüllte, warf dann den Kopf zurück und band das Haar noch einmal zum Pferdeschwanz. Zuletzt zog sie eine dünne Strähne heraus und wickelte sie sich um den Zeigefinger.

»Und wie geht's weiter?«, fragte Meißner.

»Seit siebzehn Jahren war diese Frau nicht mehr beim Arzt. Keine Vorsorge, keine Impfung, nichts.«

»Und da fragt die Krankenkasse nicht einmal nach?«

»Wenn die Beiträge pünktlich bezahlt werden, ist für die doch alles paletti.«

»Genau. Aber wehe, man ist mit den Beiträgen zwei Monate im Rückstand, dann werden Wucherzinsen erhoben, die der Gesetzgeber sogar noch abgesegnet hat.«

»Eines deiner aktuellen Lieblingsthemen, ich weiß«, sagte Marlu. »Aber kapierst du nicht, was hier los ist? Der alte Helmer hat uns doch erzählt, dass seine Frau an Krebs verstorben ist.«

Meißner nickte. »Und Eberl hat gesagt, dass er deshalb seine Schwiegermutter gar nicht kennt.«

»Aber niemand hat sie als verstorben gemeldet. Und warum sollte ein Mensch, der noch all seine fünf Sinne beisammen hat, Krankenkassenbeiträge, Lohnsteuer und Rentenbeiträge für eine Verstorbene bezahlen? Das ist doch krank.«

»Entweder haben die Angehörigen gewusst, dass sie nicht tot ist, aber nach außen hin so getan, als ob. Oder sie haben es gewusst, weil sie selbst etwas damit zu tun haben, und haben es deshalb den Behörden gegenüber vertuscht. Weiß eigentlich der Juniorchef Bescheid, dass wir eine Leiche bei ihm im Kühlhaus gefunden haben?«

Marlu nickte.

»Und?«

»Er meint, er stünde kurz vor einem wichtigen Geschäftsabschluss und könne eine Leiche in seinem Kühlhaus im Moment nicht gebrauchen. Wir sollen also möglichst diskret vorgehen. Irgendwie ist das alles doch total gruselig, oder?«

»Denkst du dasselbe wie ich?«, fragte Meißner.

»Dass die Leiche aus der Thermokiste Eva Maria Helmer ist? Wer sollte es sonst sein?«

»Aber wie kommt sie dort hinein?«

»Und wo ist dann die Tochter? Auf Malle in ihrer Mühle?«

»Ich glaube, es ist an der Zeit, unseren Mann auf den Balearen zu aktivieren.«

»Unsere Allzweckwaffe, derzeit als attraktives Anhängsel eines Promifriseurs sozusagen undercover unterwegs?« Wenn Marlu lachte, war sie noch ein bisschen schöner als sonst. Sie sah ihn an, ohne mit dem leisen Lachen aufzuhören, stand auf und blies die Kerzen der Reihe nach aus. Dann nahm sie ihn bei der Hand und führte ihn durch den Flur ins Bad. Im Aufstehen trank er noch schnell ihren Kaffee aus. Er war kalt und, wie erwartet, pappsüß.

VIERZEHN

Während Marlu noch Schranktüren auf- und zuschmiss, setzte Meißner den Espresso auf. Rund um die Herdplatte hatte er vorsichtshalber Küchentücher ausgelegt, von seinem Standpunkt an der Balkontür aus hatte er alles im Blick. Er wählte eine Nummer aus seinem Telefonbuch und ließ es sehr lang klingeln.

»*Buenos días, come stai?* Elmar, bist du das?«

»Stefan? Weißt du eigentlich, wie spät es ist? Ich bin doch nicht mehr im Polizeidienst.«

»Und? Auch als Privatier musst du irgendwann aufstehen, oder?«

»Außerdem ist *come stai* Italienisch, mein lieber Exchef. Im Spanischen heißt das *¿Cómo está?*«

»Das ist sehr gut, dass du dich inzwischen mit der Landessprache vertraut gemacht hast.«

»Warum? Und für wen soll das gut sein?«

»Na, für uns hier zum Beispiel.« Endlich war der Kerl wach. Meißner wusste ja, dass in Spanien die Uhren ein wenig anders gingen. Dass die Spanier später ins Bett gingen, später aufstanden und später aßen, aber darauf konnte er jetzt keine Rücksicht nehmen. Sie hatten von der mallorquinischen Polizei Amtshilfe ersucht, um Auskunft über die Kontobewegungen auf dem Sparkonto von Charlotte Helmer zu erhalten. Es konnte nicht schaden, wenn sich jemand vor Ort darum kümmerte und die Sache ein bisschen beschleunigte. Bei der Gelegenheit konnte Elmar sich auch gleich unter den Deutschen auf Mallorca umhören, ob jemand Charlotte Helmer kannte oder sogar Kontakt zu ihr hatte. Er musste Fischer nicht besonders lang bitten.

»Dann werde ich mich mal unter den deutschen Residenten umhören und gleichzeitig die Gay-Szene antesten. Ich komm eh viel zu selten raus. Ein Nachteil, wenn man die große Liebe mal gefunden hat.«

»Du meinst, dass man dann nicht mehr suchen muss?«

»Eher, dass Carlos sehr eifersüchtig ist. Da muss ich immer ein bisschen aufpassen. Ein paar Tage Palma tun mir vielleicht ganz gut.«

»Aber zum Quasi-Ehebruch möchte ich dich nicht anstiften.«

»Ehebruch? So ein Schmarrn! Man wird doch noch ein bisserl gaffen dürfen. Zahlt ihr mir das eigentlich, wenn ich für euch im Außendienst arbeite?«

»Wenn ich ehrlich bin, weiß ich nicht, ob ich mir deine paar Tage Palma überhaupt leisten kann. Aber vielleicht kannst du ja auf diesem Weg zur mallorquinischen Polizei Kontakt aufnehmen. Möglicherweise brauchen die dich mal. Als Dolmetscher vielleicht. Hast du Geldsorgen?«

»Noch nicht, aber ich muss mir schon was überlegen. Von jemandem abhängig sein ist auch nicht so toll, auch wenn er mein Traummann ist.«

»Aha«, sagte Meißner. Das klang jetzt schon ein wenig anders als die Euphorie im September.

»Nix aha«, antwortete Fischer. »Alles ist gut, nur keine falschen Schlüsse. Ich mach dir den Schnüffler, aber wenn ich Charlotte Helmer finde, gibt's eine Belohnung. Dann kommst du her, und wir machen einen drauf.«

Meißner machte sich lieber keine genauere Vorstellung davon, was Fischer unter Draufmachen verstand, aber er schlug ein.

»Was brodelt da eigentlich bei dir im Hintergrund? Kocht da irgendetwas über?«

Meißner sah zum Herd hinüber, wo die Kaffeemaschine braunen Saft spuckte. Die Küchentücher waren alle verschwunden, die Aufräumwut hatte Marlu um einen Tick zu früh gepackt.

Marlu ging die paar Meter zur Arbeit zu Fuß, während Meißner einen Ausflug auf der B 13 Richtung Norden machte. Er fuhr an der ehrwürdigen Bischofsstadt Eichstätt mit Sitz der Katholischen Universität vorbei und weiter nach Westen, in den Naturpark Altmühltal. Es war ein klarer, kalter Wintertag. Im Radio sang Freddie Mercury »We Are the Champions«, und genau so fühlte sich Meißner gerade.

Über den Feldern und Wiesen, durch die der Fluss sich schlängelte, lag Nebel. Darüber stiegen die gelben Trockenhänge an, auf denen die Wacholderbüsche wie grüne Zinnsoldaten standen. Oder wie Pfeifenputzer auf der Modelleisenbahn. Manchmal ragte ein Stück nackter Fels aus der Heide. Dazwischen die Steinbrüche, aus denen die Solnhofener Platten gebrochen wurden. In den aufgelassenen Steinbrüchen waren im Sommer die Fossiliensammler auf der Jagd nach Versteinerungen unterwegs. Alle träumten sie vom Archaeopteryx, dem elstergroßen Urvogel mit den Saurierfüßen. Ein Sechser im Lotto.

Das Landhaus des alten Helmer war ein Jagdschlösschen am Rande von Dollnstein. Meißner klingelte und wurde von einer gepflegten Dame Ende fünfzig im eleganten Lodenkostüm mit zartrosa Bluse empfangen. Auf den ersten Blick sah sie aus wie Fürstin Gloria von Thurn und Taxis, hieß aber Irmgard Schattauer und war gar nicht überrascht über seinen Besuch.

»Erwin, also Herr Helmer, ist noch auf der Jagd, müsste aber bald zurückkommen. Kaffee?«, fragte sie.

Im Gegensatz zu Marlus Wohnung verfügte dieser Haushalt über eine anständige Espressomaschine mit Mahlwerk. Dazu gab es frisch gebackene Haferkekse. Ein feiner Anisgeruch zog durch die Küche.

»Hat die unendliche Geschichte nun doch ein Ende gefunden«, sagte die gute Fee und stellte einen Teller mit noch warmen Keksen vor Meißner auf den Tisch. Von der offenen Küche schaute er in das Wohnzimmer mit Kamin. Ein mächtiges Hirschgeweih und mehrere kleinere Gamshörner hingen über einem gelben Ledersofa. Ein bisschen St. Emmeram, ein bisschen Yellow Submarine, dachte Meißner.

»Greifen Sie zu. Ihr doppelter Espresso ist auch gleich fertig.«

»Welche unendliche Geschichte, Frau Schattauer?«

»Die von Erwins Frau. Erwin hat mich schon informiert. Eine Kollegin von Ihnen hat ihm eine Nachricht auf dem Handy hinterlassen. Er ist schon auf dem Weg hierher.«

»Wo war er denn auf der Jagd?«, fragte Meißner.

»Irgendwo hinter Bayreuth. Fichtelgebirge, Vogtland.«

»Wir können noch nicht mit Bestimmtheit sagen, ob die Tote, die wir im Kühlhaus gefunden haben, wirklich Eva Maria Helmer ist. Wir wissen nur, dass es sehr wahrscheinlich nicht Charlotte ist.«

»Ich wünschte, es wäre Eva Maria, damit das endlich ein Ende hat. Hauptsache ein Ende, es ist mir fast schon egal, wie das aussieht, wenn damit dieses Phantom nur endlich aus der Welt geschafft wird.«

»Haben Sie sie gekannt?«

»Nein, nur als Phantom. Irgendwie hing Erwin immer noch an ihr, die ganze Zeit über. Er hat's nie zugegeben, aber so war es.« Sie schenkte ihm den Espresso ein und stellte eine Alessi-Zuckerdose auf den Tisch. »Hoffentlich ist das jetzt endlich vorbei.«

»Seine Frau war all die Jahre verschwunden, und er hat sie weder als vermisst gemeldet noch gesucht?«

»Ich glaube schon, dass er nach ihr gesucht hat.«

»Wie lange sind Sie jetzt mit Herrn Helmer liiert?«

Sie lachte. »Liiert klingt schrecklich altmodisch, finden Sie nicht?«

»Stimmt.«

»Wir sind jetzt sechs Jahre zusammen. Seit zehn Jahren bin ich von meinem Mann geschieden. Er besitzt mehrere Steinbrüche hier in der Gegend. In einem davon ist vor einigen Jahren ein Archaeopteryx gefunden worden, also eine Versteinerung, unversehrt. Eine von neun oder zehn, die es überhaupt nur auf der Welt gibt. Eine echte Sensation.«

Sie hörten einen Wagen in der Einfahrt, Türenschlagen.

»Die Jäger kommen nach Hause«, sagte Frau Schattauer.

»Bekommen Sie jetzt Arbeit?«

»Mit dem Wild?«, fragte sie. »Nein, das Häuten, Zerteilen und so weiter übernimmt ein Mann im Dorf. Ich könnte das nicht. Ich bin schon seit zwanzig Jahren Vegetarierin.«

Meißner beobachtete vom Küchenfenster aus, wie Helmer seine schmutzigen Stiefel aus dem Geländewagen nahm und in den Schuppen stellte. Ein braun-weiß gescheckter Jagdhund sprang um ihn herum. Dann kam er ins Haupthaus, zog seine Schuhe aus und wusch sich in der Toilette die Hände. Er umarmte Irmgard Schattauer und gab Meißner die Hand. Der wartete, bis Helmer einen ersten Schluck Kaffee getrunken hatte.

»Wussten Sie, dass Ihre Frau Sie damals betrogen hat?«, fragte er ihn.

Helmer nickte. »Ja, das wusste ich schon länger. Zuerst war es nur ein Verdacht. Später habe ich einen Detektiv engagiert, dann wurde aus dem Verdacht eine Gewissheit. Aber ich hab's nicht ändern können.«

»Wie bei meinem Mann«, sagte Irmgard Schattauer. »Wir sind beide Verlassene.«

»Kannten Sie den Geliebten Ihrer Frau?«

»Ich wusste, wer er war. Ein Künstler. Musiker. Ein magerer Habenichts. Ich hab immer gehofft, dass sie sich noch besinnt. Bis zum Schluss hab ich die Hoffnung gehabt, dass sie aufwacht und merkt, was sie alles aufs Spiel setzt. Aber eines Tages war sie weg.«

Helmer stand auf und sah auf den Hof hinaus. Er ließ seinen Hund ins Haus und wischte ihm mit einem Lappen die Pfoten ab. Der Hund beschnupperte Meißners Hosenbeine und legte den Kopf auf seine Knie.

»Tristan, wo ist dein Platz?«, schimpfte Helmer, aber Meißner war schon dabei, sein samtweiches Fell zu streicheln.

»Und Sie haben nie wieder etwas von ihr gehört?«

»Ich habe den Detektiv noch ein zweites Mal auf sie angesetzt, aber er hat keine Spur mehr gefunden. Ich dachte, sie wäre dem Mann, diesem Georgier, in seine Heimat gefolgt. Nach Georgien habe ich den Detektiv natürlich nicht geschickt.«

»Ein Georgier? Hatte er etwas mit dem Georgischen Kammerorchester in Ingolstadt zu tun?«

Helmer nickte.

»Wissen Sie seinen Namen noch?«

»Er hat so einen Frauennamen gehabt. Valery, glaube ich.«

»Und der Nachname?«

»Den weiß ich nicht mehr.«

»Und was für ein Instrument hat er gespielt?«

»Geige, glaube ich. Ich hab gedacht, sie ist mit ihm nach Georgien gegangen, und dabei war sie vielleicht die ganze Zeit hier bei uns.«

»Haben Sie eine Erklärung dafür, was damals passiert ist? Wie sie in das Kühlhaus gekommen sein könnte?«

»Vielleicht hat der Georgier was damit zu tun gehabt, vielleicht haben sie sich gestritten?«

»Ihre Frau hatte einen Schlüssel zum Kühlhaus?«

Helmer nickte. »Sie war ja Miteigentümerin.«

»Und dieser Schlüssel war weg, als auch Ihre Frau verschwand?«

»Das weiß ich nicht mehr. Da hab ich mich nicht drum gekümmert, ich hatte andere Sorgen. Charlotte war damals zehn Jahre alt, Andi siebzehn, fast achtzehn.«

»Wie haben es die Kinder aufgenommen, dass die Mutter weg war ohne Erklärung, ohne Nachricht?«

Frau Schattauer machte Feuer im Kamin. Tristan folgte ihr und beschnüffelte jedes einzelne Holzscheit.

»Wir wussten damals ja noch nicht, dass sie sich nie mehr melden würde. Ich dachte, wenigstens zu den Kindern würde sie den Kontakt aufrechterhalten. Und dass dann irgendwann ein Brief vom Scheidungsanwalt käme. Aber nichts passierte. Andi zog sich total in sich selbst zurück. Fast hätte er das Gymnasium geschmissen. Ich hab ihn dann in ein Internat gegeben.«

»Und Charlotte?«

»Charlotte hat ein paar von ihren Träumen begraben.«

»Zum Beispiel den, Eisprinzessin zu werden.«

»Eva Maria ist immer mit ihr auf den Eisplatz gegangen. Sie hat beim Training hinter der Bande gesessen und jeden kleinen Erfolg mit ihr gefeiert. Sie hat Charlotte gefördert und getröstet, wenn sie gestürzt ist und sich wehgetan hat. Ich glaube, als sie plötzlich allein war, hat sie die Sicherheit verlassen, dass sie es schaffen kann.«

»Und dann haben Sie sich irgendwann für die Geschichte mit dem Krebs entschieden. Damit das Gerede aufhört.«

Helmer nickte.

»Die Leute können grausam sein«, sagte Frau Schattauer und zündete ihren kleinen Scheiterhaufen aus Papier, Holzspänen und Scheiten an. Tristan legte den Rückwärtsgang ein und verzog sich unter den Couchtisch auf seine Decke.

»Wer hat sich in der Zeit danach um Charlotte gekümmert?«

»Elisabeth, unser altes Hausmädchen. Sie blieb im Haus, bis auch Charlotte ins Internat wechselte.«

»Und wo lebt Elisabeth heute?«, fragte Meißner.

»In einem Altersheim bei München.«

»Haben Sie die Adresse und den Namen für mich?«

»Elisabeth Thalmeier. Die Adresse bekommen Sie von meiner Sekretärin.«

»Haben Sie noch Kontakt zu ihr?«

»Früher haben wir sie vor Weihnachten immer besucht, aber die letzten Jahre ist das eingeschlafen. Wir wollten einfach nicht immer wieder an die alten Zeiten erinnert werden.«

Meißner nickte.

»Obwohl man sie ja doch nicht loswird. Die Erinnerungen, meine ich.« Helmer nahm noch einen Schluck Kaffee. »Wie geht's denn jetzt weiter? Kann ich meine Frau noch mal sehen?«

»So wie es jetzt aussieht, müsste ich Sie sowieso bitten, nach München zu fahren und sie zu identifizieren.«

Helmer nickte.

»Hast du eigentlich schon mit Andi gesprochen?«, fragte die Hüterin des Feuers.

Helmer schüttelte den Kopf.

Meißner nahm noch einen letzten Keks. »Wissen Sie, was Charlotte mit ihrem vorgezogenen Erbe gemacht hat?«

»Nein, wir hatten in den letzten Jahren nicht so viel Kontakt.«

»Sie hat sich eine alte Ölmühle auf Mallorca gekauft, die sie renovieren hat lassen.«

»Dann hoffe ich, dass sie jetzt dort ist«, sagte ihr Vater, »in Sicherheit.«

Auf dem Rückweg nach Ingolstadt rief Meißner noch einmal bei Helmer an, um ihn nach dem Namen der Detektei zu fragen, die er damals beauftragt hatte. Er wusste ihn auf Anhieb. Ein paar Minuten später setzte ein enervierendes Dauerklingeln wie von einem uralten analogen Telefon ein. Marlu musste ihm am Morgen einen neuen Klingelton eingestellt haben. Er hörte ihn jedenfalls zum ersten Mal.

»Na?«, fragte sie fröhlich. »Das Rasseln kannst nicht mal du überhören, gell?«

»Wenn ich das Handy auf stumm stelle, betrifft das aber auch dein Rasseln, oder hast du die Stummschaltung auch manipuliert?«

»Jetzt hör aber auf! Wenn du dir eine PIN-Abfrage nach ein paar Minuten Betriebspause eingestellt hättest, könnte auch keiner was an deinem Handy ändern.«

»Ich kann mir meine PIN doch so schon kaum merken. Wenn's drauf ankommt und ich nur zwei Versuche habe, vermassle ich es garantiert. Aber hör mal zu.« Er informierte Marlu darüber, was er über den möglichen Briefeschreiber erfahren hatte. Sie sollte über die Detektei Kraus in Ingolstadt noch mehr über diesen Valery herausfinden.

»Helmer verdächtigt also den Liebhaber seiner Frau. Sagst du mir noch mal seinen Namen?«

»Borsow«, sagte Meißner.

»Häh?«, fragte Marlu.

»Ach, vergiss es«, sagte er. »Das war ein Held meiner Kindheit.«

»Borsow? Wer soll das gewesen sein?«

»München 1972, er hat die Goldmedaille im Hundert- und Zweihundert-Meter-Lauf gewonnen. Der schnellste Mann der Welt.«

»Und der war Georgier?«

»Nein, Ukrainer«, sagte Meißner.

»Und wie soll ich mich daran erinnern, wenn ich da noch nicht mal geboren war?«

»Du könntest es nachgelesen haben.«

»Also heißt der Gesuchte Borsow?«

»Nein, er heißt Valery mit V und Y oder Waleri mit W und I am Ende. Der Nachname ist unbekannt. Detektei Kraus. Das alles muss 1995 passiert sein. Hoffentlich gibt's die Firma heute noch und die Unterlagen sind noch nicht im Reißwolf gelandet.«

»Ja, das hoffe ich auch. Wenn ich nämlich in Georgien nach einem Mann mit dem Mädchennamen Valery plus Variationen des Namens suchen muss, dann gute Nacht.«

»Georgien ist nicht groß, Marlu. Nicht größer als Bayern, hat aber viel weniger Einwohner. Vielleicht erinnerst du dich auch daran nicht, aber das hast du bestimmt früher in der Schule gelernt.«

Marlu schnaubte. »Klugscheißer«, murmelte sie und notierte

den Namen. Vielleicht war sie aber auch schon dabei, die Detektei zu googeln oder die Republik Georgien.

»1995«, sagte sie, »also vor siebzehn Jahren. Das könnte mit Kerns vorläufigem Obduktionsbericht übereinstimmen. Er schätzt die Leichenliegezeit auf etwa fünfzehn Jahre plus minus fünf. Genauer kann er es im Moment nicht sagen.«

Meißner fragte sich, ob er Leichenliegezeit oder postmortales Intervall gesagt hatte.

»Und was ist mit diesen Farbpartikeln in der Wunde?«

»Das sind Lack- und feine Metallsplitter. Du sollst ihn anrufen, sagt er. Und ich soll dir noch ausrichten, dass ihr morgen Abend im Bayerischen Fernsehen zu sehen seid, in der Rundschau. Achtzehn Uhr fünfundvierzig.«

»Danke, aber mir reicht es schon, wenn ich mein Gesicht im Spiegel anschauen muss.«

»Ich werd auf jeden Fall einschalten. Wegen Kern natürlich, nicht wegen dir.«

»Weißt du schon, wann der Helmer zur Identifizierung kommen kann?«

»Möglichst bald, sagt Kern, am besten noch heute, wegen der Verwesung.«

»Okay, rufst du ihn an? Aber das mit der schnellen Verwesung brauchst du ihm nicht zu sagen, gell?«

»Ach ja, und die Sekretärin von der Donau-Kühlung hat noch angerufen. Frau Thalheimer, die ehemalige Haushälterin der Helmers, lebt in einem Pflegeheim der Arbeiterwohlfahrt in Feldkirchen. Das ist im Münchner Osten.«

»Ich weiß, wo Feldkirchen liegt. Hinter Riem, wo vor Urzeiten, bevor sie den Franz-Josef-Strauß ins Erdinger Moos gepflanzt haben, der Münchner Flughafen war. Es gibt heute noch Leute, die so alt sind, dass sie damals von Riem aus nach Westberlin geflogen sind. Mein erster Flug. Das war 1976.«

»Schon gut. Du fährst am besten über die –«

»Ich weiß, wie ich fahre, Marlu. Über die Osttangente, A 99. Und wenn ich's nicht wüsste, hätte ich immer noch mein Navi.«

»Noch mal Klugscheißer«, sagte Marlu und legte auf.

Die Morgennebel über der Altmühl hatten sich ganz aufgelöst, und eine blasse Wintersonne schien auf die Willibaldsburg und über Eichstätt. Dort hätte Meißner sich jetzt den Archaeopteryx und lebende Pfeilschwanzkrebse im Jura-Museum ansehen können. Wenn Konstantin größer war, könnte er mit ihm vielleicht einmal einen Ausflug hierher machen und mit Hammer und Meißel in die aufgelassenen Steinbrüche gehen.

Er rief Kern an, und der Rechtsmediziner klärte ihn über den Tathergang auf, wie er sich für ihn darstellte.

»Es gibt Streit«, sagte Kern. »Sie weicht zurück. Der Täter bedrängt sie, sie weicht ihm aus. Im Rückwärtsgehen stolpert sie über irgendetwas. Sie fällt nach hinten, schlägt mit dem Kopf auf ein Eisenteil. Das Teil hat ungefähr die Form einer Zaunlatte, an seiner stumpfen Spitze kleben ein paar Lackspuren. Die Spitze trifft das Opfer am oberen Teil der Halswirbelsäule, der vom Laien auch Genick genannt wird. Genau am ersten und zweiten Wirbel, die beide für die Beweglichkeit des Kopfes in allen Ebenen verantwortlich sind. Jetzt folgt eine kurze Anatomiestunde, Meißner. Hast a bissl Zeit und deine Freisprechanlage an?«

Meißner war auf der B 13, in Höhe Tauberfeld/Buxheim unterwegs, und wollte bei Lenting auf die A 9 fahren. Bis Feldkirchen waren es noch knappe hundert Kilometer. Genügend Zeit plus Freisprechanlage. »Schieß los«, antwortete er.

»Also«, dozierte Kern, »der erste Wirbel, er heißt Atlas, weil er das ganze Gewicht des Kopfs trägt, ist der, der für das Nicken zuständig ist. Er besitzt selbst keinen Wirbelkörper, ist also eigentlich nur ein knöcherner Ring. In diesen Ring greift der *dens axis*, der zweite Halswirbel. Er sorgt dafür, dass wir den Kopf drehen können, wenn auch nicht so weit wie die Eulen.«

»Dafür können wir im Gegensatz zu den Eulen unsere Augen bewegen. Und ich sag dir was, das ist mir lieber als immer den ganzen Kopf zu drehen.«

»Oha, ein Ornithologe! Aber weiter im Text. Innerhalb dieses Atlas-Rings verläuft das Rückenmark, das bekanntlich vom Gehirn kommt und sich im Wirbelkanal über die Wirbelsäule fortsetzt. Wenn der Axis sich durch eine starke äußere Einwirkung in das Rückenmark bohrt, ist es vorbei.«

»Aber Verletzungen, Druckstellen von einem Kampf, einem Stoß oder Schlag sind keine zu finden?«, fragte Meißner.

»Ein paar schwache Druckstellen an den Handgelenken, die auf eine Rangelei deuten könnten. Und das war's auch schon von meiner Seite. Aber eine Frage hab ich noch an dich: Wenn das siebzehn Jahre her ist, ist das Verbrechen dann nicht schon verjährt?«

»Totschlag verjährt nach zwanzig Jahren, fahrlässige Tötung schon nach fünf. Da wären wir also zu spät dran. Aber die Verjährung wird immer am Einzelfall geprüft. Wie das Gericht entscheiden wird, kann ich nicht vorhersehen, und es geht mich auch nichts an.«

»Außerdem musst du ja erst einmal den Täter finden, damit er überhaupt vor Gericht gestellt werden kann. Ist es der Ehemann, der heut Nachmittag die Leiche identifizieren wird?«

»Also, bei mir hat er jedenfalls nicht gestanden.«

»Nun gut, dann mach ich jetzt mal weiter mit meiner Arbeit. Gibt's eigentlich schon eine Spur von der anderen, der Vermissten?«

»Vielleicht«, sagte Meißner.

»Das ist mal eine Aussage, Meißner.« Kern verabschiedete sich. »Und nicht vergessen, morgen den Fernseher einschalten, gell? Schon wegen der hübschen Redakteurin.«

Meißner war auf die Autobahn gefahren und überquerte nach der Auffahrt Ingolstadt-Nord die Donau. Im Winter war der Blick hinüber zur Ingolstädter Altstadt frei. Die roten Dächer des Neuen Schlosses und seine weiß getünchten Mauern strahlten wie frisch lackiert herüber.

Wie alt war Elisabeth Thalmeier wohl jetzt? Achtzig, neunzig? War sie überhaupt gesund und ansprechbar? Erinnerte sie sich überhaupt noch an die Familie Helmer? Er sollte irgendwas mitbringen, ein paar Blümchen wenigstens.

Die Hopfenstangen lagen wie Schiffsrümpfe auf den Feldern in der Holledau, standen wie Gerippe in der hügeligen Landschaft und zeichneten grafische Muster in den blassen Himmel. In Höhe der Raststätte Fürholzen tauchte die Skyline von München am Horizont auf. Der Fernsehturm, das BMW-Hochhaus mit seinen vier Zylindern und dahinter die Berge, weiß glitzernd unter einem Wolkenloch. In Fröttmaning, kurz vor der Allianz-Arena, bog Meißner auf die Osttangente. Es war wieder bedeckt, und an jeder Ausfahrt ging es hinein in die Krake München, die ihre Arme weit ins Umland ausstreckte. Dank Navi fand er das Heim in Feldkirchen auf Anhieb, kaufte noch schnell einen fertig gebundenen Strauß und betrat das moderne, luftige Gebäude, das nicht so aussah, wie man sich ein Pflegeheim vorstellte.

Um Frau Thalmeier müsse er sich keine Sorgen machen, sagte die Pflegedienstleiterin. Sie sei zwar nicht mehr so gut zu Fuß, habe aber noch all ihre Sinne beisammen. Ob er vielleicht für eine halbe Stunde mit ihr in den Garten hinausgehen wolle? Die Pflegekräfte hätten sie schon warm eingepackt.

Meißner nahm Elisabeth Thalmeier, eine zarte, weißhaarige Dame mit einem von Altersflecken gesprenkelten Gesicht, am Lift in Empfang. Sie saß im Rollstuhl. Er schlug den Jackenkragen hoch und schob sie durch die automatisch öffnende Glastür ins Freie. Der Garten war ein geschlossener Innenhof zwischen den Gebäuden, an einer Seite durch eine dichte Hecke begrenzt. Außer zwei, drei alten Bäumen war alles vor nicht allzu langer Zeit von Gärtnerhand angelegt worden. Bäume mit niedrigem Wuchs, Sträucher, Rosenbögen, in denen bunte Windspiele hingen, Sitzbänke, die sich harmonisch einpassten, ein Stück Wiese mit einem kleinen Stall in der Mitte.

»Da wohnen im Sommer unsere Hasen«, sagte Frau Thalmeier. »Letzten Sommer waren es vier, zwei weiße, ein schwarzer und ein schwarz-weißer. Aber am liebsten mag ich die braunen. Vielleicht bekommen wir ja im Frühjahr wieder welche. Aber zuerst müssen wir den Winter überstehen.«

»Ein schöner Garten«, sagte Meißner.

»Der ist extra für unsere Demenzkranken so angelegt worden, damit sie sich nicht verlaufen. Die wollen immer weglaufen, nach Hause. Da vorn gibt es auch einen kleinen Teich mit Stockenten. Hier kann man sich nicht verlaufen.«

Meißner erfuhr, dass die alte Dame zweiundachtzig war und

nach einer Hüftoperation und einem Oberschenkelhalsbruch vor zwei Jahren nicht mehr laufen konnte.

»Dann sind Sie aber nicht mit fünfundsechzig in Rente gegangen«, stellte Meißner fest.

»Ich wollte schon, aber dann bin ich doch noch vier Jahre in meiner letzten Stellung geblieben.«

»Bei den Helmers in Ingolstadt.«

»In Wettstetten, ja. Haben die Sie zu mir geschickt? Ist etwas passiert?«

»Wann haben Sie denn zuletzt jemanden aus der Familie gesehen?«

»Charlotte war im Sommer hier, da waren die Hasen noch da. Sie besucht mich jedes Jahr zwei oder drei Mal.«

»Und Herr Helmer?«

»Ihn und Andi hab ich schon Jahre nicht mehr gesehen. Die zwei haben ja mit der Firma immer so viel zu tun.«

»Und warum sind Sie nicht mit fünfundsechzig in Rente gegangen? 1995 war das, oder?«

»Ja, genau. Ich wollte zum Jahresende aufhören und zu meiner Schwester nach Ismaning ziehen.« Sie zögerte. »Sind Sie wegen der Frau Helmer da?«

Meißner legte das Kissen, das ihm die Pflegedienstleiterin mitgegeben hatte, auf eine Bank und setzte sich.

»Was ist denn damals passiert?«, fragte er und vergrub die Hände in den Jackentaschen.

»Sie ist einfach fortgegangen«, sagte die alte Dame.

»Wann war das genau?«

»Im Oktober, den Tag weiß ich nicht mehr. Ist sie jetzt wieder da?«

»Erzählen Sie mir, woran Sie sich noch erinnern von damals, und danach werde ich Ihnen sagen, was ich weiß, einverstanden?«

»Es ist schon früh dunkel geworden an dem Tag. Ich war in der Küche und hab das Abendessen zubereitet. Als Nachspeise sollte es Bratäpfel geben, das weiß ich noch. Ich hab die Äpfel ausgestochen und mit Nüssen und Rosinen gefüllt, bei einigen habe ich die Rosinen auch weggelassen. Ich weiß jetzt nicht mehr, welches von den beiden Kindern keine Rosinen mochte.

Frau Helmer war auch im Haus. Sie hat telefoniert und wollte dann noch mal weg. Ich hab gefragt, ob sie zum Abendessen wiederkommt, aber sie hat gesagt, wir sollen ohne sie anfangen, sie kommt später. Sie ist aber nicht mehr gekommen.«

Sie erzählt, als wär es gestern passiert und nicht vor siebzehn Jahren, dachte Meißner.

»Wer hat dann mit Ihnen zu Abend gegessen?«

»Wie meinen Sie das?«

»Wer war außer Ihnen noch im Haus?«

»Ach so. Nur Charlotte, glaube ich. Das Mädel hat auch kaum etwas gegessen. Die übrig gebliebenen Bratäpfel hab ich am nächsten Tag draußen ins Vogelhäuschen gelegt. Die Amseln und Spatzen haben sich auf sie gestürzt.«

»Herr Helmer war also nicht beim Abendessen dabei?«

»Nein, der ist normalerweise erst spät aus der Firma gekommen. Der hat immer viel gearbeitet.«

»Und Andi?«

»Das weiß ich nicht mehr, wo der war und wann der gekommen ist. Der Bub war damals schon fast achtzehn, der war nicht mehr den ganzen Nachmittag zu Hause und hat sich auch nicht jedes Mal bei mir abgemeldet, wenn er weggegangen ist.«

»Ist Ihnen kalt?«, fragte Meißner.

Frau Thalmeier schüttelte den Kopf. »Die haben mich eingepackt wie für eine Expedition. Ich hab der Charlotte noch Gute Nacht gesagt und bin dann in mein Zimmer gegangen. Ich hab ja ein eigenes Apartment im Haus gehabt, mit eigenem Badezimmer.«

»Und am nächsten Tag?«

»Am nächsten Tag war Frau Helmer immer noch nicht da. Wir haben nicht gewusst, was los ist. Charlotte hat geweint. Herr Helmer hat gesagt, er würde sie suchen lassen. Und dass sie vermutlich mit einem anderen Mann weg ist.«

»Haben Sie von einer anderen Beziehung etwas bemerkt?«

»Nein. Frau Helmer war ja insgesamt sehr selbstständig. Sie hat ihren Beruf gehabt, ihr eigenes Auto, ist morgens in die Firma gefahren und war überhaupt viel unterwegs. Und ich war ja die Haushälterin, nicht ihre Freundin. Sie hat mir nicht erzählt, wohin sie geht. Nur wenn Charlotte auf dem Eisplatz Training gehabt hat, konnte man sicher sein, dass sie auch dort war. Sie hat immer eine Decke und eine Thermoskanne Tee im Auto gehabt, damit sie nicht friert, während sie auf der Bank sitzt. Sie hat es immer so eingerichtet, dass sie beim Training dabei sein konnte.«

»Wie war denn die Ehe der Helmers? Gab es oft Streit?«

»Nein, jedenfalls nicht so, dass ich es mitbekommen habe. Er war halt ein Stück älter als sie und immer in der Firma. Andauernd ist irgendwo etwas modernisiert oder umgebaut worden. Herr Helmer war überall, hat sich um alles gekümmert und ausgeholfen. Wenn's nötig war, hat er sogar eigenhändig den Gabelstapler gefahren und beim Lkw-Entladen geholfen. Von Streitereien weiß ich nichts.«

»Und als seine Frau weg war?«

»Hat er noch mehr gearbeitet und ist immer stiller geworden, genau wie die Kinder. Charlotte hat mit dem Eislaufen aufgehört. Alle haben wir auf sie eingeredet, ihr Trainer ist sogar ins Haus gekommen und hat mit ihrem Vater gesprochen, aber genutzt hat es nichts. Sie wollte einfach nicht mehr. Der Andi hat ganz anders reagiert. Er hat über die Stränge geschlagen. Hat getrunken, ist abends immer fort gewesen und wär beinahe von der Schule geflogen, wenn sein Vater ihn nicht ins Internat gebracht hätte. Als er dann im Internat war, waren Charlotte und ich allein. Ich bin so lange im Haus geblieben, bis auch sie ins Internat gewechselt ist.«

»Und später hat Herr Helmer dann erzählt, dass seine Frau an Krebs gestorben ist.«

»Weil die Leute geredet haben, wie's halt so ist. Das hat dann aber irgendwann aufgehört.«

»Hätten Sie Frau Helmer zugetraut, dass sie weggeht und sich nie mehr meldet? Nicht bei den Kindern und nicht bei ihrem Mann?«

»Kann man in einen anderen Menschen hineinschauen?« Frau Thalmeier seufzte. »Haben Sie sie gefunden?«

Meißner nickte.

»Ist sie tot?«

Er nickte wieder. »Wir suchen jetzt nach Charlotte. Sie ist seit zwei Wochen verschwunden.«

»Charlotte? Aber die ist doch im Urlaub! Sie hat mir vor Kurzem eine Karte geschickt und geschrieben, dass es ihr gut geht.«

Trotz seiner eiskalten Hände und obwohl er seine Füße nicht mehr spürte, brannte jetzt wieder ein Feuer in Meißner. Wenn es einmal läuft, dann läuft es, redete er sich ein. Wenn du ein Mal Glück hast, dann hast du es auch ein zweites Mal.

Er durfte die Karte mitnehmen, musste Frau Thalmeier aber versprechen, sie ihr auf jeden Fall zurückzubringen. Auf der Vorderseite war eine einsame Felsenbucht abgebildet. Ein Segelboot dümpelte auf türkisblauem Wasser.

»Vielleicht kommen Sie mich im Sommer ja mal wieder besuchen«, schlug Frau Thalmeier zum Abschied vor. »Wenn die Hasen und die Enten wieder da sind.«

»Dazu müssen wir erst einmal den Winter überstehen«, sagte Meißner. »Aber das schaffen wir beide, oder?«

»Unkraut vergeht nicht, hat meine Mutter immer gesagt.«

Zurück in Ingolstadt fuhr Meißner noch einmal zur Donau-Kühlung, um das Geheimnis des letzten Regals zu lüften. Im Sekretariat erfuhr er, dass auch der Junior in der Kühlhalle war. Meißner fand ihn im Gespräch mit einem der Lageristen, einen Packen Fracht- und Lieferscheine in der Hand.

»Wollten Sie nicht mit Ihrem Vater nach München fahren?«, fragte ihn Meißner.

»Ich kann ja nicht dauernd unterwegs sein. Irgendwann muss ich mich auch mal wieder um die Firma kümmern«, antwortete er.

Er war patzig wie immer, sah aber ziemlich schlecht aus. Kein Wunder, dachte Meißner.

»Sie würden mich am liebsten zum Teufel schicken, nicht wahr? Ich versteh das sogar.«

Helmer belauerte ihn ungeduldig.

»Wie sind eigentlich die Gespräche mit Ihren Geschäftspartnern aus Stuttgart gelaufen?«

»Ich glaube nicht, dass Sie das etwas angeht«, fuhr Andreas Helmer ihn an. »Was wollen Sie eigentlich noch hier? Nachdem Sie alles auf den Kopf gestellt und meine Arbeiter zwei Tage lang haben schuften lassen, sollte der Betrieb doch endlich wieder weitergehen dürfen. Oder wollen Sie mich noch ganz ruinieren? Meinen Sie etwa, Ihre Ermittlungen bleiben in der Geschäftswelt unbemerkt? Die Konkurrenz lauert doch nur darauf, sich billig eine in Verruf gekommene Firma unter den Nagel zu reißen.«

»Sie wollen verkaufen?«, fragte Meißner ins Blaue hinein.

»Nur zu einem vernünftigen Preis.«

»Und Sie haben keine Ahnung, wie die Leiche in Ihr Kühlhaus gekommen ist.«

Der Junior schüttelte den Kopf. »Damals war es ja noch nicht mein Kühlhaus, sondern das von meinem Vater.«

»Dazu müsste ich Sie später noch befragen. Vielleicht draußen, wo's ein bisschen wärmer ist?«

»Ich bin beschäftigt, das sehen Sie doch.«

»Sie können auch morgen früh ins Präsidium kommen.«

»Dann lieber am Abend, wenn ich hier das Gröbste erledigt habe.«

»Okay, geben Sie mir dann einfach Bescheid.«

»Wenn Sie sonst nichts mehr haben …«

»Eine Sache wüsste ich noch gern.« Meißner setzte sich in Richtung der hinteren Regalreihen in Bewegung und machte Andreas Helmer ein Zeichen mitzukommen. Widerwillig folgte er ihm.

»Was ist denn noch?«

Meißner blieb vor dem letzten Regal stehen, zog sich Handschuhe an und nahm eine Packung Krusta-Pizza aus dem Regal. »Woher stammt dieses Gourmet-Produkt?«, fragte er.

»Mein Gott, das alte Zeug«, antwortete der Junior. »Das ist doch schon hundert Jahre alt.«

»Eher siebzehn. Oder zwanzig, zweiundzwanzig vielleicht?«

»Ich weiß es nicht genau. Es war schon da, als ich die Firma übernommen habe. Sozusagen eine Erblast meines Vaters. DDR-Waren. Oder Nach-DDR-Waren. Aus dem Osten eben. Vielleicht haben die Ostunternehmen tatsächlich geglaubt, sie könnten ihre

Produkte hier im Westen weiterverkaufen, aber das hat nicht geklappt? So was wäre höchstens noch im Osten zu verkaufen gewesen, aber die Leute drüben wollten nach der Wende auch lieber die Westwaren. Italienische Pizza mit dünnem Teig, keine Bauernpizza mit Hackfleisch und Sauerkraut. Können Sie sich vielleicht vorstellen, so etwas zu essen?«

»Bevor ich verhungere, vielleicht. Aber warum hat die Packungen denn keiner mehr abgeholt, um sie anderswo, meinetwegen auch wieder im Osten, zu verkaufen?«

»Weil die Betriebe entweder pleitegegangen sind oder von der Treuhand abgewickelt wurden. Von denen ist keiner mehr greifbar. Natürlich wäre mein Vater liebend gern dieses Zeug losgeworden, aber irgendwann war klar, dass wir das nur noch entsorgen können.«

»Und warum haben Sie es nicht entsorgt?«

»Haben Sie eine Ahnung, was das kostet? Und können Sie sich außerdem die Publicity vorstellen, wenn bekannt wird, dass wir Lebensmittel wegwerfen? Das wär ein gefundenes Fressen für die Ökomafia gewesen: ›Donau-Kühlung vernichtet tonnenweise Tiefkühlwaren, während anderswo Menschen hungern.‹ Unter erfolgreicher PR stelle ich mir was anderes vor.«

Die Erklärung klang nicht schlecht, überzeugte Meißner aber trotzdem nicht. Er überlegte, warum. War es die Verve, mit der Helmer junior seine Argumente vorbrachte, die Entrüstung, die ihm bemüht erschien, oder überhaupt die starken Emotionen, die so eine abgestandene, hinfällige Altlast bei ihm auslöste? Alles erschien ihm etwas zu viel. Wusste Helmer irgendwas? Hatte er sogar von der Thermokiste unter den Ostkühlwaren gewusst?

»Aber im Moment kann unsere Publicity ja gar nicht mehr schlechter werden«, sagte Helmer.

»Das heißt?«, fragte Meißner.

»Übermorgen kommt das ganze Zeug weg.«

»Übermorgen schon?«

»Ihre Kollegen haben das Kühlhaus doch freigegeben.«

»Dann haben Sie jetzt also keine Angst mehr vor der Ökomafia?«

»Jetzt ist das auch schon egal.«

»Vielleicht könnte das aber auch Teil einer Marketing-Aktion sein?«, schlug Meißner vor. »›Donau-Kühlung macht reinen Tisch. Großreinemachaktion nach Leichenfund. Der Junior schwingt den eisernen Besen.‹«

Helmer nickte gequält.

»Erinnern Sie sich eigentlich noch an Ihre Mutter?«

»Natürlich. Ich war siebzehn damals. Denken Sie, ich war ein Idiot?« Er stürmte davon.

Beim Überqueren des Parkplatzes fiel Meißner eine kleinere Halle auf. Das konnte kein Kühlhaus sein, sonst würde die Tür nicht offen stehen. Es war eine Garage, in der der Fuhrpark der Firma untergebracht war. Drei Gabelstapler des Typs Manitou MI, rot lackiert und topmodern, standen in der ersten Reihe. Dahinter parkten zwei ältere Modelle. Sie waren sonnengelb und stammten von der Firma Still in Esslingen. Außerdem gab es noch zwei ältere Hubwagen zum Handbetrieb und zwei motorbetriebene mit der Typenbezeichnung Jungheinrich ELS 18. Meißner machte mit dem Handy ein paar Fotos von der Logistik-Armada und rief die Spurensicherung noch einmal zum Einsatzort. Bevor er das Firmengelände verließ, gab er im Sekretariat Bescheid, dass seine Kollegen für eine weitere kriminaltechnische Untersuchung erneut aufkreuzen würden. Die Sekretärin rollte zwar mit den Augen, aber dieser stumme Kommentar war auf jeden Fall angenehmer als das Gebrüll des Juniors, das todsicher zu erwarten war. Damit hatte Meißner wahrscheinlich seine Chance verspielt, dass Helmer sich am Abend bei ihm melden würde, aber darauf konnte er jetzt auch keine Rücksicht mehr nehmen. Wenn seine Vermutung stimmte, hatte er soeben die Tatwaffe gefunden.

Erwin Helmer hatte währenddessen in München die Leiche als seine vor siebzehn Jahren verschwundene Ehefrau identifiziert.

»Anfangs war er sehr gefasst«, erzählte Kern Meißner am Telefon. »Er war ja nicht allein da, sondern in Begleitung einer Frau. Im ersten Moment hab ich ja gedacht, die Fürstin Gloria käme zur Tür herein. Die Gloria!« Der Mediziner seufzte tief. »Damals hätte sie auch mich nehmen können. Zu der Zeit bin ich wie sie immer im ›Café Reitschule‹ in der Königinstraße am Englischen Garten gesessen. Aber nein, den Johannes von Thurn und Taxis hat sie genommen, den alten Mann. Weil der mehr Geld gehabt hat als ich. Ich war damals ja noch ein armer Medizinstudent. Dafür war ich der Feschere von uns beiden, das darfst du mir glauben.«

Meißner schmunzelte. Kern hatte die Ähnlichkeit also auch bemerkt. »Und wie ging's dann weiter, als du kapiert hast, dass dein Gast doch nicht die Gloria war?«

»Der Herr Helmer war sehr zurückhaltend, ganz alte Schule. Nur bevor er gegangen ist, hat er der Toten noch einmal die Hand gestreichelt. Er war sich ganz sicher, dass sie seine Frau ist. Also wär dieses Rätsel gelöst.«

»Ich glaube übrigens, ich hab ein weiteres aufklären können. Ich hab das Tatwerkzeug gefunden. Morgen kriegst du die Ergebnisse von der KTU.«

»Prima. Und nicht vergessen, gell?«

»Nein, bitte, sag's nicht.«

»Wollt ich eh nicht. Servus, Meißner.«

Bei einem Glas Pinot Nero und einem Teller Pasta erzählte Marlu ihm am Abend von ihrem Besuch bei der Detektei Kraus. Rico Kraus, der Besitzer der Firma und aus Oberhof in Thüringen stammender Alleinunternehmer, konnte sich noch sehr genau an den Fall erinnern. Möglicherweise weil er im Jahr nicht allzu viele Fälle bearbeitete, wenn es erlaubt war, vom Zustand seines Büros und dem Alter seiner Büroausstattung auf sein Geschäftsvolumen zu schließen. Alle Unterlagen von damals waren säuberlich in einem Ordner abgeheftet. Fotos, Namen, Adressen, alles da.

»Wir wissen jetzt, dass der Exlover von Eva Maria Helmer tatsächlich Georgier ist und Waleri Borsow, Blödsinn, was sag ich denn, ich meine natürlich, er heißt Waleri Senaia.«

»Ha, ha«, brummte Meißner mit vollem Pastamund. »Und hat er tatsächlich in diesem Kammerorchester gespielt?«

»Ja«, sagte Marlu. »Aber er hat Deutschland 1996 verlassen, weshalb sich auch seine Spur erst einmal verliert. Erst 2003 ist er mit Frau und zwei Kindern im Rheinland wieder aufgetaucht. Im Moment lebt er in Köln und spielt im WDR-Rundfunkorchester.«

»Welches Instrument?«, fragte Meißner.

»Bratsche. So eine Art große Geige.«

»Danke, dass du nicht Fidel gesagt hast. Ich kenne einen einzigen Bratscherwitz. Willst du ihn hören?«

»Ich kann dir nicht versprechen, dass ich ihn verstehe, aber hören möcht ich ihn schon.«

»Also, pass auf. Warum hassen Bratscher Friedhöfe?«

»Hm?«

»Das ist der Witz. Also: Warum hassen Bratscher Friedhöfe?«

»Keine Ahnung.«

»Zu viele Kreuze.«

»Sorry, muss man das verstehen?«

»Der Bratscher ist so in etwa der Ostfriese des Orchesters, witzmäßig, verstehst du? Je mehr Kreuze, na, ist ja auch egal. Auf jeden Fall ist dieser Senaia jetzt also in Köln.«

»Axel ist schon auf dem Weg zu ihm.«

»Ah, unser Möchtegern-Vettel«, sagte Meißner.

»Seit er mit der Identität der Leiche, die er gefunden hat, so falsch gelegen hat, ist er dir gleich ein bisschen sympathischer geworden und kratzt weniger an deiner Kriminaler-Eitelkeit, stimmt's? Wobei ich ja immer noch glaube, dass es nicht nur um die geht.«

»Worum denn sonst?«

»Gekränkte männliche Eitelkeit vielleicht? Eine Prise Eifersucht dazu? Wann gibst du's denn endlich zu?«

»Ich weiß echt nicht, wovon du hier redest, Marlu. Gino, hast du noch ein Glas für mich?«

Meißner scannte am Abend noch Charlottes Postkarte ein und schickte sie nach Mallorca. Danach war er wieder einmal in seiner eigenen Wohnung zu Gast, die, das musste er sich eingestehen, genau so kalt und verlassen war, wie Marlu immer behauptete. Aber jetzt noch die Heizung aufzudrehen lohnte sich doch gar nicht. Er war ja eigentlich sowieso schon auf dem Weg ins Bett. In seiner Wohnung gab es keinen Fernseher und keine einzige

Kerze. Und die zwei Topfpflanzen, die bis in die Gegenwart durchgehalten hatten, waren in einem beklagenswerten Zustand. Einen Junggesellenhaushalt, so hätte das seine Mutter genannt. Kein Gegenstand zu viel und keiner ohne Funktion. Gemütlich war anders.

Er träumte von einem Garten. Es war Sommer. Riesige Käfer krochen über eine Wiese, und ab und zu plumpste einer in den Ententeich. Der Wind spielte eine schräge Melodie auf einem Klangspiel, und die Blätter an den Ästen der Bäume raschelten dazu. Eine Schaukel baumelte quietschend an einem dicken Ast, aber kein Kind war weit und breit zu sehen. Dafür trippelte ein alter Mann in braun-gelb karierten Pantoffeln eilig über den Rasen, blieb immer wieder stehen und sah sich suchend um. Noch im Schlaf dachte Meißner, dass das kein schöner Traum war und er lieber aufgewacht wäre, aber er musste diesem verwirrten Alten immer weiter zusehen und spüren, wie seine Verzweiflung wuchs und wuchs. Endlich erschien ein Pfleger und führte den Greis durch eine Glastür zurück ins Haus. Sanft schob er ihn in den Aufzug, dann schloss sich die Tür, und Meißner hörte ein leises Pling, als der Lift sich in Bewegung setzte.

FÜNFZEHN

Als er am Morgen das Haus verließ, spürte er, dass es etwas wärmer geworden war. Dafür war der Himmel fast schwarz. Ein Sauwetter kündigte sich an, wie es für Mitte Dezember schon fast normal geworden war. Wenn alle Welt von weißen Weihnachten träumte, stiegen die Temperaturen und es begann zu regnen.

Weihnachten. Um Himmels willen! Das war sowieso die schlimmste Zeit im Jahr, egal ob es regnete oder schneite. Am Theaterplatz standen die Buden des Christkindlmarkts, es roch nach Zimtwaffeln und Glühwein. Die gesamte Innenstadt war beleuchtet, und in der Engelsgasse und auf dem Hirtenweg gab es Holzspielzeug, Kripperl, Strümpfe und Bratpfannen zu kaufen und für die Kinder ein Karussell.

Für Meißner war die Adventszeit vor allem die Zeit der Lastminute-Geschenke und der Feiertagspanik. Zwei, eigentlich drei Feiertage hintereinander. Wegfahren sollte man, aber selbst das musste man rechtzeitig planen. An Weihnachten wollte ja jeder irgendwohin. Die meisten nach Hause.

Im Präsidium erfuhr Meißner, dass Brunner mit dem Georgier bereits nach Ingolstadt unterwegs war. Angesichts der Strecke Köln–Ingolstadt, die etwa fünfhundert Kilometer betrug, und Brunners Leidenschaft für schnelles Fahren war er womöglich in zwei Stunden da. Vorausgesetzt natürlich, es gab keine Staus, keine lästigen Geschwindigkeitsbegrenzungen oder Baustellen. Zudem durfte der Bratscher kein Weichei sein, der bei zweihundert Stundenkilometern plus Muffensausen bekam.

Waleri Senaia war der Aufforderung, zur Vernehmung nach Ingolstadt zu kommen, ohne Einwände gefolgt, allerdings blieb ihm bei einer vom Staatsanwalt ausgestellten Vorladung auch fast nichts anderes übrig. Er war zwar als Zeuge vorgeladen, nicht als Beschuldigter, aber was nicht war, konnte ja noch werden.

Am Vormittag, als Meißner davon ausgehen konnte, dass auch Fischer einige Kilometer südlich langsam aufgestanden war, rief er ihn an. Der Exkollege saß bereits beim Frühstück in einer Bar, die für Meißner nach übelster Spelunke klang.

»Sag mal, kannst du nicht woanders hingehen? Bei dem Gedudel und Geplärr kann ich dich kaum verstehen«, sagte Meißner.

»Das sind doch bloß die Spielautomaten und der Fernseher. Warte, ich bezahl mal.«

Meißner hörte wieder Geschrei, etwas, was die Preisansage des Kellners sein konnte, ein Satz wie aus einem Maschinengewehr abgefeuert. Dann Geldklimpern auf dem Tresen und endlich Ruhe.

»Elmar? Bist du noch da?«

»Hier bin ich.«

»Und, was sagst du zu der Karte? Kennst du das Motiv?«

»Das ist eine Bucht im Nordosten der Insel, tausendfach fotografiert und als Postkarte verschickt. Die Katzenbucht, Cala Gat auf Katalanisch, mit Katze, ohne Katze, mit Boot, ohne Boot, mit Bikininixe, ohne Bikininixe. Die Karten kannst du überall auf der Insel kaufen, auch hier in Palma. Die Briefmarke wurde vor Ort in der Hauptpost abgestempelt, in der Carrer de la Constitució, gleich beim Jachthafen. Und zwar vor zehn Tagen. Aber das hast du bestimmt auch schon gesehen.«

»Hört sich doch insgesamt ganz gut an. Und was ist mit dem Konto von der Helmer? Hast du da was erfahren?«

»Ich bin zu einem tatsächlich Zuständigen bei der Bank durchgedrungen und konnte ihm sogar verständlich machen, worum es geht. Er war so freundlich, mir zu sagen, dass von dem Konto in den letzten sechs Monaten kein Geld abgehoben wurde.«

»Und sonst? Hast du dich bei den Deutschen auf der Insel umgehört?«

»Hab ich. Ich hab mich geopfert und hab all die Clubs und Lokale abgeklappert, wo die Deutschen gern hingehen. Hab hier mal ein paar Tapas gegessen, dort ein paar Churros, das sind die fetten Schmalzkringel, die man nur runterkriegt, wenn sie frisch und noch warm sind, dann wieder Tapas und einen Drink und so weiter.«

»Muss ich mir Sorgen machen wegen deiner Spesenrechnung?«

»Na ja, Spanien ist auch nicht mehr das, was es mal war. Und

Mallorca sowieso nicht. Aber hier weiß keiner was über Charlotte Helmer.«

»Dann streng dich gefälligst ein bisschen mehr an, Elmar. So groß kann Palma doch nicht sein.«

»Du machst mir Spaß. Schlappe vierhunderttausend Einwohner. Gut drei Mal so viel wie das beschauliche Ingolstadt. Und leider ist die gute Frau hier nicht polizeilich gemeldet.«

»Hast du mit dem Koch gesprochen, der in ihrer Mühle lebt?«

»Hab ich. Er sagt, er hat keine Ahnung, wo sie sein könnte. Bei ihm hat sie sich nicht gemeldet.«

»Aber sie muss doch irgendwo wohnen. In einem Hotel, einer Ferienwohnung, das muss doch rauszukriegen sein.«

»Dann komm du doch her und such nach ihr«, sagte Fischer. »Du kriegst doch sowieso bald deine alljährliche Weihnachtsdepression, wenn du feststellst, dass es kurz vor Heiligabend ist und du weder ein Geschenk für irgendjemanden hast noch weißt, wo du am vierundzwanzigsten hingehen sollst. Bei uns gibt es jedenfalls eine Riesenparty, und du bist herzlich eingeladen.«

»So depressiv kann ich gar nicht sein, dass ich mich mit zwanzig Schwulen auf Ibiza zu einer Weihnachtsparty treffe.«

»Es kommt auch der ein oder andere Hetero. Na ja, mindestens einer oder zwei.«

»Vergiss es, Elmar. Schau dich lieber noch ein bisschen gründlicher um und friss nicht so viele Tapas auf meine Kosten, hast du verstanden?«

»Jemand möchte dich sprechen.« Marlu steckte den Kopf in Meißners Büro.

»Wer?«

»Moritz Eberl. Er sagt, er möchte eine Aussage machen, allerdings nur bei dir.«

»Hat er vor unserem fränkischen Bulldozer etwa Angst?«

Marlu schnitt eine Grimasse. »Und da erzähl mir noch mal einer was von Zickenkrieg. Der Bericht der KTU zum Maschinenpark der Donau-Kühlung ist übrigens da. Schau mal.«

Während sie die Unterlagen gemeinsam durchgingen, stand Marlu nur einen Schritt hinter ihm und kraulte ihm den Nacken.

»Und?«, fragte sie.

»Weitermachen«, sagte Meißner.

»Ich meine eigentlich den KTU-Bericht.«

»Wenn ich jetzt Brunner wär, würd ich bestimmt ›Bingo!‹ sagen und mir selbst auf die Schultern klopfen.«

»Zeig mal den Abgleich mit den Spuren, die Kern in der Wunde der Toten gefunden hat.«

Schon optisch schienen die Lackspuren identisch mit dem Lack der beiden Still-Stapler zu sein. Die chemische Analyse bestätigte die Vermutung.

»Na, also«, sagte Marlu. »Da geht doch was voran.«

Meißner griff zum Telefonhörer.

»Soll ich dich dann in Neuburg anmelden?«

»Ja, bitte. Und, Marlu?«

»Was?«

»Kannst du mir noch ein bisschen die Schultern massieren, während ich Kern anrufe?«

»Später«, versprach sie.

Er erreichte den Rechtsmediziner beim zweiten Versuch. »Ich hab die Tatwaffe gefunden, Herr Doktor, wie angekündigt.«

»Brav, Meißner. Gibt's Infos dazu?«

»Müssten gerade auf deinem Rechner eintrudeln.«

»Ah, da kommt was. Ja, da schau her! Ein netter kleiner Gabelstapler, und so schön gelb ist der mal gewesen. Sonnengelb, würd ich sagen.«

»Schau dir mal deine Zaunlatte mit dem stumpfen Spitz in der Mitte an.«

»Sakra, die zwei Zinken.«

»Genau. Die Gabel war's also«, sagte Meißner. »Klingt fast nach einem Titel für einen Krimi: Die Gabel war's.«

»Passen würd's. Weil die Gabel ja auch quasi das Werkzeug zum Verzehr der Dampfnudeln, Grießnockerln, des Millirahmstrudels und des Hirschgulaschs ist. Die Bayern-Krimis haben doch jetzt grad alle solche Titel.«

»Sag bloß, du liest so was auch?«

»Na, ich nicht, ich hab ja auch gar keine Zeit dafür, aber meine Frau. Wenn ich nur mal wieder Urlaub hätt …«

»Denkst du auch, was ich denke?«

»Dass die Frau während eines Gerangels gestürzt, nach hinten gefallen und mit dem Kopf auf die Gabel geschlagen ist, die dann ihren *dens axis* getroffen hat? Ja, das glaube ich durchaus.«

»Gut, den Rest haben wir ja schon ausführlich besprochen. Ich merke mir nämlich alles, was du mir erzählst. Könnt ja für was gut sein. Dann bis zum nächsten Mal, Kern. Und bitte, erinnere mich jetzt nicht noch mal ans Fernsehen heute Abend.«

»Dann halt nicht. Pfüat di, Meißner. Wer weiß schon, ob du überhaupt mal wieder im Bayerischen Fernsehen zu sehen sein wirst. Bist ja bloß der Bulle von Ingolstadt und nicht der von Tölz. Und die Statur vom Ottfried Fischer hast a ned.«

»Gott sei Dank«, sagte Meißner.

Das Kopfsteinpflaster in der Neuburger Altstadt war ausgewaschen und rutschig, zumindest wenn man auf Ledersohlen unterwegs war. Meißner überlegte, ob noch Zeit für ein Stück Ottheinrichtorte war, und hoffte auf das Glück des Tüchtigen.

Er wartete im Besprechungszimmer auf Eberl. Gefängnisse sind ein bisschen wie Friedhöfe, dachte Meißner. Einerseits gehören sie zur Gesellschaft, andererseits auch wieder nicht. Innerhalb der Stadt und doch ausgesperrt vom alltäglichen Leben. Unter den Menschen und doch nicht bei ihnen.

Eberl war blass, aber er sah wieder normaler, gepflegter aus als auf der Fahrt nach München. Noch immer waren seine Bewegungen fahrig, und er rieb sich pausenlos die Hände, aber insgesamt wirkte er weniger verwirrt.

»Wer ist die Tote in München? Sie wissen doch jetzt, dass es nicht Charlotte ist, oder?«, fragte er.

Meißner nickte. »Ja, das wissen wir.«

»Wer ist es dann?«

»Sie sieht Charlotte ähnlich, finden Sie nicht?«

Eberl schüttelte energisch den Kopf. »Nein.«

»Es ist Charlottes Mutter.«

»Das ist doch Quatsch«, sagte Eberl. »Ihre Mutter ist gestorben, als Charlotte noch klein war. Die kann doch nicht jetzt erst gefunden worden sein.«

Meißner lag nichts daran, ihn zu überzeugen. »Wo ist Charlotte?«, fragte er.

»Ich weiß es nicht«, sagte er. »Ich habe Charlotte nichts getan. Selbst wenn ich das mit den Briefen gewusst hätte, hätte ich ihr nichts getan. Wahrscheinlich ist sie jetzt bei diesem anderen.«

»Das glaube ich nicht.«

»Aber sie lebt?«

»Das wissen wir erst, wenn wir sie gefunden haben.«

»Sie lebt, ich weiß doch, dass sie lebt. Ich bin ihr Mann.«

»Und warum ist sie dann fort?«

»Keine Ahnung.«

»Ist sie vor Ihnen weggelaufen?«

»Doch nicht vor mir!« Er war entrüstet.

Meißner fragte sich allmählich auch, was Charlotte Helmer je an diesem Burschen gefunden hatte. Wo waren Eberls Qualitäten, mit denen er eine Frau wie sie erobert hatte?

»Warum haben Sie meinem Kollegen gegenüber ausgesagt, dass Sie Ihre Frau umgebracht haben, wo Sie doch jetzt felsenfest davon überzeugt sind, dass sie gar nicht tot ist.«

»Charlotte ist nicht tot, das spür ich.«

»Das habe ich ja jetzt verstanden. Aber wieso haben Sie dann ein Geständnis über den Mord an Ihrer Frau abgelegt?«

»Ich weiß es nicht mehr«, jammerte Eberl. »Ich hab mir solche Sorgen gemacht. Ich hab Angst um sie gehabt, ganz schlimme Angst. Ich hab Tabletten genommen und in den Kneipen was getrunken.«

»Und Leute angegriffen und zusammengeschlagen.«

»Sie haben über mich gelacht. Haben gesagt, Charlotte ist meinetwegen weggelaufen.«

»Und was haben Sie dann gemacht?« Es sah so aus, als hätte Eberl über alles nachgedacht, was in den letzten Tagen passiert war. Nüchtern war er ja nun.

»Dann bin ich aus der Stadt rausgefahren und mit dem Auto von der Straße abgekommen. Es hat gekracht, alles hat sich gedreht, und ich hab gedacht, ich wär tot. Es hätte mir nicht einmal was ausgemacht, aber irgendwie bin ich aus dem Wagen wieder rausgekommen.«

»Wo soll denn das gewesen sein?«, fragte Meißner.

»Irgendwo auf einem Feld. Überall war Gebüsch, da bin ich durchgekrochen, bevor ich wieder auf die Straße und ins Industriegebiet gelaufen bin.«

»Was wollten Sie dort?«

»Ich wollte mit denen reden, Mann.«

»Mitten in der Nacht?«

»Ich hab gewartet, bis es hell geworden ist. Bis der erste Kühllaster gekommen ist und rückwärts an die Schleuse vom Kühlhaus angedockt hat. Dann ist mein Schwager aufgetaucht, aber der hat mich erst gar nicht erkannt.«

»Weil Sie von dem Unfall noch Blut im Gesicht hatten?«

»Nein, weil er mich bei meiner Hochzeit zum letzten Mal angeschaut hat. Die Helmers sind ganz feine Herrschaften. Wenn man nicht auf der und der Schule war und nicht den und jenen kennt, dann ist man für die unten durch. Handwerker? Alles Deppen. Die kommen ins Haus, wenn man sie braucht, aber doch nicht als Schwiegersohn. Arrogante Arschlöcher.« Eberl hämmerte mit der Faust auf den Tisch.

Der Beamte, der mit im Raum war, wurde unruhig. Meißner signalisierte ihm, dass er alles im Griff hatte.

»Ich kann alles, was Sie erzählen, nachvollziehen, aber warum haben Sie Charlotte auf dem Firmengelände gesucht?«

»Das weiß ich doch nicht«, sagte Eberl. »Irgendwie hab ich gedacht, sie müsste dort sein. Dass die irgendwas mit ihr angestellt haben.«

Meißner überlegte. Ohne Eberls Wahnvorstellung oder seine Vorahnung hätten sie die Leiche von Eva Maria Helmer nie gefunden. Vielleicht hatten die Psychopharmaka, die Eberl einnahm, ja wie LSD eine bewusstseinserweiternde Wirkung? »Aber warum haben Sie dann das Geständnis abgelegt?«

»Ich war fertig. Ich war gar nicht mehr ich selbst. Ihr feiner Kollege hat mich heimgebracht, als es mir total beschissen ging. Ich wollte nicht mit ihm mitgehen, aber sonst hätten die mich im Klinikum behalten. Ich hatte doch keine Wahl. Er hat so getan, als würde er sich um mich kümmern. Hat Tee gekocht und mich auf der Couch mit einer Decke zugedeckt.«

Meißner sah aus den Augenwinkeln, dass nun auch der Beamte die Ohren spitzte. Paragraph 343 Strafgesetzbuch. Aussageerpressung. Darum ging es hier.

»Und dann?«, fragte Meißner.

»Er hat gesagt: ›Sie haben Charlotte umgebracht.‹ Und dass er es von Anfang an gewusst hätte. Dass ich die Briefe im Keller schon vorher gefunden und sie deshalb ermordet hätte. Und dass er Blutspuren von Charlotte im Keller gefunden hätte.« Eberl war vor Erregung ganz außer Atem.

»Was waren das für Spuren?«

»Ein Taschentuch mit Blutflecken. Ich hab den Reifen von Charlottes Rad geflickt und bin abgerutscht, hab mich verletzt. Er hat geschrien, das Blut sei von ihr. Dann hat er mir die Briefe gezeigt, aber ich war so müde. Die ganze Nacht hatte ich nicht geschlafen. Das mit den Briefen hab ich nicht verstanden, aber dass er meinen ganzen Keller durchsucht hat, das hab ich kapiert. Da bin ich durchgedreht. Hab geschrien, dass ich es war. Aber nur, damit er endlich aufhört zu reden, damit er weggeht und ich schlafen kann.«

»Und? Ist er gegangen?«

Eberl nickte. »Die Briefe hat er mir dagelassen.«

»Sie haben sie gelesen?«

»Ja, das habe ich.«

»Was haben Sie dabei gedacht?«

»Dass der Mann nicht einmal richtig schreiben kann, wo Charlotte sich doch immer so über mich lustig gemacht hat, wenn ich mal etwas falsch gesagt oder geschrieben habe. Ich hab gedacht, bei dem anderen ist ihr das alles egal.«

Die rote Kontrolllampe des Diktiergeräts leuchtete noch. Meißner hatte alles aufgenommen.

»Ihre Aussage, Herr Eberl? Sie wollten doch eine Aussage machen.«

»Genau, meine Aussage. Also, ich war's nicht. Ich habe Charlotte nicht umgebracht.«

Meißner schaltete das Gerät ab und packte seine Sachen zum Gehen.

»Ich darf nicht nach Hause?«, fragte Eberl.

»Das habe nicht ich zu entscheiden, sondern der Richter.« Der Beamte würde Eberl zurück in seine Zelle bringen. »Sie haben ein Geständnis abgelegt, das Sie jetzt widerrufen. Aber Charlotte ist immer noch verschwunden.«

Beim Verlassen der JVA hörte Meißner eine Nachricht von Marlu ab. Brunner war mit dem Georgier eingetroffen.

»Ich will bei der Vernehmung dabei sein«, sagte er zu ihr, als er sie zurückrief. »Der Mann soll sich jetzt erst einmal ausruhen. Bringt ihm etwas zu trinken, fragt ihn, ob er Hunger hat, aber fangt mit der Vernehmung nicht an, bevor ich da bin.«

»*Aye, aye, Sir*, und wann kommst du?«

»So schnell ich kann.«

Schneller wäre es bestimmt ohne die Ottheinrichtorte und den kleinen Cappuccino gegangen, den sich Meißner, einer alten Gewohnheit folgend, im Café in der Oberen Stadt noch leistete. Aber dann hätte er sich bestimmt ewig geärgert, und das wäre auch nicht gesund gewesen.

Waleri Senaia war ein freundlicher Herr Ende fünfzig. Im Vergleich zu der Polaroidaufnahme von vor siebzehn Jahren war er in Würde ergraut und hatte sich zwischen Brust und Hüfte einen ausreichenden Vorrat für den kalten deutschen Winter angefuttert. Er sprach nicht viel besser Deutsch, als seine Briefe von damals hatten durchblicken lassen, schien sich aber nichts daraus zu machen. Bedächtig ließ er einen Löffel Zucker in den Tee rieseln, den man ihm gebracht hatte, rührte um und lächelte allen dabei freundlich zu. Ganz so, als sei er von alten Freunden nach Hause eingeladen worden und registriere nun mit Erstaunen, was sich alles verändert hatte und wie groß die Kinder inzwischen geworden waren. Brunner hatte ihm nicht viel mehr gesagt, als dass er in einer Strafsache als Zeuge vernommen werden sollte. Ohne viele Fragen war Senaia Brunner gefolgt und hatte sich von seiner Familie verabschiedet. Dann hatte er noch seine Bratsche eingepackt, denn ohne sie, so sagte er, fuhr er nie weg. Vielleicht freute er sich ja auch tatsächlich, wieder nach Ingolstadt zu kommen, wo er zwölf Jahre seines Lebens verbracht und in einem Orchester mit georgischen Landsleuten gespielt hatte. Ob es gute oder schlechte Erinnerungen waren, die Senaia mit Ingolstadt verband, blieb Brunner verborgen. Dass er hier eine große Liebe getroffen oder auch nur eine kleine Affäre mit der Frau eines Kühlhausbesitzers gehabt hatte, das hatte er ihm auf der Fahrt nicht erzählt.

»Ich konnte ihm übrigens gar nicht schnell genug fahren. Ab zweihundert hat der sich erst richtig wohlgefühlt«, freute Brunner sich, als Meißner sich bei ihm nach der Fahrt erkundigte.

Das Sinnbild an Gutmütigkeit saß ihnen nun wie ein Buddha im Vernehmungsraum gegenüber und rührte noch immer freundlich nickend in seinem Tee.

Erst als Brunner das Aufnahmegerät anschaltete und »Strafsache Eva Maria Helmer« ins Mikrofon sprach, stand der Teelöffel still und das Lächeln des Georgiers wurde etwas säuerlich, als habe jemand einen unanständigen Witz erzählt, der noch dazu nicht einmal besonders gut war. Als Brunner Senaia anschließend zu seinen Personalien befragte und über seine Rechte belehrte, rutschte der Musiker auf seinem Stuhl hin und her. Die Strafsache hatte ihn hellhörig gemacht.

»Sie kannten Eva Maria Helmer?«, fragte Brunner.

»No ja«, sagte der Georgier.

»Was heißt das? Kannten Sie sie? Ja oder nein?«

»Ja«, räumte Senaia nach kurzem Zögern ein.

»Wie gut?«

Er wollte wieder »No ja« sagen, aber beim Anblick von Brunners grimmiger Miene entschied er sich anders.

»Gut«, sagte er.

»Hatten Sie eine Affäre mit ihr?«

Senaia sah alle Anwesenden verschwörerisch an, als würde er sie gleich zu Mitwissern aller galanten Abenteuer seiner frühen Mannesjahre machen. »Ja«, sagte er dann überraschend eindeutig.

»Wann haben Sie Frau Helmer zuletzt gesehen?«

»Oh, da muss ich nachdenken. Das ist lange her.« Er rechnete zurück. »Mein Vertrag in Ingolstadt lief Ostern 1996 aus, dann muss das letzte Treffen im Dezember 1995 gewesen sein, ein oder zwei Tage vor Nikolaus.«

»Das wissen Sie heute noch so genau?«

»Am sechsten Dezember hatten wir ein großes Konzert im Festsaal, deshalb ist mir das im Gedächtnis geblieben«, erklärte Senaia.

»Wo haben Sie sich damals getroffen?«

»Daran kann ich mich nicht mehr so genau erinnern. Wir sind oft mit dem Auto herumgefahren. Eva Maria wollte sich mit mir nicht in der Stadt treffen, wo alle sie kannten. Wir sind in die Nachbarstädte gefahren, nach Eichstätt, Neuburg, Pfaffenhofen oder nach Schrobenhausen. Dort gab es so ein nettes Café, in dem wir oft gesessen sind und uns unterhalten haben.«

»Und das ein oder andere Hotel wird auch mal dabei gewesen sein, wo Sie noch andere Sachen gemacht haben, als sich nur zu unterhalten, stimmt's?«

»Natürlich«, sagte Senaia.

»Sie wussten, dass Frau Helmer verheiratet war?«

Er zuckte die Achseln.

»Und Sie selbst?«

»Ich kannte meine jetzige Frau bereits, aber ich war noch nicht gebunden.«

»Und als Sie Frau Helmer zuletzt gesehen haben, war alles in Ordnung zwischen Ihnen? Kein Streit, keine Eifersucht? Keiner wollte mehr, als in Kaffeehäusern zu sitzen und sich für einige Stunden in Hotels einzumieten?«

Senaia trank seinen kalten Tee und wischte sich mit dem Handrücken über den Mund.

»Ist mit Eva Maria etwas passiert?«, fragte er. »Hören Sie, Sie werden meiner Frau doch nicht erzählen, was ich hier sage, oder? Sie ist, na, sie hat ein feuriges Temperament, wenn Sie verstehen.«

»Mich interessiert Ihre Frau kein bisschen«, sagte Brunner, ohne mit der Wimper zu zucken. »Warum haben Sie sich nach diesem letzten Mal nicht noch einmal mit Frau Helmer getroffen?«

»Eva Maria wollte, dass wir zusammen aus Ingolstadt fortgehen.«

»Aber Sie wollten das nicht?«

»Doch, ich wollte es auch, aber mein Vertrag lief bis Ostern.

Sie sagte, sie kann die Lügen nicht mehr aushalten. Sie wollte weg, sich alles durch den Kopf gehen lassen, nachdenken und dann entscheiden.«

»Und da wollte sie nicht ihren Ehemann, sondern Sie dabeihaben?«

»So war es. Sie hatte ein bisschen Angst vor ihm. Sie war glücklich mit mir, aber sie hat trotzdem viel geweint. Wegen den Kindern.«

»Und dann?«

»Ich sollte ihr helfen fortzugehen. Nur einige Tage, vielleicht auch länger. Sie hatte schon ein paar Sachen zusammengepackt und in die Firma gebracht. Ich sollte sie dort abholen. Es war der vierte oder fünfte Dezember, abends, die Uhrzeit weiß ich nicht mehr.«

»Und?«

»Ich war da. Ich habe auf sie gewartet, aber sie ist nicht aufgetaucht.«

»Haben Sie auf dem Firmengelände gewartet?«

»Nein, das war schon abgeschlossen. Davor.«

»Sie waren mit dem Auto dort?«

»Ja, ich hatte damals einen VW Passat Kombi. Kein schönes Auto, aber ein gutes.«

»Haben Sie sie angerufen?«

»Sie meinen, mit einem Handy? So etwas hatte ich damals noch gar nicht.«

»Und was haben Sie dann gemacht?«

»Nachdem ich über eine Stunde gewartet habe, bin ich wieder gefahren. Ich dachte, es wäre etwas dazwischengekommen oder sie hätte es sich doch anders überlegt. Ich bin nach Hause, habe neben dem Telefon gewartet, aber sie hat nicht angerufen. Am nächsten Tag ist sie nicht in der Firma erschienen. Eine Kollegin von mir hat für mich dort angerufen und nach ihr gefragt. Sie haben gesagt, dass Frau Helmer krank ist. Ich habe sie nie wiedergesehen.«

Sie unterbrachen die Vernehmung. Der Zeuge hatte wohl zu viel Tee getrunken. Ein Beamter begleitete ihn zur Toilette.

»Wie geht's jetzt weiter?«, fragte Marlu. »Der kann doch kein Wässerchen trüben.«

»Wir beenden jetzt mal die Teezeremonie«, sagte Meißner, »und fühlen dem Herrn Bratschisten ein bisschen intensiver auf den Zahn.«

Er sah, wie Brunner leuchtende Augen bekam. Jemandem auf den Zahn fühlen, das war quasi seine Spezialdisziplin.

Meißner tat ihm den Gefallen. Kollege Rambo, übernehmen Sie, dachte er.

Als Waleri Senaia zurückkam, bemerkte er gleich, dass nun ein anderer Wind wehte. Brunner erwiderte sein freundliches Lächeln mit einer ausdruckslosen Miene, die anderen wichen seinem Blick aus.

»Herr Senaia«, sagte Brunner, »bisher haben Sie uns den netten Herrn von nebenan vorgespielt und erzählt, Sie wüssten von nichts und hätten auch keine Ahnung, was damals passiert ist.«

»Den netten Herrn von nebenan?«, fragte Senaia.

»Jetzt sage ich Ihnen mal, was passiert ist, und Sie hören mir ganz genau zu. Also: Sie sind an diesem Abend im Dezember 1995 zur Donau-Kühlung gefahren, um Eva Maria, Ihre Geliebte, zu treffen. Sie wollten mit ihr zusammen sein, ein neues Leben anfangen. Sie war eine schöne Frau und zudem noch reich, was man von Ihnen nicht gerade behaupten konnte. Sie waren damals ein kleiner georgischer Musiker mit auslaufendem Vertrag und befristeter Aufenthaltsgenehmigung.«

Senaia legte die Arme schützend vor seinen Bauch. Jetzt ging's ans Eingemachte.

»Sie waren genauso wie Eva Maria Helmer auf dem Firmengelände«, fuhr Brunner fort. »Aber Eva Maria hatte nichts zusammengepackt, nicht einmal eine Reisetasche. Sie hatte es sich nämlich anders überlegt. Ihr Verstand oder ihr Gewissen hatte ihr eingegeben, dass ein mittelloser osteuropäischer Musikus es nicht wert war, für ihn ihre Kinder, ihre Villa in Wettstetten, die Firma und ihren Ehemann zu verlassen. Also hat sie Ihnen gesagt: ›Ich komme nicht mit dir mit. Es ist aus zwischen uns. Und jetzt geh. Hau ab!‹«

Senaia saß reglos wie ein Krokodil auf seinem Stuhl, die Augen zu schmalen Schlitzen verengt. Brunner schob seinen Stuhl näher heran. »Sie waren gekränkt, in Ihrer männlichen Ehre getroffen. Sie wollten Ihre Geliebte nicht freigeben, sich nicht einfach so abservieren lassen wie ein abgetragener Mantel, den man in die Kleidersammlung gibt. Ihr Temperament ging mit Ihnen durch. Sie packten sie an den Armen und schüttelten sie durch. Sie schrie: ›Lass mich los, du tust mir weh!‹, aber das machte Sie nur noch rasender. Dann ist bei Ihnen eine Sicherung durchgebrannt. Sie haben Eva Maria Helmer einen Stoß versetzt, sie ist gestürzt und mit dem Hinterkopf aufgeschlagen.«

»Und dann?«, fragte Senaia.

»Erzählen Sie mir, wie es weiterging.«

»Sie wissen doch sowieso, wie sich alles abgespielt hat. Dann sollten Sie auch wissen, wie es weiterging«, sagte der Georgier ungerührt.

»Sie geben also zu, dass es so war und Sie Eva Maria Helmer getötet haben?«

Senaia baute sich in seiner ganzen Leibesfülle vor Brunner auf und trat dann ans Fenster. Während er auf die Straße hinuntersah, strich er sich mit der Hand über das nicht ganz perfekt rasierte Kinn. Dann drehte er sich um und deutete mit dem Finger auf Brunner.

»Ich habe ja am Ingolstädter Theater schon einige sehr gute und einige mittelmäßige Schauspieler erlebt. Sie gehören eher zu den mittelmäßigen, trotzdem habe ich mich bei Ihrer Vorstellung eben gegruselt. Ich hoffe wirklich nicht, dass Eva Maria das passiert ist, was Sie hier gerade inszeniert haben, und ich kann es nur hoffen, weil ich nicht dabei war. Ich habe Ihnen bereits gesagt, wo ich war. In meinem hässlichen VW Passat draußen vor dem Firmengelände. Und jetzt, meine Damen und Herren«, Senaia machte eine Art Verbeugung, »möchte ich einen Anwalt sprechen, nämlich meinen alten Freund Dr. Altmann aus Ingolstadt. Ohne ihn werde ich nichts mehr sagen. Jeder hat so seine Spezialdisziplin, und meine ist die Musik, nicht die Juristerei. Nur eines will ich Ihnen noch sagen«, er drohte Brunner mit dem Zeigefinger, »zurück fahre ich mit dem ICE, und zwar erster Klasse, das kann ich mir nämlich mittlerweile leisten. Sie haben zwar ein schönes Auto, aber Sie können damit nicht richtig umgehen. Schnelle Autos muss man behandeln wie eine schöne Frau. Mit Gefühl und einer gewissen Raffinesse. Sie jedoch, und lassen Sie sich das von einem alten Herrn mit Erfahrung gesagt sein, sind einfach nur ein Grobian.«

Das war's dann wohl, dachte Meißner und kostete Brunners vorläufige Niederlage ein wenig aus. Der Georgier imponierte ihm. »Jeder hat so seine Spezialdisziplin«, der Typ war wirklich stark.

Beim Hinausgehen sah er, dass Marlu ebenfalls grinste. »Darf ich dem netten Herrn von nebenan denn noch einen Tee machen?«, fragte sie.

Während sie darauf warteten, dass Dr. Altmann, ein angesehener Ingolstädter Anwalt, erschien, checkte Meißner seinen Posteingang und sah, dass Fischer aus Mallorca eine E-Mail mit Anhang geschickt hatte. Als er ihn öffnete, erschien das etwas verwackelte Foto einer jungen blonden Frau, die gerade aus einem Hauseingang auf die Straße trat. Typisches Privatdetektiv-Foto. Neben dem Eingang lehnte ein Mann an der Hauswand, den Meißner erst in der Vergrößerung als Verkäufer von Lotterielosen identifizierte, die er in langen Papierstreifen mit Wäscheklammern an einem Plakatständer befestigt hatte. In der Mail schrieb Fischer: »Ich glaube, ich hab sie gefunden!« Und dass er zurück nach Ibiza müsse. Wegen einer Gala, deren detailreiche Beschreibung folgte.

Ein Fotovergleich ergab, dass es sich bei der jungen Frau mit hoher Wahrscheinlichkeit um Charlotte Helmer handelte. Sie ließen die Information dem Staatsanwalt zukommen. Er musste entscheiden, ob das Foto für eine Entlassung Eberls aus der U-Haft ausreichte. Dann buchte Meißner den nächsten Flug von München auf die Insel und riss damit ein Loch in die bayerische Staatskasse. Marlu suchte währenddessen nach einem Hotel für ihn.

»Willst du in das von Elmar? Gay-Hotel Arco Iris?«, fragte sie.

»Nur, wenn du auch mitfliegst.«

»Schade, das müssen wir verschieben. Dann soll ich dir was anderes suchen?«

»Ich bitte darum. Elmar werde ich sowieso nicht mehr treffen. Er muss nach Ibiza zurück, weil sein Promifreund eine Charity-Party zugunsten der Sportstiftung der Infantin Cristina gibt. Die Königstochter wird höchstpersönlich zur Party erwartet, und ich bin natürlich auch eingeladen. Schlappe dreihundertfünfzig Euro Eintritt, aber natürlich alles für einen guten Zweck.«

»Der Jetset hat eben seinen Preis, sonst könnte ja jeder dazugehören.«

»Wann geht dein Flug?«, fragte Marlu, als Gino ihr Essen serviert hatte.

»Morgen früh, fünf Uhr fünfunddreißig. Eine Stunde vorher ist Check-in.«

»Ich fahr dich hin, wenn du willst.«

»Ach wo, das ist ja noch mitten in der Nacht. Ich nehme den Airport-Express. Eine knappe Stunde von Ingolstadt zum Flughafen, keine Parkprobleme, keine Parkgebühren, alles easy.«

»Und wer weckt dich auf?«

»Leider muss ich dir mitteilen, dass ich das Aufstehen ohne dich bisher auch schon beherrscht habe. Und in meiner Wohnung ist es dir doch sowieso viel zu kalt.«

Plötzlich stieß Marlu einen Schrei aus. Gino kam besorgt angelaufen, das Küchenpersonal streckte den Kopf zur Tür herein. Alle glotzten sie an. Meißner dachte, sie hätte sich einen Zahn ausgebissen.

»Kacke!«, schrie sie. »Jetzt haben wir die Rundschau mit dir und Kern verpasst!«

SECHZEHN

Am nächsten Morgen wäre Meißner dann trotzdem beinahe nicht Richtung Insel geflogen, obwohl weder er verschlafen noch der Airport-Express versagt hatte und auch der Franz-Josef-Strauß-Flughafen in der Nacht nicht abgebrannt war. Beim Check-in hatte sich herausgestellt, dass Meißners Personalausweis abgelaufen war, und zwar nicht erst seit vorgestern. Das Büro der Bundespolizei war glücklicherweise gerade geöffnet worden, sodass ihm eine dauergähnende Kollegin kopfschüttelnd ein Ersatzdokument ausstellte. Am liebsten hätte Meißner mit einer Waffe vor ihr herumgefuchtelt und »Schneller, schneller!« gerufen, denn der nette Herr vom Servicepersonal, der das Ohr dicht an sein Walkie-Talkie presste, war kurz davor, den Flug ohne Meißner an Bord freizugeben. Die Kollegin schaffte es dann doch noch und überreichte Meißner beim letzten Gähnen, das er von ihr sah, gegen Gebühr seinen Ersatzperso. Er war aus dem Büro geflüchtet, bevor sie ihm noch eine Ermahnung, seinen Ausweis umgehend verlängern zu lassen, mit auf den Weg geben konnte. Als er schließlich auf seinem Platz im Flieger saß und den Sicherheitsgurt anlegte, zogen sich auf seinem eben frisch angezogenen Hemd zwei Schweißflecken von der Achsel bis zur Hüfte.

Das Flugzeug war nicht voll besetzt, der Winter auf Mallorca definitiv keine Hauptsaison. Ankommen, Taxi zum Hotel, eine fremde Umgebung und eine fremde Sprache, bei der er mit seinen Lateinkenntnissen rein gar nichts anfangen konnte, ja, die ihm nicht einmal spanisch vorkam. Meißner hatte kaum geschlafen und fühlte sich wie ein Zombie. Alles zog an ihm vorbei wie ein Film. Aber er war da. Er war tatsächlich auf Mallorca.

Im Hotel gönnte er sich eine Mütze Schlaf und danach ein Frühstück in der Bar nebenan. Cappuccino hatten sie nicht, aber mit dem *café con leche*, den der Barmann ihm stattdessen servierte, war Meißner auch zufrieden. Es war hier ebenso laut wie in dem

Etablissement, aus dem Elmar ihn angerufen hatte. Der Lärm gehörte offenbar obligatorisch mit dazu. Dann machte er sich auf den Weg.

Fischer hatte herausgefunden, dass Charlotte oder die Frau, die sie dafür hielten, in einer Studenten-WG wohnte, weshalb sie auch nirgendwo gemeldet war. Am Klingelschild des Hauses stand *1° izda, 1°dcha, 2°izda, 2°dcha* und so weiter, kein einziger Name. Meißner lungerte auf der Straße herum, beobachtete den Hauseingang, dann einen Losverkäufer, hörte ihn seinen immer gleichen spanischen Singsangsatz rufen, aber es hätte genauso gut Chinesisch sein können. Er verstand kein Wort.

Nichts geschah. Die Studenten waren an der Uni oder schliefen noch. Meißner vertrieb sich die Zeit mit einem Spaziergang durch Palma. Er beobachtete Frauen, die mit großen Taschen vom Markt kamen, Bettler, die in den Lücken zwischen den Läden und Hauseingängen saßen, eine Büchse oder ein Stück Pappe vor sich für die Münzen, die ihnen ab und zu ein Passant zuwarf. An einem kleinen Platz kniete eine mit Ofenbronze eingesprühte Wäscherin über einer Zinkwanne und hielt ein Waschbrett in der Hand, das ebenso Ton in Ton eingefärbt war. Wenn eine Münze der wenigen Touristen in ihrem Zinkeimer schepperte, richtete sie sich kurz auf und schenkte dem Spender ein hinreißendes Lächeln.

Am Nachmittag bezog Meißner wieder seinen Beobachtungsposten gegenüber dem Haus, in dem die Wohngemeinschaft lebte. Aber wieder hatte er kein Glück. Später machte er sich auf den Weg zu dem Lokal, in dem, so hatte er von Fischer noch erfahren, Charlotte Helmer abends manchmal als Bedienung arbeitete.

Auf dem Weg trank er ein Bier in einem Straßencafé und lief kurz einer Handtaschendiebin hinterher, die ihn aber abhängte. Schließlich stand er vor der »Bar Europa«. Im Halbdunkel des Lokalinneren, zwischen dem Tresen und einer Spiegelwand mit unzähligen Spirituosen und Biersorten aus aller Welt, sah er sie. Sie war blond und schmal, hatte eine blasse, fast durchscheinende Haut und trug eine lange schwarze Schürze über der Jeans. Wenn er Glück hatte, war diese Frau Charlotte Helmer. Sie sah ihrer

Mutter schon ähnlich, fand Meißner, konnte sich aber nicht auf seinen Eindruck verlassen, weil er ja so seine Schwierigkeiten mit dem Wiedererkennen von Gesichtern hatte.

Er fragte sie, ob sie Deutsch spreche.

»No, sorry«, antwortete sie.

In diesem Moment hätte Meißner sich gewünscht, eine Ausgabe des Donaukuriers oder ein anderes Ingolstädter Souvenir aus der Tasche ziehen und wortlos auf den Tisch legen zu können. Das wäre eine Dramaturgie gewesen. Aber das Einzige, was er tatsächlich in der Tasche hatte, war ein Schokoherz von Air Berlin. Er musste es also anders angehen. Er bestellte einen Espresso und ein Mineralwasser, und als sie beides vor ihm auf den Tresen stellte, sagte er einfach wie ein Nullachtfünfzehn-Kriminaler: »Frau Helmer, ich habe eine traurige Nachricht für Sie.«

»Kripo Ingolstadt«, las sie laut von seinem Ausweis ab.

»Wie lange arbeiten Sie heute? Können Sie vielleicht Ihre Schicht mit jemandem tauschen?«

Sie führte zwei Telefonate, eines auf Englisch, eines auf Spanisch. Eine halbe Stunde und zwei Espressi später traf Maria, eine junge Frau mit zwei Ringpiercings an der rechten Augenbraue, in der Bar ein und löste Charlotte ab.

»Ich übernehme dann die Spätschicht ab zehn«, sagte sie zu Meißner, »dann muss Maria zu ihrem zweiten Job in die Diskothek.«

Sie legte die Schürze ab, schlüpfte in ihren braunen Parka, und sie gingen durch die Gassen der Altstadt von Palma hinunter zum Meer. Sie liefen durch den Parc de la Mar, zwischen Palmen und künstlich angelegten Teichen hindurch, in denen sich die Kathedrale spiegelte, die selbst Meißner von Postkarten kannte, obwohl er zuvor noch nie hier gewesen war. Er erzählte, und Charlotte hörte zu. Sie setzten sich auf eine Bank und später in ein Café mit windgeschützter Terrasse und Fleecedecken auf den Stühlen.

Charlotte war von den Ereignissen komplett überrumpelt. Still hörte sie zu. Hätte er sich ihr gegenüber nicht ausgewiesen, sie hätte ihm wahrscheinlich kein Wort geglaubt. Manchmal weinte sie leise und ohne Dramatik vor sich hin. Das Meer lag dunkel und glatt vor ihnen, als hielte es Winterschlaf. In kleinen Wellen plätscherte eine müde Brandung ans Ufer.

Sie liefen ein Stück weiter. Das Thermometer an einer Apotheke zeigte zehn Grad. Jetzt begann Charlotte zu erzählen. Von ihrer Mutter, davon, was sie noch von ihr erinnerte. Die Mutter hinter der Bande im Eisstadion, die alte Thermoskanne. Ein stolzer Blick, wenn ein Sprung gelungen war, tröstende Worte, wenn sie sich wehgetan hatte.

Meißner fragte sie nicht, warum sie aus Ingolstadt weggegangen war, obwohl er gern die Antwort gewusst hätte. Aber das hatte noch Zeit.

Um zehn begleitete er Charlotte zur »Bar Europa«, und sie verabredeten sich für den nächsten Vormittag zum Frühstück.

Auf dem Weg ins Hotel kam er an einem Kino vorbei. Ein Thriller mit Robert De Niro, er hatte gerade angefangen, und Meißner hoffte, dass *versión original* bedeutete, dass der Film in der englischen Originalfassung gezeigt wurde. Wie lange war er schon nicht mehr im Kino gewesen? Er holte sich eine Karte und schlich sich in den Kinosaal. Zuerst las er noch die spanischen Untertitel mit und freute sich, wenn er ein Wort verstehen konnte. Vom Amerikanischen verstand er auch nicht mehr als die Hälfte. Im Kino war es angenehm warm und sein roter Plüschsessel sehr bequem. Er wurde erst wieder wach, als jemand an seiner Schulter rüttelte. Der Film war aus. Meißner floh ins nächtliche Palma und fand auf Anhieb den Weg zurück zu seinem Hotel.

SIEBZEHN

Charlotte Helmer rief ihn sehr früh am nächsten Morgen an, aber Meißner war bereits wach. Er hatte auch schon einen Blick hinaus auf die Straße geworfen, wo schräg gegenüber wieder eine der vielen Losverkäuferinnen Position bezogen hatte. Im Wintermantel saß sie auf einem Klappstuhl, an der Hauswand lehnte die Staffelei mit den langen Losreihen, die wie Fahnen flatterten.

Charlotte klang aufgeregt. Sie sagte, sie habe kaum geschlafen, sei nachts aufgestanden und habe in der Zeitung geblättert, und da sei sie plötzlich da gewesen, die Erinnerung an den Tag, als ihre Mutter verschwand. Wie ein Blitzlicht oder eine Vision.

»Ich habe noch in der Nacht alles aufgeschrieben«, sagte sie, »damit ich es nicht wie einen Traum vergesse.«

Sie trafen sich eine halbe Stunde später vor seinem Hotel. Charlotte sah trotz Schlafmangel frisch und lebendig aus. Ihr Gesicht glühte vor Aufregung. Während sie in einem Café Milchkaffee bestellte und wie eine Halbverhungerte einen Berg Schmalzkringel verdrückte, las er, was sie aufgeschrieben hatte.

Ich erinnere mich. Da ist ein Flüstern am Fuß der Treppe. Ein schmaler Streifen von gelbem Licht fällt auf den Boden im Flur. Eine Uhr schlägt. Erst vier Mal, dann noch einmal drei, vier, fünf Mal. Ich habe den Kopf in die Hände gelegt und lausche. Ich sollte nicht hier sein. Das Flüstern kommt und geht wie kleine Windhosen, die sich sammeln, aufsteigen, wirbeln und dann verschwinden, wie sie gekommen sind. Sie zerlaufen wie ein Tropfen Farbe im Wasserglas.

Die Stimme schmeichelt, sie drängt, bettelt. Ich sollte nicht hier sein, kein anderer soll sie hören, diese zwei Stimmen, die sich irgendwo da draußen treffen, Ohr und Mund, sein Ohr, ihr Mund, ihr Flüstern in sein Ohr. Ihre Stimme drängt, zögert, schmeichelt, verspricht, schwingt mit seinem Trommelfell.

Ich kenne die Stimme, aber nicht dieses Flüstern. Es legt sich auf mein Herz und drückt es zusammen wie einen Schwamm. Mir ist bang, so heißt das Wort, das ich aus dem Märchen kenne, das mir so gefällt.

O du Falada, da du hangest, fleht die Königstochter, die ihre Mutter verloren hat und als Gänsemagd leben muss. Mit einem toten Pferdekopf spricht sie und mit dem Wind. Weh, weh, Windchen, nimm Kürtchen sein Hütchen. Kürtchen entdeckt, dass sie ihr goldenes Haar bürstet, während er hinter seinem Hut herläuft. An den Haaren erkennt er sie und berichtet dem König von der unglücklichen Magd, die gar keine ist.

Mir aber gehorcht der Wind nicht, und ich habe kein Pferd zum Freund, mit dem ich sprechen könnte. Ich bin so klein.

Die Stimme meint nicht mich. Sie meint einen anderen, wenn sie schmeichelt und lockt, nicht mich. Sie hat mich ganz vergessen.

Ein Klack und das Flüstern endet. Ich sehe einen Schatten, der nicht der ihre ist. Da ist noch jemand, der lauscht, so wie ich. Ich weiß nicht, wie lange schon. Als wir uns entdecken, ich seinen Schatten am Rand des Lichts, er meinen Kopf in den Händen, auf der Treppe, erschrecken wir uns. Er legt seinen Finger auf die Lippen und heißt mich schweigen. Er weicht in die Dunkelheit zurück, und ich laufe in Strümpfen die Treppe hinauf, ans Fenster. Die Bäume sind grau, der Garten ist grau und der Himmel auch. Ein Kobold ist gekommen. Er hat alle Farben versteckt und wird sie lange nicht wiederbringen.

Ich weiß nicht, was richtig ist. Ich weine nicht einmal, als die Tür ins Schloss fällt und ich eilige Schritte höre. Das Surren des Garagentors. Ein Motor heult auf, wird leiser, und ich presse mein Gesicht gegen das kalte Fenster.

Ich schweige und lege Schicht um Schicht des Vergessens über das Erlebte, bis es ganz zugedeckt ist und ich diese wenigen Augenblicke zwischen Tag und Nacht, das Flüstern der Stimme und das Schlagen der Uhr, den Schatten, der mich Schweigen hieß, bis ich all das tatsächlich und wirklich vergessen habe.

Als Meißner fertig gelesen hatte, biss er in den letzten und einzigen Kringel, den Charlotte übrig gelassen hatte.

»Sie müssen sie warm essen«, sagte Charlotte, winkte dem Kellner und bestellte eine weitere Portion.

»Sie wissen, wer die zweite Person war, die wie Sie Ihre Mutter bei dem Telefonat belauscht hat, nicht wahr?«

»Ja«, sagte Charlotte.

»Ihr Vater?«

»Mein Bruder«, sagte Charlotte. »Er hat mich in mein Zimmer geschickt, aber ich bin oben am Gang stehen geblieben und hab aus dem Fenster geschaut. Ich sah, wie meine Mutter in ihren Wagen stieg und losfuhr. Dann hörte ich, wie Andi in der Garage seinen Motorroller startete. Er sprang beim ersten Mal nicht an, also versuchte er es noch einmal und ein drittes Mal. Mein Bruder hatte noch keinen Autoführerschein, er war ja noch nicht achtzehn.«

Meißner fragte sich, ob Charlotte klar war, was sie da gerade gesagt hatte. Sie verdächtigte ihren Bruder, etwas mit dem Tod ihrer Mutter zu tun zu haben. »Sie müssen Ihren Bruder nicht mit Ihrer Aussage belasten«, sagte er.

Sie wischte sich die Hände an der Serviette ab. »Ich will endlich die Wahrheit erfahren, Herr Meißner«, sagte sie. »Ich habe so lange mit schrecklichen Geheimnissen und Lügen gelebt. Erst hat man mir gesagt, ich soll schweigen. Dann hat man mir gesagt, ich soll lügen. Ich soll erzählen, dass meine Mutter gestorben ist. Ich wusste, dass mein Vater weiterhin die Versicherungsbeiträge für meine Mutter einzahlte und sie ihre Anteile an der Firma behalten hatte. Das Schlimmste war, dass ich damit leben musste, dass meine Mutter mich verlassen hatte. Dass sie weggegangen war, ohne sich von mir zu verabschieden und ohne mir eine Nachricht zu schicken. Weder zu Weihnachten noch zum Geburtstag. Sie war einfach weg. Können Sie sich vorstellen, wie das ist?«

Meißner versuchte es zumindest.

»Ich war der einsamste Mensch auf Erden«, sagte sie. »Und ich habe gespürt, dass um mich herum nur gelogen und vertuscht wurde. Aber ich war so jung, was konnte ich tun? Nur ausharren und irgendwie weiterleben bis zu dem Tag, an dem das Lügen endlich aufhören würde. Jetzt ist dieser Tag gekommen, und ich werde den Teufel tun und zulassen, dass wieder alles zugedeckt wird.«

Sie bestellte sich einen Orangensaft. »Ich will, dass die Wahrheit ans Licht kommt. Schon wegen meiner Mutter. Sie hätte mich nicht verlassen. Sie wäre nicht einfach so weggegangen.«

»Dann darf ich Ihre Aussage zu Protokoll nehmen und verwenden?«, fragte Meißner.

»Das dürfen Sie«, sagte Charlotte. »Und behalten Sie ruhig diese Seiten. Ich brauche sie nicht mehr.«

Für Charlotte wurde es Zeit, zur Arbeit zu gehen. Er hätte gern noch gewusst, sagte Meißner, warum sie gerade jetzt aus Ingolstadt weggegangen sei.

»Ich habe mein Leben nicht mehr ausgehalten«, sagte sie. »Es war doch alles nur Fassade. Nichts davon war echt. Ich habe den falschen Mann geheiratet, in der falschen Wohnung gelebt und den falschen Beruf ergriffen. Ich war nur noch glücklich, wenn ich in Bewegung war. Beim Fahrradfahren, beim Sport, auf Reisen. Ich wollte schon lange weg, schon als ich mit meinem Erbe die Mühle im Norden der Insel gekauft habe. Es war mir klar, dass ich einmal hierhergehen würde, wenn ich genug Kraft gesammelt hätte. Ich muss aus dem falschen Leben jetzt endlich ein richtiges machen, verstehen Sie?«

»Und warum sollten Ihr Mann und Ihre Familie nichts davon erfahren?«

»Das hätte ich nicht auch noch geschafft, diesen Entschluss anderen erklären, ihn verteidigen zu müssen. Mich mit Moritz auseinanderzusetzen, ihn zu verlassen. ›Wenn es dem Esel zu wohl ist, geht er aufs Eis.‹ Kennen Sie den Spruch? Das hat mein Vater mal über meine Mutter gesagt. Das hätte ich nicht ertragen.«

»Aber warum sind Sie nicht in die Mühle gezogen? Warum haben Sie von Ihrem Konto kein Geld abgehoben, schließlich müssten Sie nicht arbeiten?«

»Dann hätten Sie mich doch bald gefunden. Ich wollte noch ein bisschen Schonzeit haben, und das Arbeiten in der Bar tut mir gut, das ist wie Meditieren. Ich brauch nicht viel Geld zum Leben.«

»Dann werde ich Ihrer Familie nur sagen, dass ich Sie gefunden habe und dass es Ihnen gut geht.«

»Ja, sagen Sie ihnen das so. Aber ich will keinen von ihnen sehen. Noch nicht.«

»Eine Frage hätte ich aber doch noch. Wie sind Sie eigentlich an die Briefe gekommen, die mein Kollege bei Ihnen im Keller gefunden hat?«

»Die Briefe, stimmt. Die hab ich in meinem Elternhaus gefunden. Auch im Keller. Meine Mutter hat immer ihre Modezeitschriften in Kartons dort unten aufbewahrt, auch Schnittmuster, sie hat selbst genäht. Weil ich als Kind neugierig war und immer wieder alles durchsucht habe, hab ich schließlich auch diese Briefe gefunden. Aber ich wusste nicht, wie alt sie waren und wie lange sie da schon lagen. Jedenfalls habe ich diesen Schatz an mich genommen und seitdem gehütet.«

Zum Abschied umarmte sie ihn und drückte ihm zwei Küsschen auf die Wange. »Wie haben Sie mich eigentlich gefunden?«, fragte sie.

»Das war nicht ich, sondern unser Mann auf Ibiza. Und die Frau Thalmeier, die wusste ja, wo Sie sind.«

»Bei Elisabeth waren Sie auch? Wie geht's ihr denn?«

»Alles okay, denke ich. Sie freut sich, wenn Sie sie im Sommer wieder besuchen kommen.«

»Vielleicht mag sie ja auch herkommen? Ich hab bald Platz für sie, sie muss nur wollen. Sie war meine Ersatzmama.«

Meißner nahm noch einen Kaffee und ließ die Informationen erst einmal sacken. Dann informierte er Marlu über den Stand der Dinge. Als sie ihn ein paar Stunden später zurückrief, konnte sie ihm mitteilen, dass Andreas Helmer gestanden hatte, seine Mutter an jenem Abend verfolgt zu haben. Er war zur Firma gefahren und hatte sie am Hintereingang zur Kühlhalle gefunden, wo sie ihre gepackten Koffer versteckt hatte. Er wollte sie am Weggehen hindern, sie stritten sich, er schubste sie, und sie fiel zu Boden und rührte sich nicht mehr. Sie war mit dem Kopf auf die Gabel des Still-Staplers gefallen.

»Und dann ist ihm nichts Besseres eingefallen, als sie in eine Kühlkiste zu stecken und sie mit dem Gabelstapler in das Hochregal zu stellen?«, fragte Meißner.

»Der Bub war siebzehn«, antwortete Marlu. »Was meinst du, wie der beieinander war, als er gesehen hat, dass seine Mutter tot und er daran schuld war?«

»Und warum hat er die Leiche später nie von dort weggebracht? Das war doch kein besonders gutes Versteck, irgendwann wäre sie auf jeden Fall entdeckt worden.«

»Er sagt, am Anfang hatte er zu viel Panik. Und später hat

er gedacht, dass die Ostwaren schon irgendwann alle entsorgt worden wären – und mit ihnen die Leiche. Er wollte sich selbst darum kümmern, als er die Firma übernahm und das Zeug immer noch da war. Und die Kiste auch.«

»Und warum hat er es nicht getan?«

»Für mich schaut es eigentlich so aus, dass er's drauf angelegt hat, dass sie gefunden wird.«

»Meinst du, der alte Helmer hat davon gewusst?«

»Der Junior sagt Nein. Er will es ihm nie gesagt haben. Wahnsinn, wie lange der sein Geheimnis jetzt mit sich herumgeschleppt hat.«

»Wie Charlotte Helmer«, sagte Meißner. »Aber sie hat mehr Mut gehabt als ihr Bruder. Erst ihr Weggehen hat schlussendlich den Stein ins Rollen gebracht.«

»Er weiß, dass ihm nicht viel passieren wird«, sagte Marlu. »Unfall mit Todesfolge, er war minderjährig, das Ganze ist siebzehn Jahre her. Aber darum geht's eh nicht, oder?«

»Charlotte sagt, es geht darum, dass das Lügen endlich aufhört.«

»Hm«, machte Marlu, »schön gesagt. Und du? Gefällt's dir auf der Insel?«

»Es ist zwar nicht gerade Italien, aber doch, ja, es gefällt mir tatsächlich. Wahrscheinlich, weil Winter ist und kaum Touristen unterwegs sind.«

»Wirst du jetzt auch zum Aussteiger, oder kommst du irgendwann wieder heim?«

»Morgen Vormittag bin ich schon wieder da. Holst du mich ab?«

»Aha? Nichts mehr mit Airport-Express, Superverbindung und so?«

»Doch, doch, aber wenn du mich abholst, seh ich dich eine Stunde früher.«

»Holla, Herr Meißner! Den Satz schreib ich mir auf. So was hör ich nicht alle Tage. Ich glaub fast, die Balearen verzaubern euch Männer.«

Am Nachmittag schlenderte Meißner an einem Kaufhaus vorbei. Die Schaufenster waren hübsch dekoriert, ein Santa Claus stand mit einer Handglocke am Eingang, bimmelte wie verrückt mit dieser großen Glocke und verschenkte Süßigkeiten an die Kinder. Plötzlich fand Meißner sich in der Spielwarenabteilung im ersten Stock wieder und sah sich die Spielzeugautos an. Eine Verkäuferin fragte ihn auf Englisch, ob er ein Geschenk für seinen Sohn suche.

Weil er das englische Wort für »Patenkind« nicht kannte, nickte er einfach.

Wie alt er denn sei.

Noch sehr klein, sagte Meißner. Eigentlich ein Baby. Aber er suche ein Geschenk für später, wenn der Junge größer sei.

»Feuerwehrautos werden sehr gern gekauft«, sagte sie, »oder Polizeiautos.«

Das fand er jetzt doch zu plump. Er verließ die Abteilung schließlich mit einem großen orangefarbenen Bagger mit beweglicher Schaufel und einem Baggerfahrer mit weißem Schutzhelm am Steuer. Ein Superteil.

Statt die Rolltreppe zurück zum Ausgang zu nehmen, fuhr er noch ein Stockwerk höher in die Schmuckabteilung. Er beobachtete eine Frau, etwas älter als Marlu, die sich mehrere Silberketten zeigen ließ und einige davon anprobierte. Die, die Meißner am besten gefiel, legte sie gleich wieder zurück. Sie war so lang, dass die Verkäuferin sie drei Mal um den Hals einer Styroporbüste schlang. Silberne Kettenglieder, mit schwarzen Perlen durchsetzt. Die Verkäuferin versicherte ihm, die Kette sei eine ausgezeichnete Wahl für eine jüngere Dame. Er ließ sie sich als Weihnachtsgeschenk verpacken wie schon zuvor den Bagger.

Beim Hinausgehen dachte er, dass dies seit Langem das erste Jahr war, in dem er nicht am vierundzwanzigsten Dezember vormittags loshetzen würde, um in letzter Minute die Geschenke zu besorgen, die er sich am Ende doch genötigt sah einzukaufen. Eigentlich war es ja schade, mit der Kette bis Weihnachten zu warten. Aber wenn er Marlu das Geschenk gleich am Münchner Flughafen überreichte, dann hatte er ja wieder kein Weihnachtsgeschenk. Während er noch darüber grübelte, meldete sich Elmar Fischer. Ein Mann der Praxis.

Er wollte wissen, ob das, was er so meisterlich vorbereitet hatte, denn auch geklappt hätte und die von ihm aufgespürte Blondine nun tatsächlich Charlotte Helmer war. Meißner lieferte Fischer die Kurzzusammenfassung der Ereignisse, klopfte ihm ein paarmal verbal auf die Schulter und schilderte ihm dann sein aktuelles Problem.

»Zwei Optionen, Stefan. Entweder gehst du zurück in den Laden und suchst noch ein paar passende Ohrringe zu der Kette aus, die du ihr dann zu Weihnachten schenkst. Oder du buchst schnell noch zwei Flüge nach Malle für die Feiertage. Das wäre die spendablere, wenn auch die eigennützigere Variante, denn dann könntet ihr mich hier besuchen. Und damit könntest du Marlu echt überraschen. Was meinst du?«

»Ich werd's mir überlegen.«

Die Sonne versteckte sich hinter einer Wolke, und das Meer war kein bisschen türkis, sondern immer noch wintergrau und glatt wie eine Wolldecke. Die Ballermänner waren zum Glück alle noch in Wanne-Eickel, und Sangría gab es um diese Jahreszeit nicht einmal im Glas, geschweige denn im Eimer. Auf dem Markt wurden Orangen und Mandarinen verkauft, Zitronen und Granatäpfel, alles Früchte des Winters, der hier bei gegenwärtig achtzehn Plusgraden doch sehr gut auszuhalten war. Elmars Idee ist eigentlich gar nicht so blöd, dachte Meißner. Kein heimischer Christkindlmarkt und kein Gänsebraten mit Blaukraut und Knödeln. Kein Rambo-Kollege, den er gerade ziemlich ausgeknockt hatte, und keine Geräusche aus der Teeküche.

Ein Schrei zerfetzte die Stille, und Meißner zuckte zusammen. Es war die Losverkäuferin an der nächsten Straßenecke. *»Elgordoparahoooooooy!«,* rief sie, aber Meißner konnte sich keinen Reim darauf machen. Er nahm den direkten Weg ins Hotel und packte seinen Koffer.

Lisa Graf-Riemann
EINE SCHÖNE LEICH
Broschur, 208 Seiten
ISBN 978-3-89705-710-4

»Es sind kleine Begebenheiten, Details, die erwähnt werden, die die Figuren mit Leben ausfüllen und den Leser in die Geschichte hineinziehen.« Berchtesgadener Anzeiger

»Ein informatives, fesselndes Buch.« Passauer Neue Presse

Lisa Graf-Riemann
DONAUGRAB
Broschur, 224 Seiten
ISBN 978-3-89705-820-0

»Graf-Riemann gelingt es auf spielerische wie akribische Art, den Fall und die Ermittlungen in die Gegebenheiten einzubinden, Lokalkolorit inklusive. Trotz des ernsten Themas ein unterhaltsames Lesevergnügen. Die Stärken liegen in ihrer unmittelbaren wie treffenden Beschreibung und Charakterisierung der Figuren sowie den atmosphärischen wie humorvollen Situationsbeschreibungen.« Donaukurier

»Es sind die kleinen Szenen und Situationen, mit denen Graf-Riemann die handelnden Personen sehr treffend zu charakterisieren weiß. Bis hinein in die Nebenfiguren schafft sie es, ihr Personal sehr realistisch und glaubwürdig darzustellen.« Berchtesgadener Anzeiger

www.emons-verlag.de